MINHAS MEMÓRIAS

MINHAS MEMÓRIAS

Hélio Pereira Bicudo

Apresentação ANTONIO CANDIDO
Prefácio MARILENA CHAUI
Posfácio DOM PAULO EVARISTO ARNS
Consultoria editorial e texto final EDNEY CIELICI DIAS

Martins Fontes
São Paulo 2006

Copyright © 2006, Livraria Martins Fontes Editora Ltda.,
São Paulo, para a presente edição.

1ª edição 2006

Acompanhamento editorial
Helena Guimarães Bittencourt
Revisões gráficas
Renato da Rocha Carlos
Ana Maria de O. M. Barbosa
Dinarte Zorzanelli da Silva
Produção gráfica
Geraldo Alves
Paginação/Fotolitos
Studio 3 Desenvolvimento Editorial

Dados Internacionais de Catalogação na Publicação (CIP)
(Câmara Brasileira do Livro, SP, Brasil)

Bicudo, Hélio Pereira
  Minhas memórias / Hélio Pereira Bicudo ; apresentação Antonio Candido ; prefácio Marilena Chaui ; posfácio Paulo Evaristo Arns ; consultoria editorial e texto final Edney Cielici Dias. – São Paulo : Martins Fontes, 2006.

  ISBN 85-336-1980-4

  1. Bicudo, Hélio Pereira 2. Memórias autobiográficas I. Candido, Antonio. II. Chaui, Marilena. III. Arns, Paulo Evaristo. IV. Dias, Edney Cielici. V. Título.

06-7324   CDD-920.71

Índices para catálogo sistemático:
1. Homens : Autobiografia   920.71

Todos os direitos desta edição reservados à
Livraria Martins Fontes Editora Ltda.
*Rua Conselheiro Ramalho, 330 01325-000 São Paulo SP Brasil
Tel. (11) 3241.3677 Fax (11) 3105.6993
e-mail: info@martinsfontes.com.br http://www.martinsfontes.com.br*

ÍNDICE

Apresentação **VII**
Prefácio **IX**

Minhas memórias

Incentivos para escrever 3

Esquadrões da morte 7
Início de carreira no interior 33
Na capital, contra o "rouba, mas faz" 55
No Executivo, com Carvalho Pinto 77
A democracia sob o fascínio do golpe 91
De menino a homem 109
Marcas esparsas da ditadura 135
PT, encanto e desencontros 147
A minha Igreja, a dos excluídos 163
No Legislativo 173
Nas Comissões de Direitos Humanos 191
PT, desencanto 205
Uma vida em família 221

Posfácio 227

APRESENTAÇÃO

Este livro é dos tais cuja leitura não conseguimos interromper. A sua escrita simples, despretensiosa, tem uma fluência de prosa corrida que envolve e nos leva para dentro da matéria, dando a impressão de estarmos ouvindo uma conversa franca e animada.

Não é autobiografia de corte tradicional, e eu diria que se trata de memórias temáticas. De fato, Hélio Bicudo não orientou o relato segundo a seqüência cronológica, preferindo abordar, ao sabor da lembrança, momentos e assuntos espalhados no tempo, de maneira a formar livremente o tecido rico e variado de uma vida cheia de lutas, iluminada pela sua elevada consciência moral. Assim, o leitor vai conhecendo as atividades de um promotor de Justiça, de um homem de governo, de um militante socialista, de um parlamentar inovador, de um paladino dos direitos humanos – cheio de idéias oportunas e originais, remando freqüentemente contra a maré do conformismo, dos interesses, das omissões, sem temer os perigos, expondo a vida muitas vezes ameaçada ao perseguir com tenacidade ideais marcados pelo humanismo cristão e a revolta contra as muitas injustiças do mundo.

Sem falsa modéstia, Hélio Bicudo tem consciência do alcance da sua atividade, denotando, aqui e ali, certa mágoa por ver que tantas causas social e politicamente importantes, pelas quais combateu, foram freqüentemente postas entre parênteses, abafadas pelas forças da rotina conservadora. É de fato interessante registrar como, desde o começo, desde os primeiros momentos de desempenho do Ministério Público, o então jovem bacharel se orientou por convicções e propostas muitas vezes discrepantes das que costumam nortear o serviço público, a administração da justiça e a própria visão das coisas.

Não espanta, portanto, que tenha lutado contra o "esquadrão da morte", num momento perigoso de ditadura, nem que seja adversário da Justiça corporativa e campeão dos direitos humanos, orientando o seu cristianismo radical no rumo do pobre, do perseguido, do excluído. Em suma, o que vemos nas páginas deste livro é o traçado límpido de uma carreira caracterizada pelo espírito público e invariável competência, de uma vida íntegra e profundamente humana, de uma bravura sem dureza e uma intransigência de princípios permeada de bom humor.

Esses traços se completam pela maneira espontânea e sincera com que menciona os seus afetos no âmbito familiar, mostrando que há uma espécie de ligação em profundidade entre a retidão da vida pública e a serena harmonia da atmosfera doméstica. Resulta um livro que vale a pena ler, porque faz o leitor se sentir melhor, embora com uma ponta de melancolia por não ter sido capaz de fazer tanto, e tão bem, quanto esse brasileiro sem medo, sem mácula e sem bravata.

Antonio Candido

PREFÁCIO

Alguns chamam o século XX de século das revoluções, tanto as sociopolíticas como as científicas e tecnológicas. Estas últimas produziram o que um historiador designou como a compressão do espaço e do tempo, pois as formas de comunicação reduziram as distâncias e deram à temporalidade a dimensão reduzida do instante momentâneo e fugaz. Vivemos no mundo do descartável, no qual "tudo que é sólido desmancha no ar" e no qual são incessantemente destruídas as referências espaciais e temporais de nossa existência, levando à impiedosa destruição dos suportes objetivos da memória, pois os lugares e as coisas não apenas se transformam, mas desaparecem da face da Terra.

Ainda que as políticas de preservação do patrimônio histórico e ambiental se esforcem para conter o turbilhão demolidor, de fato, nossa memória individual tornou-se, praticamente, o único suporte das lembranças. Bastaria isso para dar a este livro o peso e a relevância que possui, impedindo que o esquecimento nos torne indiferentes ao passado e inconseqüentes quanto ao futuro. Sobretudo, como lemos em suas páginas finais, quando vivemos um presente sombrio, pois desde 11 de setembro de 2001 iniciou-se a instituição de um Estado policial em nível universal, sufocando as liberdades fundamentais, com os países do Terceiro Mundo submetendo-se aos Estados ricos do Primeiro Mundo, levados a adotar medidas repressivas que esquecem o direito das gentes.

A gravidade do presente nos atinge de modo profundo porque, como explica Hélio Bicudo, com o final da ditadura de 1964 e o abrandamento da Lei de Segurança Nacional, o problema de fundo dos direitos humanos continuou pendente, e se, desde aquele momento, tais direitos não foram respeitados, na situação atual menos ainda o serão, uma vez que a segurança do sistema, a lógica do imperialismo, exige que as aspirações populares devam ser postergadas ainda uma vez.

Todavia, este livro nos toca não apenas como documento da memória histórica, política e social do Brasil do século XX, mas também porque, nele, integridade, coragem e firmeza de ânimo são sustentadas pelo sentimento da justiça e pela busca dos meios para lhe dar realidade. É esse sentimento que, como um fio, vai reunindo as lembranças para tecer a tapeçaria da memória. Exatamente por isso, o tom e o estilo da escrita são espantosos. De fato, quer mencionando e descrevendo pessoas, quer relatando episódios, o memorialista narra com firmeza, mas serena imparcialidade – *sine ira et studio* – acontecimentos dramáticos, alguns de extrema gravidade, outros de cândida vida doméstica, alguns pitorescos da vida profissional, outros de trágicos efeitos para a vida social e política do país, deixando que o próprio leitor os examine, interprete e tire conclusões, sem ser induzido a elas pela narrativa.

Todos conhecem Hélio Bicudo como dirigente da Comissão de Justiça e Paz de São Paulo e como intrépido paladino na luta contra o Esquadrão da Morte. O memorialista, porém, indaga de onde lhe teriam vindo, desde muito cedo, a percepção da injustiça, o gosto pela liberdade e a procura da eqüidade. Talvez, responde ele, tenham-lhe vindo de um presente, dado pelo pai ao menino em sua tenra infância: um anelzinho com uma pedra vermelha, acompanhado com a promessa de que se tornaria advogado, homem da Justiça, promessa que seria reforçada diante das lutas dos jovens do Largo de São Francisco, primeiro pelo constitucionalismo e depois contra a ditadura do Estado Novo, lutas que, segundo Bicudo, exigiam o império do direito nas relações povo/governo. Mas o leitor pode indagar se esse anelzinho não foi simplesmente a pedra de toque, guardada na memória, de alguém que já sentia interiormente o impulso para a justiça e a liberdade, pois as primeiras lembranças com que se abre o livro são justamente as das revoluções políticas e sociais do Brasil da primeira metade do século XX.

"Em casa falava-se muito em política" – estas palavras podem servir-nos de guia para percebermos a estrutura que sustenta a narrativa, pois nesta a vida pessoal vai sendo pontuada pelos acontecimentos da história política brasileira: nascido em 1922, o nascimento é tematizado pelo memorialista com a referência ao tenentismo, à revolta dos "18 do Forte de Copacabana"; suas primeiras recordações da infância são de São Paulo sob o fogo dos bombardeios da revolução de 1924; e sua primeira experiência política ocorre quando cursava o segundo ano primário da Escola Caetano de Campos, quando debates sobre democracia e voto secreto (ainda inexistente no Brasil) levaram a um ensaio de eleições diretas por voto secreto nas quais ele recebeu seu primeiro mandato político, eleito que foi prefeito de sua classe. O avô, várias vezes prefeito de Caçapava, o irmão, voluntário na Revolução Constitucionalista de 1932 e herói nas trincheiras (primeira ação que o prepararia para integrar a FEB, durante a Segunda Guerra Mundial), a casa transformada em oficina de costura para confecção de uniformes para os jovens combatentes, os meses de utopia democrática e a derrota que, entretanto, também trouxe a vitória com a promulgação da Constituição de 1934, tudo isso vai se mostrando decisivo para que o leitor compreenda a formação do caráter e da vontade de Hélio Bicudo, ao mesmo tempo que permite acompanhá-lo na meninice e na juventude, desfrutando da vida interiorana e da ainda pacata cidade de São Paulo, lendo Lobato, Dumas, Victor Hugo, Júlio Verne, as aventuras da coleção Terra, Mar e Ar e o heroísmo dos cavaleiros de *Carlos Magno e os Doze Pares de França*. Em suma, vemos desabrochar lentamente a vocação para não ser simples espectador da história, mas ativo participante dela.

Essa participação desdobra-se em três direções principais: a atividade no Ministério Público, na qualidade de promotor, a atividade jornalística, como colunista jurídico do jornal *O Estado de S. Paulo*, e a atividade político-administrativa, como membro de governos, e político-partidária, como dirigente nacional e municipal do Partido dos Trabalhadores e como parlamentar.

Nessas três direções, há um centro comum que define a atuação de Hélio Bicudo, qual seja, o empenho na defesa dos direitos humanos, que culmina com sua indicação para a Comissão Interamericana de Direitos Humanos da OEA. É esse centro que determina sua visão do papel do Ministério Público, sua participação em governos e no Parlamento, sua luta contra o Esquadrão da Morte, suas ações na Comissão de Justiça e Paz de São Paulo, no Centro Santo Dias, na Comissão Teotônio Vilela e, sobretudo, que inspira um projeto nascido desde os primeiros anos de sua vida profissional, a saber, a reforma do Judiciário, do sistema policial e do sistema carcerário. Ou, como escreve, o projeto de interligar Justiça, polícia e prisão como "único caminho para o estabelecimento de um sistema orgânico de segurança pública". Essa idéia sustentou, desde a ditadura de 1964, sua luta pela desmilitarização da polícia ou em favor de uma polícia civil inteiramente desvinculada do Exército, luta aguçada, nos anos 1980 e 1990, pelos massacres de Eldorado dos Carajás, de Corumbiara e do Carandiru que o levaram também ao projeto de reforma do sistema prisional, com pequenos presídios em módulos onde, em conjunto, exerceriam funções a polícia e o Judiciário, havendo prisão apenas para penas graves, enquanto os crimes mais leves teriam penas alternativas, cumpridas sob a vigilância do juiz, do Ministério Público e da comunidade.

De onde nasceu esse projeto de reforma do Judiciário e do sistema policial, que foi amadurecendo com o passar dos anos e jamais foi abandonado? Da experiência no Ministério Público. Ao escolher a carreira de promotor público, Hélio Bicudo concebeu o Ministério Público como "uma instituição de horizontes largos" em que o promotor não é um mero acusador, mas "o representante do Estado na concretização da justiça", sobretudo nas cidades do interior, nas quais o promotor não deveria atuar apenas nas questões penais, mas como representante e defensor dos direitos dos trabalhadores, das crianças, dos adolescentes e das mulheres.

Impressionam o leitor a descrição e a narrativa de Hélio Bicudo sobre sua experiência, durante os anos 1940 e 1950, nas cidades do interior de São Paulo, nas quais reinava o sistema do colonato e, portanto, a violência dos senhores de terras contra os trabalhadores e suas famílias. Podemos dizer que essa experiência constitui anos de aprendizado porque nela se deu o primeiro contato com as desigualdades sociais e sua violência, bem como a primeira descoberta dos mecanismos de poder para assegurar a impunidade, isto é, tanto os compromissos locais escusos entre membros do Judiciário, da polícia e dos "chefões locais", conduzindo à absolvição de acusados de pesados crimes, quanto os compromissos estaduais que permitiram, por exemplo, a absolvição do ex-governador de São Paulo, Adhemar de Barros, acusado de crimes de corrupção contra os fundos públicos, fato que, como escreve Bicudo, levou a que se falasse em "corrupção na Corte Suprema e a desacreditar a Justiça brasileira".

Data desses anos a convivência com a perseguição profissional. De fato, ao não compactuar com os compromissos vigentes, por não transigir com os direitos e a justiça, Hélio Bicudo viu-se continuamente impedido de promoções na carreira, forçado a peregrinar com a família de cidade em cidade, "expulso" de cada uma delas toda vez que desatava os laços entre um malfeito e um poder local. Data também desses anos aquilo que viria a ser uma constante em sua história: as ameaças à integridade física e psíquica não somente sua, mas também de sua família.

A quase perenidade dessa estrutura social e política autoritária, violenta, avessa à lei e ao direito, transparece quando, já na altura dos anos 1970, Hélio Bicudo enfrenta corajosamente o Esquadrão da Morte, com o qual estava comprometido o então governador de São Paulo, Abreu Sodré. Além disso, as dificuldades enfrentadas para a publicação de um livro sobre o assunto e a punição a que pretendeu se submeter o autor por causa dela indicam uma rede de compromissos que se estende do Poder Executivo à sociedade civil, no caso, às editoras (como a Nova Fronteira ao tempo de Carlos Lacerda), e alcança o Poder Judiciário, como atesta, durante o episódio, a posição assumida por Quintanilha Ribeiro, então procurador-geral da Justiça do Estado.

É essa mesma estrutura autoritária que moveu o memorialista em defesa do cardeal de São Paulo, dom Paulo Evaristo Arns, processado, inacreditavelmente, por calúnia pela publicação do livro *Brasil: nunca mais*, dedicado à exposição das prisões, torturas, mortes e dos desaparecimentos políticos praticados pelos agentes da ditadura de 1964. Assim como o levou à luta pela reabertura da Rádio 9 de Julho (cujos cristais de transmissão foram retirados durante a ditadura), bem como a participar da criação do Centro Santo Dias de Direitos Humanos e da Comissão Teotônio Vilela, e a realizar um grande tribunal simbólico, voltado para a exigência de justiça e punição dos responsáveis pelos massacres de Corumbiara e Eldorado dos Carajás.

Mas sua luta não se restringiu aos desmandos e violências brasileiros. Contestou a ação do Estado do Vaticano, partindo em defesa de Leonardo Boff, injustamente punido pela Igreja Romana.

E, como membro da Comissão Interamericana de Direitos Humanos da OEA, só partiu para a defesa da justiça e da liberdade em vários países da América Latina.

* * *

Dissemos que todos conhecem Hélio Bicudo como defensor dos direitos humanos. Talvez, no entanto, pouco conheçam sua atuação em governos ou nas administrações públicas. Participou do governo de Carvalho Pinto e da elaboração do primeiro Plano de Ação proposto por um governo estadual do qual fizeram parte, entre outros, o projeto de reforma da estrutura da força policial estadual, o de criação e expansão da rede hidrelétrica de geração e distribuição de energia elétrica, responsável pela infraestrutura necessária à implantação e ao desenvolvimento da indústria no Estado de São Paulo e o de criação da Fundação de Amparo à Pesquisa do Estado de São Paulo (Fapesp), que veio a ser instituída em outubro de 1960.

Do primeiro projeto, de que Bicudo foi o formulador, deveriam resultar, de um lado, a integração entre polícia e Judiciário, e, de outro, a descentralização dos serviços judiciários de primeira instância, com a criação de 50 juizados para atendimento direto da população (embora iniciada a implantação, o projeto não prosperou). O segundo, de cuja formulação também participou ativamente, foi inicialmente concretizado na Celusa, da qual foi o presidente. Do terceiro, foi, juntamente com Paulo Vanzolini, redator dos estatutos e seu grande incentivador, acompanhado dos cientistas da Universidade de São Paulo.

Desde 1979, Hélio Bicudo deixou o Ministério Público, passou a advogar e entrou para a vida político-partidária, tendo, com vários outros, cogitado, nos finais dos anos 1970, da criação de um partido socialista. Entre 1980 e 1981, participou da fundação do Partido dos Trabalhadores, nascido no bojo das grandes greves do ABC paulista. Foi dirigente nacional e municipal do partido, candidato a senador e duas vezes deputado federal, além de secretário dos Negócios Jurídicos, no governo municipal de Luiza Erundina. Participou ativamente tanto da elaboração de projetos de lei para a Constituinte como da defesa das eleições diretas para a Presidência da República, bem como do processo de *impeachment* de Fernando Collor. Em seu segundo mandato, foi, em 1995, presidente do Tribunal Interamericano sobre o Trabalho Infantil nas Américas e, em 1996, foi designado pelo PT para a presidência da Comissão de Direitos Humanos da Câmara de Deputados, ocasião em que organizou o Tribunal Interamericano para o julgamento dos crimes de Corumbiara e de Eldorado dos Carajás e promoveu a Conferência Nacional de Direitos Humanos.

Cremos que os momentos mais duros do livro aparecem nos relatos sobre a vida partidária e a atividade parlamentar. Hélio Bicudo é severo com o Poder Legislativo, em cujos meandros penetramos graças à sua narrativa e descrição. E é severo com o PT, que o colocou como vice-governador de Lula nas eleições estaduais de 1982, mas não o apoiou quando, em 1986, poderia ter sido eleito senador por São Paulo, nem o apoiou e nem se empenhou quando, já deputado federal, apresentou suas propostas de reforma do Judiciário e do sistema policial, nem quando, antes de todos os outros, propôs a impugnação da eleição de Fernando Collor e que houvesse um processo de *impeachment*. Quando manobras internas o destituíram da presidência do Diretório Municipal, chegou mesmo a pensar em abandonar o partido (não o fazendo por insistência de Plínio de Arruda Sampaio). De toda maneira, mesmo permanecendo no partido, como parlamentar opôs-se a projetos petistas e manteve independência, o que lhe valeu, afinal, reconhecimento, pois compôs a chapa de Marta Suplicy, como vice-prefeito, nas eleições para a Prefeitura de São Paulo.

Por que Bicudo se limitou a dois mandatos parlamentares? Sua resposta é uma lição profunda sobre o significado da democracia. De fato, escreve ele, não deixou o Congresso por decepção com a vida parlamentar nem por julgar irrelevante o trabalho realizado no Parlamento (mesmo que seja preciso criticá-lo pelas ambigüidades de funcionamento e compromissos privados), e sim porque sempre entendeu que "a perpetuação de uma pessoa em mandato parlamentar ou qualquer outro mandato popular não permite a livre expressão do sistema democrático". Por quê? De um lado, porque a democracia institui o rodízio no poder, de maneira que assegure a expressão da pluralidade de vozes, interesses e direitos. De outro, porque, depois de vários mandatos, o representante "perde sua qualificação de representante popular para transformar-se em mandatário de sua própria vontade de permanecer no cargo".

Percorrendo a narrativa da história parlamentar e partidária de Hélio Bicudo, há uma pergunta que não podemos deixar de formular sem que, entretanto, a possamos responder.

De maneira muito breve, Hélio Bicudo narra uma conversa que manteve com o então senador pelo MDB, Franco Montoro, que lhe propôs que fosse seu suplente em sua candidatura à reeleição ao Senado, nas eleições de 1978. Por ter feito entendimentos anteriores com Fernando Henrique Cardoso, Bicudo recusou o convite, embora Montoro lhe dissesse que, em 1982, seria candidato a governador do Estado de São Paulo, assegurando-lhe que seria eleito e que, portanto, Bicudo seria senador. A pergunta que fazemos é singela: qual teria sido a história política do Brasil se, em 1978, em vez de Fernando Henrique Cardoso, Hélio Bicudo tivesse sido o suplente de Franco Montoro?

Marilena Chaui

MINHAS MEMÓRIAS

INCENTIVOS PARA ESCREVER

> La vida no es la que uno vivió, sino la que uno recuerda
> y cómo la recuerda para contarla.
>
> **Gabriel García Marquez**

Vivi a maior parte do século XX. Agora, chegado aos meus 84 anos, resolvi registrar o que me recordo desse período na expectativa de deixar para a posteridade o testemunho de fatos que presenciei ou de que participei e que marcaram um período importante de transformações.

Faço isso muito por insistência de meu filho José, que me lembra sempre de uma coisa que venho dizendo aos outros há muito tempo: por vezes, os fatos passam sem ser conhecidos do conjunto das pessoas, não são sequer percebidos porque não temos o hábito de registrá-los.

Eu mesmo já pedi a amigos meus que escrevessem as suas biografias. Um deles, Max Hecht, advogado nascido na Alemanha, viveu os anos de ascensão do nazismo, lutando contra a sua implantação. Procurado como autor de panfletos contrários ao regime, fugiu para o Brasil. Em uma tarde, olhando pela janela de seu escritório na cidade de Karlsruhe, verificou que na calçada abaixo dois homens trajando capas pretas, muito similares às dos agentes da Gestapo, aguardavam por ele. Saiu pela porta dos fundos e se dirigiu para a estação de trem, onde embarcou em direção ao Sul. Chegou a Constança e se refugiou em um mosteiro católico, de onde, com documentos falsos, entrou na Suíça. De lá, foi para a França e, finalmente, para o Brasil, onde, tempos depois, vieram a se unir a ele sua mulher e filhos. Em São Paulo, alcançou posição de destaque como cidadão e pai de família exemplar. É uma história que, por si só, valeria um romance. Ele atendeu à minha sugestão e começou a escrever suas memórias. Não pôde concluí-las, pois veio a falecer – ficou nas primeiras páginas.

José continuou insistindo, procurando me incentivar, presenteando-me com livros de Norberto Bobbio que retratam a sua vida como professor e militante político. Pensei muito sobre me empenhar nessa tarefa de recompor lembranças, fatos, êxitos, frustrações e tantas coisas mais que compõem a vida de qualquer um de nós. Daí esta tentativa de, respondendo à provocação de meu filho, escrever minhas memórias.

Nem sempre esse tipo de reconstrução guarda absoluta fidelidade com os fatos vividos. Muitas vezes enfeitamos o passado. Outras vezes o cobrimos de cores negras. Parece-me natural. Afinal, a vida de todo ser humano oscila entre coisas boas ou más, que muitas vezes não são assim tão más nem tão boas. Quando delas nos distanciamos, os momentos felizes parecem ter sido os mais felizes, enquanto as dificuldades ultrapassadas aparecem coloridas pelo cinza ou negro do esquecimento. Tentei minimizar na medida do possível esses fatores, procurando com certa objetividade construir o relato mais fiel.

O século passado deu uma nova dimensão às relações entre os povos, marcando, sobretudo, diferenças abissais entre ricos e pobres. No Brasil, ingressamos no século XXI com indicadores sociais que mostram um país muito desigual, com uns poucos desfrutando a sua imensa riqueza, em detrimento de milhões de brasileiros miseráveis. Na minha trajetória, procurei dentro de meus limites lutar pelo sonho de uma sociedade mais justa, seja como promotor público, como militante dos direitos humanos, como político que ajudou a construir o primeiro partido de esquerda que se tornou uma alternativa real de poder, o PT. A história que me proponho a contar é a de um cidadão que lutou e luta pela cidadania de tantos quantos que, por razões diversas, são excluídos da nossa sociedade.

Gostaria de registrar meus agradecimentos ao Marcelo, meu neto, autor da capa deste livro que, penso, agradará a todos. À Martins Fontes Editora, pela solução dos problemas que surgem numa edição, contando com a compreensão e ajuda de Alexandre Martins Fontes e Luis Rivera. A Domitila Farina, a paciência em digitar repetidamente e me ajudar no resgate da documentação que serviu de base para a narrativa.

Quero fazer um agradecimento especial a Edney Cielici Dias, que deu forma final às memórias. Resultado de minha formação de bacharel em direito, nem sempre ordeno as coisas que foram acontecendo em minha vida com o perfeccionismo desejável. Cronologia dos fatos e seu entrosamento estavam a pedir maior atenção. Esta adveio com a intervenção de Edney, num trabalho a quatro mãos que se estendeu por mais de seis meses e que despertou uma amizade que por certo não vai se encerrar com a edição deste livro.

ESQUADRÕES DA MORTE

> Estamos todos comprometidos. A imprensa, o rádio e a televisão, porque dão cobertura promocional às bestiais execuções. Nós é que cruzamos os braços. Os membros do Esquadrão da Morte são retocados, idealizados. Criou-se o mito selvagem e irresistível.
> Nem se pense que a matança seja impopular. Amigos meus, colegas, batem na tecla obsessiva: "São bandidos." São bandidos, mas entregam-se, estão de braços levantados e, de qualquer forma, impotentes, indefesos. E, se matarmos, seremos piores do que eles e ainda mais bandidos. Ouço aqui e ali vozes repetindo: "A polícia faz bem. Faz bem."
>
> **Nelson Rodrigues** (*Jornal do Brasil*, 10 de março de 1969)

Em 1970, eu poderia me dizer um homem realizado. Havia 12 anos era procurador de Justiça do Estado, patamar mais elevado na carreira do Ministério Público. Tinha tido passagens destacadas nas gestões de Carvalho Pinto no governo de São Paulo (1959-63) e no Ministério da Fazenda (1963). Atuava também como jornalista do *Estado de S. Paulo* desde o final dos anos 1950, onde escrevia sobre temas relacionados ao mundo jurídico. Aos 48 anos, estava feliz acima de tudo com minha família, à qual sou muito ligado, e pretendia desfrutar o máximo de meu tempo na companhia da minha mulher e dos meus sete filhos. Foi justamente nesse período que uma decisão, orientada estritamente pela minha consciência e pelo meu senso de dever, iria me desviar desse roteiro de vida confortável e me colocaria à prova no meu papel de defensor de direitos de meus concidadãos. Essa escolha marcaria definitivamente minha atuação pública, ligando-a de forma muito estreita à defesa dos direitos humanos e à construção da cidadania no Brasil. Por isso começo estas memórias a partir desses dias.

O Brasil vivia o terceiro governo do regime militar instalado em 1964, presidido pelo general Emílio Garrastazu Médici. Desde 1968, com a edição do Ato Institucional nº 5 (AI-5), que restringiu direitos individuais e ampliou o poder discricionário do Estado, o país tinha passado a viver sob uma ditadura explícita. A oposição ao governo se intensificou com a guerrilha urbana, iniciada por grupos de esquerda que agiam na clandestinidade. A reação a esse movimento se deu na forma de forte repressão, exercida por unidades militares e grupos policiais que não hesitaram em utilizar meios ilícitos de atuação, entre eles a tortura. Dentro desse contexto de acirramento político, cerceamento de liberdades, censura aos meios de comunicação e terror, uma série de assassinatos passaram a ocorrer na Grande São Paulo, atribuídos a uma organização que se autodenominava Esquadrão da Morte.

Cadáveres de criminosos comuns ou de simples acusados de cometer delitos eram despejados nas estradas da periferia. Junto a eles, cartazes mostravam o desenho de uma caveira com dois fêmures cruzados e a assinatura do esquadrão. A situação colocava em xeque o papel das instituições, pois estavam sendo praticados assassinatos bárbaros e as autoridades estavam de braços cruzados. Chocava, sobretudo, a quantidade de homicídios cometidos sem que investigações adequadas tivessem lugar. Na prática, instauravam-se inquéritos, sumariamente arquivados a pedido do Ministério Público, o que deixava o caminho aberto às atividades do bando, cujos membros não se conseguia claramente identificar. Divulgados pela imprensa, logo esses crimes passaram a ter repercussão no exterior. Mas as autoridades responsáveis por coibi-los insistiam em não tomar providências.

Tendo em vista a gravidade da situação, eu havia solicitado providências numa reunião do Colégio de Procuradores de Justiça do Estado, ocorrida em março de 1969. Não se sabia do que se tratava e quais as pessoas que participavam do grupo criminoso. Havia somente conjecturas. O procurador-geral, Dario de Abreu

Pereira, contudo, não tomou nenhuma atitude. Apenas ouviu, como também ouviram os colegas. Embora nada tenha sido feito, o meu pedido repercutiu de maneira negativa no governo do Estado. O governador Abreu Sodré (gestão de 1967 a 1971) passou a me atacar, como que vestindo a carapuça que caberia aos responsáveis pelos homicídios diariamente noticiados. Segundo ele, o tal esquadrão não existia, e a polícia agia corretamente, livrando a população de perigosos delinquentes. Coincidentemente, após essa primeira tentativa de apurar os assassinatos, as notícias sobre o esquadrão começaram a ficar menos frequentes. Mas era só um arrefecimento.

Em junho de 1970, a matança ganhou forte intensidade depois do assassinato do investigador de polícia Agostinho Gonçalves Carvalho. Pelo menos oito detentos foram retirados do antigo Presídio Tiradentes e assassinados para vingar a morte do policial. Um porta-voz do esquadrão fazia contato com a imprensa, anunciando 10 ou até mesmo 28 mortes para vingar o crime.

Tratava-se do ápice de um processo cuja lógica passava por cima dos mais elementares princípios de justiça e civilidade. A história brasileira já havia registrado inúmeros casos de violações de direitos. Mas a barbárie policial se acirrava naquele período de cerceamento de direitos e arbitrariedades. As mortes dos criminosos "pés-de-chinelo" tornaram-se sistemáticas, e seus executores, ainda que se mantivessem no anonimato, não tinham nenhum pudor em fazer a apologia de seus crimes, que sempre levavam a assinatura do esquadrão.

Um artigo do eminente jurista Miguel Reale[1] havia expressado o que eu pensava sobre a situação. Nele havia uma frase-síntese: "Creio que já silenciamos em demasia e devemos todos nos penitenciar de tão longa omissão." Era uma advertência sobre os riscos de uma atitude que se afastava da busca pela justiça, dos

....

1. Publicado no jornal *Folha de S. Paulo* em 18 de maio de 1969.

melhores costumes e imprimia uma característica brutal à alma brasileira. Sob pretexto de "segurança", matava-se impunemente, com a anuência das instituições que deveriam investigar e conter esses crimes.

A idéia de que se estava fazendo uma "limpeza", além de desumana e fora da lei, era absolutamente falsa, como as investigações rapidamente mostraram. Mas a concepção de eliminar, não importa como, elementos indesejáveis exerce um fascínio perverso nas sociedades. Num contexto de prosperidade econômica e otimismo do chamado "milagre brasileiro", a eliminação de uns tantos marginais talvez soasse para o cidadão médio como algo distante, em que não era conveniente pensar. Esse embotamento de consciência poderia mesmo ter um sentido prático, como se formulado num raciocínio do tipo: "Eu fico quieto e eles me livram de ladrões e homicidas. O que posso querer mais?" No entanto, como notou a voz corajosa do dramaturgo Nelson Rodrigues, a aceitação dos crimes significava uma equiparação aos piores marginais. O que estava em jogo à época era a luta pela dignidade da pessoa e da sociedade. Infelizmente, o tema é ainda atual.

Em um regime democrático, a defesa dos direitos humanos tantas vezes é permeada de dificuldades e riscos. Na ditadura, significa uma atitude quase suicida, pois implica entrar em choque aberto com esquemas de repressão que agem desenfreadamente. Algo, porém, precisava ser feito. Consultei minha família em um fim de semana que passamos em um sítio que possuímos nos arredores de Campinas. Sabíamos que comprar aquela causa iria acarretar problemas graves com o governo e a polícia, como de fato se verificou. Mas obtive o apoio de minha mulher e de meus filhos. Consideraram que eu devia seguir o que mandava minha consciência, independentemente das dificuldades que se anunciavam. Isso foi fundamental para suportar as pressões que se seguiram.

Meditei muito sobre qual atitude adotar. Optei por uma representação formal ao procurador-geral da Justiça, para que, à falta de melhores investigações por parte da polícia, o Ministério Público cobrisse as omissões e passasse a investigar o que de verdade existia nessa sucessão de homicídios. O procurador-geral, o mesmo Dario de Abreu Pereira, depois de ouvir o Colégio de Procuradores, designou-me "para assumir a supervisão e orientação das tarefas pertinentes ao Ministério Público, no que respeita à preservação da Lei e do Direito, no episódio denominado Esquadrão da Morte". Era 23 de julho de 1970.

Tenho, como na ocasião tive, a impressão de que se me preparava uma armadilha com a minha designação. A insistência em investigar era minha. Como, supostamente, não haveria meios para levá-la a bom termo, o fracasso na apuração seria contabilizado a meu descrédito, no Ministério Público e fora dele. A propósito, quando depois me encontrei com o secretário de Estado da Segurança, coronel Danilo Darcy de Sá da Cunha e Mello, ouvi dele que não me daria nenhuma ajuda, mesmo porque nada seria possível fazer para elucidar o caso.

Mas a "virtù" de buscar a investigação foi premiada de alguma "fortuna". Aconteceu que, paralelamente à minha representação, o então presidente do Tribunal de Justiça de São Paulo, desembargador Cantidiano Garcia de Almeida, ordenava que se procedessem, pela Vara da Corregedoria da Polícia, a investigações que levantassem o véu que encobria as atividades do esquadrão. Graças a essa medida e ao apoio do então corregedor-geral da Justiça, José Geraldo Rodrigues de Alckmin, as investigações puderam avançar no ano que se seguiu. Dos governos estadual e federal, só obtive cerrada oposição.

Investigações

Recebi, a meu pedido, dois auxiliares, os então promotores Dirceu de Mello e José Silvio Fonseca Tavares. Não tinha dúvidas de que estava metendo as mãos num vespeiro, pois, como desde logo se constatou, o cabeça do bando era o delegado Sérgio Paranhos Fleury, já então considerado pelo sistema de segurança da ditadura como o homem símbolo da luta contra a "subversão". O delegado responsável por caçar militantes de esquerda era o mesmo homem que estava por trás do grupo que eliminava criminosos "pés-de-chinelo". Com a ajuda dos dois promotores e com o apoio do juiz Nélson Fonseca, corregedor dos Presídios e da Polícia Judiciária, foi possível ao fim de um ano de atividades indicar a julgamento, em oito processos, 35 agentes da lei, entre delegados, investigadores e outros funcionários da Polícia Civil.

A leitura dessas sindicâncias mostra que a atuação do esquadrão não correspondia em nada ao suposto objetivo de livrar a sociedade de marginais. Tratava-se de um esquema que favorecia determinadas quadrilhas de drogas em detrimento de outras, assegurava redes de prostituição e adotava o sistema mafioso de venda de proteção. Os crimes atribuídos ao esquadrão chegavam a centenas – e nunca se soube quantos realmente foram.

Em meio a tantos assassinatos, resolvemos começar pelo caso que parecia mais simples de esclarecer, pois a vítima havia sobrevivido. Tratava-se de uma tentativa de morte contra Mário dos Santos, conhecido como Mário Ladrão, traficante e autor de outros delitos que fora baleado numa estrada da periferia e dado como morto. Surpreendentemente, após receber os tiros, foi socorrido por um dos que atentaram contra sua vida e levado para a Santa Casa, onde foi tratado e liberado. Como se apurou, havia sido uma tentativa de queima de arquivo. Em 1º de dezembro de 1968, policiais o haviam capturado perto do bar Kotucão, na rua João Ramalho, em Perdizes, bairro de classe média da capital. Ele foi torturado e seviciado na casa de um alcagüete viciado em drogas, na rua Dr. Costa Júnior, próximo ao local de captura. Os agentes queriam recuperar um caderno com anotações de contribuições à polícia de outros dois traficantes.

Ouvir Mário Ladrão foi um surpresa, pois era tipo muito falante, bem vestido, com jeito de galã de cinema e, sobretudo, sem medo de falar. Narrou sem hesitação o que acontecera. Fora torturado por policiais que estavam em busca de dois outros traficantes ligados a ele: Luciano e Paraíba. Esses dois pertenciam a um grupo rival ao que era protegido pelo esquadrão. Um dia depois, Luciano e Paraíba foram capturados por policiais na rua da Consolação, no centro, numa ação em que estava presente o próprio Fleury. Foram assassinados com balas de diversos calibres na altura do km 32 da rodovia Castelo Branco, na região metropolitana de São Paulo.

Outras investigações tiveram curso, desvendando toda uma gama de crimes. Um caso fundamental para elucidar quem eram os policiais envolvidos foi o do assassinato de Antônio de Souza Campos, o Nego 7, ocorrido no bairro Nossa Senhora de Fátima, em Guarulhos, no dia 23 de novembro de 1968. A caça a Nego 7 se deu porque ele pertenceria à quadrilha responsável pela morte do policial David Romero Paré. Agentes da Polícia Civil fizeram uma tocaia e Nego 7 foi cortado pelas balas, sem chance de defesa. O seu corpo foi recolhido pelos policiais e descartado em Guararema, também na Grande São Paulo. Era mais um crime com a assinatura do esquadrão. O porta-voz do grupo, autodenominado Lírio Branco, entrou em contato com jornais para dar em primeira mão a notícia.

Na diligência policial, comandada por Fleury, os policiais não contaram com a presença de um padre canadense, Geraldo Monzeroll, que, do interior da Igreja de Nossa Senhora de Fátima, tirou várias fotos que permitiram a identificação de participantes da operação. O depoimento do padre foi fundamental no inquérito e, posteriormente, ele sofreria um atentado de vingança, promovido pelo esquadrão — foi jogado de um andaime de uma obra na igreja, mas sobreviveu e, depois de muito tempo, recuperou-se. O reconhecimento dos policiais foi confirmado em Juízo pelo padre e outras testemunhas, principalmente o pedreiro Zé Botinha e sua mulher, a qual fora obrigada, pelos agentes, a lavar o sangue de Nego 7. A figura de Fleury se destacava na identificação, pois, além de seu físico avantajado, tinha à época uma tipóia em um dos braços.

Numa das audiências, perguntei a um policial como Fleury e agentes de seu grupo conseguiam torturar e matar a sangue-frio. Respondeu-me que se drogavam. "Fleury também?", questionei, pois o delegado sempre estava com os braços desnudos e neles não se constatavam marcas de uso de drogas. O policial respondeu: "Peça para levantar as pernas das calças e abaixar as meias. É ali que ele se pica." Não pedi que o delegado baixasse as meias, mas vários policiais confirmaram que ele se drogava. Um deles até retrucou: "O senhor acha que ele faria o que faz sem a droga?" Pouco a pouco, descobríamos a face verdadeira do esquadrão.

"São bandidos. São bandidos, mas entregam-se, estão de braços levantados e, de qualquer forma, impotentes, indefesos." Mas não se tratava apenas de bandidos mortos ao se render à polícia, como no caso do Nego 7. Ficou demonstrado nas investigações que, em muitos casos, os assassinados eram pobres coitados recolhidos à cadeia "por vagabundagem", que tinham sido de lá retirados para serem mortos. Quem passa hoje pela movimentada avenida Tiradentes, na região central de São Paulo, talvez note – do lado oposto ao Quartel da Luz, sede das Rondas Ostensivas Tobias de Aguiar (Rota) – um conjunto arquitetônico moderno, com corredores tubulares e acabamento de tijolo aparente, que abriga o Teatro Franco Zampari. Do antigo Presídio Tiradentes, que ali ficava, restou apenas o portão principal sem o restante do edifício a que pertencia – um arco isolado, sem as muralhas que se fechavam sobre ele. Num país sem memória, poucos sabem o que se passou naquele local, onde, desde o século XIX, eram recolhidos presos da capital, comuns e políticos. As investigações que fizemos ajudou a contar um pouco dessa história.

Para isso, o depoimento do padre Agostinho Oliveira foi fundamental. Ironicamente, o religioso havia sido colega de escola do delegado Fleury – jogavam basquete juntos. Em 1969, o padre tinha trabalhado voluntariamente por dois meses no presídio. Havia tentado ajudar os presos, submetidos a tratamento desumano e a torturas. Logo ele descobriu que detentos eram também levados pelo esquadrão para serem assassinados. O padre e, posteriormente, o preso político Guilherme Simões Gomes, recolhido no Tiradentes, nos indicaram como poderíamos encontrar rastros dessas operações nos registros da prisão, normalmente adulterados para encobrir o sumiço dos detentos. Além do presídio, outra fonte de presos para a carnificina do esquadrão era a carceragem do então Departamento Estadual de Investigações Criminais (Deic). Matavam ao bel-prazer não só os que se rendiam, mas também os recolhidos sob responsabilidade do Estado. O que teria dito Nelson Rodrigues de mais essa loucura?

Afastamento

É importante frisar que o esquadrão contava com a benevolência do governador Abreu Sodré e dos seus secretários da Segurança, principalmente Hely Lopes Meirelles, que ocupou a pasta entre 1968 e 1969 e depois foi secretário da Justiça (1969-71). Meirelles fora juiz de Direito e eu o conheci no período em que fui promotor em Franca (1949-51). Ele havia sofrido uma tentativa de assassinato ao interrogar um réu em Ituverava (SP). Atuei como promotor contra o homem que atentou contra a vida dele. Por esse tempo, tornei-me seu amigo. Esse antigo relacionamento foi rompido quando Meirelles passou a referendar, como secretário, a atuação dos policiais do esquadrão. O objetivo do governo era dar uma demonstração de eficiência policial para uma população aterrorizada com o avanço da criminalidade. O governo federal, oficialmente, repudiava a atuação do grupo, mas na prática estava envolvido com ele no Estado, pela presença do Fleury no Departamento de Ordem Política e Social (Dops). Investigações sobre grupos de extermínio seguiram com apoio federal em outras unidades da Federação, mas em São Paulo elas sofriam resistências.

À medida que os trabalhos avançavam, corriam soltas notícias de minha exoneração. A propósito, havia tido uma entrevista com o coronel Otávio Costa, do gabinete do presidente Médici, e depois várias outras com o coronel Walter Faustini, responsável pelo escritório do Serviço Nacional de Informações (SNI) em São Paulo. Tudo isso na expectativa de encontrar um interlocutor lúcido, evitando qualquer intervenção do governo federal que pudesse abortar as penosas investigações já feitas e outras em curso e que importavam no desbaratamento do esquadrão. Tinha, então, plena consciência das dificuldades, uma vez que Fleury era considerado o homem símbolo da repressão política – e isso me foi dito sem rebuços pelo coronel Faustini em um de nossos encontros. O coronel, muito amável, procurou demonstrar que não seria conveniente a caracterização do delegado como chefe do grupo, "pois ele estava prestando serviços especiais ao governo, e a sua falta em diligências em andamento poderia prejudicar os interesses do sistema". E, ademais, minhas investigações já eram noticiadas pela imprensa do Leste Europeu... Em resposta, disse-lhe que os trabalhos iriam prosseguir e que a questão do "homem símbolo" dizia respeito aos órgãos de segurança, que tinham optado, para suas tarefas, por um policial que se notabilizara pela violência, pela prática da tortura e de homicídios, contando sempre com a impunidade.

Naquele tempo, o Código de Processo Penal permitia que, uma vez denunciado alguém por homicídio, fosse decretada sua prisão preventiva mesmo sendo ele réu primário e com bons antecedentes. No caso do Nego 7, tudo recomendava que fosse adotada a medida. Entretanto, depois de muito refletir, resolvi esperar novas denúncias para, caracterizada sem nenhuma dúvida a atividade criminosa dos policiais, solicitar a prisão preventiva de Fleury e de seus companheiros. Cheguei a fazê-lo, mas a prisão do delegado não ocorreu durante o período em que eu estava à frente das investigações.

Na verdade, tantas passaram a ser as violações constatadas que a prisão de Fleury se impôs de maneira irrefutável. Em outubro 1973, ele foi recolhido ao Dops, no prédio do largo General Osório. Tratava-se de um recolhimento relativo, pois o Dops passara a ser o quartel-general de Fleury desde quando ele havia se tornado responsável pela repressão política. Ficou preso pouco tempo. Em novembro, projeto apresentado ao Legislativo federal foi transformado em lei em tempo recorde para beneficiar o delegado. A chamada Lei Fleury, como ficou conhecida, representou paradoxalmente um avanço no Direito brasileiro, uma vez que dispôs que o réu primário e com bons antecedentes não deve se sujeitar à prisão provisória antes de seu julgamento. Mas essa lei essencialmente boa nasceu de um casuísmo, para proteger um notório criminoso.

Com minha insistência em prosseguir nas investigações, de tal forma que se punissem os culpados pela situação, surgiram várias tentativas de levar os trabalhos ao descrédito e de me afastar. A responsabilidade Fleury era clara. Mas os policiais do esquadrão jamais teriam agido se não tivessem o suporte de seus superiores, no caso o governador Abreu Sodré e seus subalternos da área de segurança. A investigação pretendia chegar a eles[2].

....

[2]. A respeito do respaldo governamental à atuação do Esquadrão da Morte, trecho do livro *Autópsia do medo*, do jornalista Percival de Souza, reproduz respostas reveladoras de Fleury a uma amante, conforme publicado no *Jornal da Tarde* de 27 de novembro de 2000: "Tortura? As ordens eram para arrancar a verdade, desse no que desse, custasse o que custasse. Eu recebo ordem, eu passo ordem. Todos delegados do Dops sabiam muito bem que era este o procedimento. [...] A guerra é assim, minha flor. [...] Disseram que há vários esquadrões por aí... Em tudo o que fiz, recebi ordens. Vinham lá de cima. Você acha que o governo não poderia, se quisesse, acabar com o Esquadrão da Morte?"

Na área judicial, tentou-se qualificar os fatos como delitos contra a segurança nacional, para que fossem apreciados pela Justiça Militar. Dessa maneira, a investigação do Ministério Público estadual perderia a razão de ser. Mas não lograram concretizar esse intento. Daí começaram as investidas do chefe do Ministério Público de São Paulo, então Oscar Xavier de Freitas, para que eu saísse "voluntariamente" das investigações. Diante de minha negativa, ele acabou, naturalmente pressionado pelo governo, por assumir a responsabilidade pela minha exoneração, ocorrida nos primeiros dias de agosto de 1971.

Mas as investigações seguiram, coordenadas pelos promotores Alberto Marino Jr. e Djalma Lúcio Gabriel Barreto. Foram indicados os autores de 65 mortes, aumentando assim o número daqueles já apontados como membros do esquadrão paulista. No final de 1973, contudo, o mesmo Oscar Xavier de Freitas chamou os dois promotores para uma conversa, para dizer que todos estavam em perigo, que a impunidade de Fleury era uma questão de honra para a cúpula do governo e das Forças Armadas. "Se presenciar algum homicídio, vire o rosto. Não veja mais nada!", disse o procurador-geral a Barreto.

Não estava só

Durante as investigações e nos anos que se seguiram, concedi algumas entrevistas de impacto, em que dava conta das ameaças dirigidas a mim e a meus familiares. Era uma forma de me defender dos que queriam me atingir. Recebia as mais diversas ameaças, tive telefone grampeado, invasões a meu escritório e a minha casa, punição maculando minha folha de serviços por parte de um procurador-geral da Justiça teleguiado. Enfim, recebi muitos alertas para que permanecesse calado. Mas não me calei, pois tinha a convicção de que, se fechasse a boca, as ameaças contra minha vida poderiam se concretizar.

Pessoas próximas a mim estavam preocupadas com o que pudesse acontecer. O procurador Luís Kujawski, amigo como poucos, retirou de minha biblioteca *O capital*, de Karl Marx, antevendo a possibilidade de que o livro servisse de base a uma acusação contra mim. Isso queria dizer que a qualquer momento eu poderia passar pelo dissabor de uma busca em minha casa pela polícia. Em outro momento, ainda no período em que comandava as investigações, um outro amigo, o empresário italiano Mario Lorenzi, procurou-me no meu escritório, na avenida São João, próximo ao largo do Arouche. Ele me convidou para almoçar no restaurante Ca-D'Oro. Fizemos o trajeto a pé. Não foi propriamente um almoço, porque passamos a tarde toda papeando e tomando champagne, acompanhado de caviar. Mario fora ligado ao Partido Comunista Italiano, tendo atuado na resistência aos nazistas durante a Segunda Guerra Mundial. Ele soube das minhas dificuldades e demonstrou que, como amigo, partilhava também dos momentos difíceis que eu então vivia. Nunca me esqueci daquele gesto, vindo em um dia de muitas inquietações. Lembrei-me então da alegria de Jean-Christophe, no romance do mesmo nome de Romain Roland, quando descobriu que tinha um amigo: "Tenho um amigo! Tenho um amigo!" Ali estava um amigo.

Não posso deixar de mencionar que, paralelamente às ameaças, recebi inúmeras moções de apoio de personalidades públicas e de entidades. Durante o ano em que me empenhei na apuração dos crimes do esquadrão, a melhor imprensa do país acompanhou meu trabalho. Do *Estado de S. Paulo* e do *Jornal da Tarde*, o apoio foi o mais amplo possível. A família Mesquita, proprietária dos jornais, não se dobrava aos comandos da ditadura e estampava editoriais mostrando a verdadeira face do esquadrão, sobretudo as ligações de seus membros com os órgãos de segurança. Essa tomada de posição não se dava apenas porque tínhamos boas relações de amizade, aprofundadas por ter exercido durante anos no *Estadão* as atribuições de editorialista. Minha luta estava estreitamente ligada à linha defendida por ambos os jornais, que não admitiam a violência que se espraiava em nome da preservação da ditadura militar. Tanto Júlio de Mesquita Neto como Ruy Mesquita tentaram me colocar em contato com militares que poderiam ter alguma influência no sentido de que as investigações fossem até o fim. Se alguma coisa de positivo foi conseguida, nunca se soube. Mas pelo menos o sistema passou a saber que eu não estava só.

Perseguições

Logo após minha exoneração das investigações, passei a receber intimações – que não atendi – para comparecer à Receita Federal. Queriam investigar minhas declarações do Imposto de Renda. Em setembro de 1971, meu escritório na alameda Santos, nos Jardins, foi invadido à noite e foram levados somente documentos referentes à minha vida financeira. Registrei ocorrência policial do fato. O inquérito, em vez de procurar verificar o que ocorrera, apontava para uma queixa infundada, como se o que havia acontecido se devesse a um desejo meu de publicidade, acusação que tive de rebater. Sobre as investidas da Receita, falei com Antonio Delfim Netto, então ministro da Fazenda. Ele compreendeu que se tratava de uma intimidação e deve ter tomado alguma providência porque, depois disso, não fui mais importunado nessa área.

Conversei também com Carvalho Pinto, naquela época senador pela Aliança Renovadora Nacional (Arena), uma das siglas do bipartidarismo imposto pelos militares – a outra era o Movimento Democrático Brasileiro (MDB). A sabedoria popular os qualificava de partidos do "sim" e do "sim, senhor". Solicitei que fizesse um pronunciamento no Senado sobre minha pessoa. Argumentei que um depoimento seu a meu respeito poderia diminuir a tensão em que eu e a minha família vivíamos. Não consegui sensibilizá-lo. Disse-me que era parlamentar da situação e não ficaria bem para ele um pronunciamento sobre alguém que atuava "do outro lado". Sugeriu que procurasse o também senador André Franco Montoro, do MDB. Foi o que fiz. Montoro não tergiversou e me disse: "Deixe que vou obrigar o Carvalho Pinto a dar seu testemunho, porque durante o meu discurso pedirei o seu depoimento e ele terá que fazê-lo." E assim foi, conforme registros do Senado, na sessão de 28 de setembro de 1971:

O SR. PRESIDENTE (Carlos Lindenberg): Tem a palavra o Sr. Senador Franco Montoro.

O SR. FRANCO MONTORO: Sr. presidente e srs. senadores, quando do afastamento do procurador Hélio Bicudo do comando das investigações sobre as atividades do Esquadrão da Morte, em São Paulo, lamentamos a atitude do procurador-geral da Justiça de São Paulo e salientamos a dívida da sociedade para com aquele membro do Ministério Público, pelo trabalho que realizou, da maior importância, nos planos interno e externo. No Brasil, porque se pôs um ponto final a crimes que até então se praticavam impunemente contra marginais.

No exterior, porque tais delitos, amplamente divulgados pela imprensa internacional, estavam contribuindo para a formação de uma imagem desfavorável do país. Note-se que não foi o noticiário sobre o esquadrão que para isso contribuiu, mas o fato da existência do esquadrão e sua impunidade. A apuração desses crimes e o julgamento de seus autores, com apoio pleno do governo, somente poderiam se constituir em fator positivo, demonstrando o propósito de esclarecer a verdade e punir os culpados.

Infelizmente, porém, o trabalho sério que vinha sendo realizado não recebeu dos órgãos governamentais o desejável apoio. E a pessoa que se responsabilizou pela acusação pública foi objeto de seguidas ameaças, tendo sido anunciado, inclusive, que o representante do Ministério Público em questão, a certa altura – não sabendo, seguramente, a origem das ameaças físicas e morais que lhe eram feitas –, entregou uma carta-testamento a pessoas de sua confiança, para ser publicada *in extremis*.

Quem conhece de perto o dr. Hélio Pereira Bicudo sabe de sua honradez e probidade e da força moral com que costuma enfrentar ameaças ou perseguições de qualquer natureza no cumprimento de seus deveres.

O SR. CARVALHO PINTO: V. Exa. dá licença para um aparte?

O SR. FRANCO MONTORO: Com prazer, nobre Senador.

O SR. CARVALHO PINTO: Conhecendo de longa data o procurador Hélio Bicudo, pois foi auxiliar de minha confiança tanto no governo do Estado como no Ministério da Fazenda, posso trazer também meu testemunho acerca dos atributos pessoais que o credenciam ao respeito público e dentre os quais sobrelevam, especialmente, o rigor e a impessoalidade com que sabe cumprir seus deveres, sem medir riscos ou sacrifícios de qualquer natureza.

O SR. FRANCO MONTORO: Agradeço o aparte e o depoimento valioso de V. Exa., que conheceu de perto o professor Hélio Bicudo; foi ele, inclusive, chefe do Gabinete Civil do governo de V. Exa.; foi procurador da maior respeitabilidade em São Paulo, tendo sido indicado, por várias vezes, para procurador-geral do Estado. É um dos nomes que honram o Ministério Público de São Paulo.

Essa disposição deve ser louvada, a de procurar apurar responsabilidades e punir os culpados, mas no caso, nobre senador, há uma circunstância que não pode deixar de ser lamentada por todos. É que esse procurador, respeitado por todos e que aqui mais uma vez teve sua atuação e probidade destacadas, acaba de ser afastado da função de acompanhar, apurar e punir os responsáveis.

Afastado do encargo, não encontrou o dr. Hélio Pereira Bicudo o repouso físico e moral que merecia. Vem sendo ostensivamente seguido em todos os seus passos. Ainda recentemente teve o seu escritório invadido e os documentos filmados. Para que e por quê? É a pergunta que todos nós fazemos, ante essa violência, que merece o repúdio de todos. Com satisfação, vejo a unanimidade dos membros do Congresso repudiarem essa violência.

É estranhável, entretanto, que um homem que dedicou sua atividade, correu todos os riscos para apurar tais fatos, sofra agora uma verdadeira perseguição. Teremos aqui a repetição do que ocorreu na Grécia, onde um juiz de instrução foi mandado às grades porque apurou crimes de elementos da classe dominante? Se um ilustre representante do Ministério Público, com inegáveis serviços à causa pública, torna-se objeto de ameaças e violências, o fato não pode deixar de receber das autoridades do Estado e do País o amparo e a segurança devidos a qualquer cidadão e especialmente a um representante da Justiça Pública.

O Senado não pode silenciar diante dessa situação de insegurança que a todos traz as maiores apreensões [...]

Após o pronunciamento de Montoro, houve uma redução das pressões e ameaças, podendo eu assim prosseguir nas minhas atividades profissionais no Ministério Público. Mas as intimações se seguiram até pelo menos o final de 1976, ano em que publiquei o livro *Meu depoimento sobre o Esquadrão da Morte*. Foram vários episódios. Ao comemorarmos nossas bodas de prata, em 19 de outubro de 1971, eu e Déa, minha mulher, viajamos a passeio ao Rio de Janeiro. Lá chegando, fomos de táxi visitar minha irmã Ceci e meu cunhado Guilherme, que residiam em Pilares, subúrbio do Rio. No meio do trajeto, o motorista perguntou-me se eu era militar. Estranhei a pergunta. Ele me explicou que a fizera porque estávamos sendo seguidos por um carro com várias pessoas. O motorista percebera, pelo espelho retrovisor, que esse carro forçara vários semáforos para não nos perder de vista. Sugeri então que ele fizesse uma manobra rápida e entrasse na primeira rua à direita, para depois retornarmos à avenida. Assim se fez, e o carro que nos seguia não teve tempo de nos acompanhar, passando direto. Demos uma volta no quarteirão e prosseguimos o trajeto, quando, mais adiante, fomos surpreendidos pelo mesmo carro, que voltava pela outra mão. Assim que cruzamos, o veículo fez um cavalo-de-pau, colocando-se novamente atrás de nós. O motorista ficou desesperado. Acalmei-o, pois estávamos perto de nosso destino. Disse que entrasse na rua e estacionasse o carro na garagem da casa de nossos parentes. Isso feito, o carro que nos perseguia estacionou na esquina, logo abaixo. Tínhamos um primo que era delegado de polícia no Rio. Telefonei a ele e solicitei providências, inclusive para liberar o motorista do táxi. Algum tempo depois, o carro se foi e não tivemos mais nenhuma complicação. Disse-me meu primo que policiais estavam nos dando segurança. Curiosa maneira de dar segurança, atemorizando pessoas que nem sequer haviam solicitado providências.

Situação semelhante repetiu-se na via Anhangüera, num dia em que íamos para o sítio. Nessa ocasião, consegui despistar os interessados em minha "segurança". Entretanto, em um outro fim de semana, quando retornávamos a São Paulo, meus filhos, que tinham ido à frente, voltaram para avisar-me que o mesmo carro estava estacionado na direção de São Paulo, no trevo de Vinhedo. Ainda aqui consegui despistá-los. Fiz uma volta até Valinhos e prossegui para São Paulo pela Anhangüera. Avisei a Polícia Rodoviária do sucedido e, como de hábito, nada se esclareceu.

No casamento de minha filha Maria do Carmo, em 1973, ocorreu um incidente desagradável. A cerimônia realizou-se na capela da Escola Santa Maria, onde ela estudara desde o primário até o colégio. Quando chegamos à capela, pediram-nos que aguardássemos em uma sala de espera. Soube, então, que se encontrava na igreja um irmão do policial Fininho, do esquadrão, conhecido como Fininho II. As pessoas estavam assustadas e entendiam que somente deveríamos entrar quando afastado o investigador. Depois de algum tempo – a celebração do casamento atrasou mais de uma hora –, o delegado Orlando Barretti, meu colega de turma na Faculdade de Direito, foi chamado e compareceu ao local, determinando a retirada do investigador para que a cerimônia tivesse lugar. Na verdade, sem essa providência, não seria prudente que eu conduzisse Maria do Carmo ao altar. Acreditava em mera intimidação, mas poderia ter sido pior.

Em janeiro de 1976, após uma cirurgia para implantação de ponte de safena, encontrava-me convalescendo no sítio. Minha casa em São Paulo foi então invadida. Fazia algum tempo que o imóvel não contava com a vigilância de um policial militar, que havia solicitado quando comecei as investigações sobre o esquadrão. A casa estava toda desorganizada, com roupas pessoais, de cama e mesa por todos os cantos. Meus papéis foram revirados. O curioso é que objetos de valor não desapareceram, à exceção de nossas alianças de casamento e de meu anel de grau. A maior parte das jóias de Déa estava esparramada pelo chão. A polícia procurou dar uma versão fantasiosa: teriam sido meninos de rua que assaltaram a casa. Fizeram um precário levantamento num vitral e constataram dedos infantis, provavelmente de meus filhos menores. O inquérito, como os demais, não foi conclusivo. Minha suspeita é que estavam atrás dos originais do meu livro sobre o esquadrão, que estava sendo preparado naquele período.

Outra face da censura

Tive dificuldades para editar *Meu depoimento sobre o Esquadrão da Morte*. Fernando Gasparian, sabedor de minha intenção, propôs-se publicá-lo pela sua editora, a Paz e Terra. Não aceitei o oferecimento porque não pretendia prejudicá-lo, já então com problemas por sua atuação de crítica contra as violências da ditadura. Dom Paulo Evaristo Arns, cardeal-arcebispo de São Paulo, aconselhou-me a editora Vozes. O livro foi aprovado pelo conselho editorial. Algum tempo depois, frei Ludovico, diretor da editora, procurou-me e ponderou que a Vozes era uma empresa comercial e, como tal, não estava em condições de suportar o prejuízo decorrente de uma possível apreensão do livro. Assim, se eu estivesse de acordo, ele submeteria os originais à Polícia Federal e, aprovados, publicaria o livro. Não concordei, pois, se entregasse o livro à censura, jamais o teria publicado.

Conversando com Júlio de Mesquita Neto, foi-me sugerida a editora Nova Fronteira. O diretor do *Estadão* se prontificou a agendar uma entrevista com Carlos Lacerda, dono da editora. O encontro teve lugar no Hotel Jaraguá. Para minha surpresa, Lacerda recebeu-me descalço, de calças jeans, busto desnudo, com vários colares de ouro. Não tínhamos nenhuma intimidade e não havia sentido ele me receber daquela forma. Apresentei os originais do livro. Ele fez um comentário que deixava clara sua disposição de não publicá-lo: "Você não vai tirar carteira de valente às minhas custas." Mas ficou com os originais. Dias depois recebi uma carta dele. Nela, a pretexto de ser amigo de Abreu Sodré, ponderava que somente publicaria o livro, entre outras objeções, se eu desse, com antecedência, direito de defesa, no próprio livro, ao então ex-governador, que eu acusava de ser um dos patrocinadores do esquadrão. Mostrei a carta a Júlio de Mesquita Neto, que externou para mim sua decepção com Lacerda. Na verdade, dos termos do texto, depreende-se que ele não era inteiramente contrário ao esquadrão[3]. Talvez Lacerda tivesse em sua mente outro caso de "limpeza social", o afogamento de dezenas de mendigos, promovido por policiais, durante seu governo no Estado da Guanabara (1960-65).

Diante desse quadro, voltei a dom Paulo. Ele foi taxativo: "Vamos publicar seu livro. A Comissão de Justiça e Paz será a edi-

....

3. Na carta de Lacerda, datada de 15 de dezembro de 1975, há o seguinte trecho, referindo-se ao livro: "Não define com a necessária precisão a situação político-social em que ele se pôs em campo: os atentados, os seqüestros, os assaltos terroristas. Ao combatê-los, o esquadrão prestou realmente um serviço ao país? Não mencionar isto de perto é deformar as conclusões que se formulam. Torna-se incompreensível a proteção escandalosa e revoltante, dada a tais criminosos, se não der também o outro lado da questão: a luta contra o terrorismo, que não se faz com gentilezas e salamaleques, nem aqui nem em parte alguma do mundo." A passagem mostra, além da simpatia ao esquadrão, um total desconhecimento do assunto, intencional ou não.

tora." E assim foi publicado em 1976, com a colaboração da gráfica da *Revista dos Tribunais*. A obra, com prefácio de Ruy Mesquita, foi um sucesso e permaneceu entre as mais vendidas durante meses. Teve nove edições em português, uma em italiano e outras em espanhol e francês. Dom Adriano Hipólito, bispo de Nova Iguaçu (RJ), traduziu-a para o alemão, editando-a para estudos em universidades da Alemanha. Declinei dos direitos autorais, repassando-os à Comissão de Justiça e Paz de São Paulo, para ajudá-la na sua atuação no campo dos direitos humanos.

Nesse mesmo ano, o então procurador-geral da Justiça, Gilberto Quintanilha Ribeiro, resolveu punir-me por entrevistas que concedera sobre a publicação do *Meu depoimento*. De fato, antes de entregar ao público o livro e diante da possível – que depois se mostrou concreta – intervenção da Polícia Federal, concedi à imprensa diversas entrevistas, entre elas à revista *Veja* e ao *Jornal da Tarde*, antecipando seu conteúdo. O procurador-geral enviou-me ofício, alegando que eu teria infringido o dever funcional de não conceder entrevistas sobre fatos próprios da administração superior do Ministério Público. Respondi que a questão não se enquadrava em nenhum dos dispositivos apontados em seu ofício, pois se tratava de assunto já do domínio público, constante das mais variadas publicações, como livros, noticiário de jornais, autos e processos públicos. Enfim, de fatos sabidos e notórios.

Naturalmente, para satisfazer determinações superiores – o procurador-geral da Justiça era demissível segundo a vontade do governador de plantão, não possuindo mandato como hoje ocorre –, Quintanilha puniu-me, em novembro, com pena de censura por falta ao dever funcional. Requeri que a punição fosse analisada pelo Colégio de Procuradores. Negado o pedido, ingressei com mandado de segurança perante o Tribunal de Justiça do Estado. O mandado foi instruído com um parecer de Odilon da Costa Manso e impetrado pelo advogado José Aranha. Em seu parecer, Odilon se manifestou nos seguintes termos: "A convicção que firmei é a de que seu direito, líquido e certo, vai além do pleiteado, envolvendo, em verdade, questão de grave interesse para o Ministério Público Paulista." No Tribunal de Justiça, o relator, desembargador Oliveira Lima, assim se manifestou: "Reconhece-se, pois, ao dr. Hélio Pereira Bicudo o básico e elementar direito de que os seus pares do Colégio de Procuradores, na forma do artigo 144 da Lei Orgânica, dentro do próprio âmbito do Ministério Público, verifiquem se o seu outro par, transitoriamente ocupando a Procuradoria Geral, agiu bem ou mal censurando um seu par com a grave pena de ter faltado ao cumprimento do dever funcional." O desembargador Andrade Junqueira, em seu voto, ponderou que, em verdade, o Colégio de Procuradores deveria examinar faltas disciplinares que porventura tivesse praticado qualquer dos membros da equipe que recebeu a missão de investigar os crimes do esquadrão, "missão que, diga-se de passagem, foi cumprida integralmente, constituindo um título de glória para o Ministério Público, qual seja, a de fazer cessar as atividades do Esquadrão da Morte em nosso Estado". Afinal, a punição foi submetida à consideração do Colégio de Procuradores em junho de 1977, que a tornou sem efeito. Apesar da vitória, as resistências à difusão do livro eram grandes. Um mês antes, a Associação Paulista do Ministério Público havia negado sua sede para autógrafos da 5.ª edição do *Meu depoimento*.

Esquadrões, no plural

Durante uma conferência proferida em Londrina, em 14 de setembro de 1977, afirmei que a polícia continuava matando. Só que já não colocava cartazes indicando a autoria dos assassinatos. Aliás, é o que acontece até hoje. O Esquadrão da Morte compunha-se – provoquei – de todo o efetivo policial do Estado, na medida em que era um comportamento disseminado e que não havia a devida apuração de culpas. Obviamente me referia à atuação da corporação, e não a policiais individualmente. O coronel Erasmo Dias, então secretário da Segurança de São Paulo, fez uma declaração à imprensa, em seu estilo truculento, tachando minha visão de "torta por excelência, mentirosa, caluniosa e falsa".

Com a assistência dos advogados Arnaldo Malheiros Filho e José Carlos Dias, decidi processar o secretário por crime contra a honra. Recordo-me de que Erasmo Dias se notabilizara pela prática da violência no exercício de suas atribuições. Basta lembrar a invasão da Pontifícia Universidade Católica de São Paulo (PUC-SP), por ele determinada na mesma época, com centenas de prisões e estudantes feridos, pois a ditadura não aceitava a realização de um encontro nacional de estudantes. No julgamento perante o Tribunal de Justiça, Malheiros procurou demonstrar que houvera intenção deliberada de injuriar e aviltar minha dignidade. José Carlos Dias fez um paralelo: de um lado, um cidadão implacável na luta contra o crime e, de outro, um chefe de polícia que faltava com o respeito para com a opinião pública e a Justiça. O advogado de defesa, J. B. Viana de Moraes, exagerou quando qualificou o coronel Erasmo Dias de "homem tímido"... Perdi feio. Dos desembargadores do TJ que votaram, 28 manifestaram-se a favor do coronel, que teve apenas um voto contra.

Antes, numa entrevista à *Veja* de 11 de maio de 1977, Erasmo Dias havia declarado desprezar a norma constitucional que proibia a chamada prisão para averiguações. O procurador-geral da Justiça, Gilberto Quintanilha Ribeiro — ao analisar a representação que fiz para que se adotassem as medidas contra o secretário, por deliberadamente não cumprir normas constitucionais —, cruzou os braços, por entender que eram "afirmações vagas e imprecisas a respeito da prática policial". Durante a ditadura, não encontramos na Justiça pronunciamentos que pudessem desfavorecer os que participavam do sistema de segurança do Estado. Eram intocáveis.

De 35 policiais denunciados nas investigações sobre o esquadrão, apenas seis, de menor hierarquia, foram condenados. Os delegados foram todos absolvidos. Eram intocáveis. Mas, apesar de todas as dificuldades e algumas frustrações, a luta contra o grupo homicida teve saldo positivo, na medida em que freou, em determinado momento da história brasileira, uma violência policial que parecia não conhecer limites. Ajudou também no respeito aos presos políticos, pois revelou comportamento criminoso de responsáveis pela repressão.

Quase quatro décadas depois, o Brasil mudou em muitos aspectos. A tortura política é página virada, e esperamos que assim continue em nossa história. A violência policial e o desrespeito aos direitos humanos, porém, estão bem presentes. No início dos anos 1970, o Ministério Público acompanhava burocraticamente os inquéritos sobre as mortes em confronto com a polícia. Não há indicação de que a situação tenha mudado substancialmente[4]. No período de 1981 a 2005, a polícia de São Paulo seguiu matando na proporção de, para cada agente morto, treze civis – o que lembra as promessas de vingança do Esquadrão da Morte[5]. Exemplo sintomático dessa situação de violência disseminada, o Conselho de Defesa dos Direitos da Pessoa Humana criou uma comissão especial para investigar a ação de esquadrões da morte em Ribeirão Preto e Guarulhos, em 2003. A investigação concluiu que policiais

....

4. A propósito dessa questão, tese de Beatriz Stella de Azevedo Affonso, apresentada na Universidade de São Paulo em 2004, *O controle externo da polícia: a implementação de lei federal 9.229-96 no estado de São Paulo*, traz algumas pistas da atuação do Ministério Público paulista em anos mais recentes, entre 1996 e 1998: "Em 77,88% dos casos, os policiais militares envolvidos em ações letais não sofreram punição administrativa [...]. Os casos em que os procedimentos investigatórios civis e militares foram arquivados pelos promotores de Justiça representam 72,05% [...]. A posição do Ministério Público em relação aos casos de homicídio doloso de civis com envolvimento de policiais militares sugere que há uma tendência de absorver as decisões da Polícia Militar, distorcendo sua competência de fiscalizador."
5. Reportagem publicada em *O Estado de S. Paulo*, edição de 22 de janeiro de 2006, deu conta de que em 25 anos, de 1981 a 2005, 960 policiais paulistas morreram em diligências. Em contrapartida, 12.862 civis foram mortos em confronto com a polícia. Números de uma verdadeira guerra.

civis e militares, que davam proteção a comerciantes e homens de negócios, foram responsáveis pelo excessivo uso da força e pela prática de homicídios, particularmente contra adolescentes e jovens adultos, envolvidos ou não com a prática de crimes e outras infrações.

Pelo Brasil, há notícias de policiais francamente envolvidos em casos de execução sumária e grupos de extermínio, freqüentemente ligados ao crime organizado e ao conflito de terras. No dia 31 de março de 2005, foram mortas 29 pessoas em uma chacina nas cidades de Nova Iguaçu e Queimados, no Rio, e os denunciados pelo crime são policiais militares. No âmbito federal, uma Comissão Parlamentar de Inquérito investigou e registrou, em 2004, a presença de milícias privadas e esquadrões da morte na região Nordeste. O relatório final concluiu que o crime organizado – tráfico de drogas, roubo de cargas, milícias privadas – não prosperaria sem a conivência de servidores públicos, entenda-se policiais, promotores públicos, juízes e membros do Legislativo e do Executivo.

Os casos de violações de direitos são extensos, amplos e variados. A sociedade brasileira, ao longo dos anos, não conseguiu superar o problema, que vem se aprofundando com o crescimento generalizado da violência no país. A questão dos crimes policiais e sua contrapartida, a insegurança do cidadão, permanece não resolvida. E não será solucionada sem uma profunda mudança de orientação da forma de agir dessas autoridades. Hoje, como em 1970 – é forçoso que se diga – continuamos a nos silenciar em demasia.

INÍCIO DE CARREIRA NO INTERIOR

Após meu ingresso na Faculdade de Direito da Universidade de São Paulo em 1942, meu pai julgou importante que eu conseguisse um trabalho para prosseguir em meus estudos. Francisco, marido de minha irmã Maria e advogado, ajudou-me a conseguir meu primeiro emprego. Fomos primeiro à Secretaria de Governo do Estado, onde estava Márcio Porto, com quem iria trabalhar muitos anos depois, no governo Carvalho Pinto. Fui submetido a uma prova de datilografia. Devia escrever uma carta pedindo um emprego. Não consegui sair da introdução. Dali fomos ao escritório de advocacia do dr. Olavo Pujol Pinheiro, com quem Francisco trabalhara, ao lado do Fórum, no Centro. Lembro-me do encontro, eu, jovem, franzino e ansioso, em contraste com a figura do dr. Olavo, alto, gordo, míope e bonachão. Ele disse que eu poderia começar no dia seguinte. Nesse escritório, que era partilhado com um advogado que veio a ser um dos meus melhores amigos — José Perrucci Júnior —, dei início a minha vida profissional. Durante cinco anos, fui galgando os degraus que um bom escritório pode oferecer, até que, já no quinto ano, eu contava com uma renda mensal capaz de permitir meu casamento com Déa – ganhava algum dinheiro também advogando para o Sindicato dos Motoristas, onde atuei até meu ingresso no Ministério Público.

Déa, minha prima, sempre foi uma presença desejada. Depois que nos reconhecemos – não é pieguice dizer – como almas gêmeas, vivemos os oito anos que nos separavam do casamento buscando-nos descobrir a pouco e pouco. Ela morava no Rio. Depois que nossos irmãos Álvaro e Lígia se casaram, Déa se hospedava na casa deles. Nos fins de tarde eu ia até lá para, de mãos dadas, conversarmos sobre os dias que passavam e os que ainda estavam por vir. Aos domingos, íamos ao cinema e, às vezes, durante a semana, a casas de chá, que então existiam em algumas lojas, como na Mappin Stores e na Casa Alemã, além das confeitarias tradicionais, como a Fasano e a Leiteria Pereira. Eram dias gostosos de viver. Não éramos ambiciosos. Almejávamos viver juntos e ter os filhos que Deus nos desse.

Muito embora o dr. Olavo me chamasse de "dr. Hélio", comecei quase como um *office-boy*. Era responsável por todo trabalho de datilografia, ia ao fórum, fazia a ronda dos cartórios para atualizar o andamento dos processos, acompanhava dr. Olavo ou dr. José nas audiências, fosse na área criminal, fosse na área civil. Construí um excelente relacionamento com o pessoal dos cartórios, o que me possibilitava muitas vezes acesso a informações que só se davam a peso de ouro aos advogados em geral. Naquele tempo, a corrupção já existia nesse meio e era alimentada, entre outros fatores, pela lei do menor esforço. Em vez de enfrentar os servidores dos cartórios, advogados preferiam a via mais curta da corrupção. Algo que persiste nos dias de hoje.

No quarto ano da faculdade, permitia-se a inscrição na Ordem dos Advogados do Brasil como "solicitador acadêmico". Depois de minha inscrição, passei a assumir outro papel no escritório: comparecia sozinho às audiências, ouvia réus, vítimas e testemunhas; fazia razões finais ou ingressava com recursos no Tribunal de Justiça. Os dois advogados com os quais trabalhei deram-me uma visão realista da profissão e atuavam de maneira bastante ética. Somente assumiam o patrocínio das causas mostrando aos clientes suas reais possibilidades, o que, muitas vezes, não coincidia com a visão das partes. O advogado deve pleitear o direito e não pode ir além disso, buscando modificar a Justiça. Essa foi, entre muitas, uma lição que aprendi com eles.

Quando terminei a faculdade, em 1946, tinha duas possibilidades: continuar na advocacia ou tentar carreira no Ministério Público. No escritório, tinha impressão de que não iria progredir, pois os espaços estavam já ocupados. Optei pelo MP, na expectativa de passar cerca de 15 anos no interior, começando nas comarcas de menor importância, até voltar a São Paulo e galgar o topo da carreira. Na realidade, fiz esse percurso em menos de 7 anos. Mas, se tivesse optado por ficar no escritório Pujol-Perrucci, os espaços teriam surgido mais rapidamente do que imaginava, por circunstâncias indesejáveis da vida. O dr. Olavo morreu pouco depois de minha saída e, logo em seguida, o dr. José teve um infarto e se afastou do trabalho. Se tivesse optado pela advocacia, em pouco tempo teria nas mãos um escritório estável, com uma boa clientela, o que significava sucesso rápido, do ponto de vista profissional e financeiro.

Mas não me arrependi de forma alguma de minha escolha. O MP preencheu minhas expectativas de realização pessoal e profissional. Posso dizer que tive o privilégio de participar da mudança do papel dessa instituição em nossa sociedade. Minha trajetória começou justamente quando o MP passou a crescer em qualidade e autonomia. A Constituição de 1946, por exemplo, havia imposto tempo integral às atividades dos promotores, o que significava uma atuação mais compatível com as funções. Do ponto vista da remuneração, ela era suficiente para uma vida modesta, voltada integralmente ao interesse público.

Justiça no grito, Igarapava (1947-49)

Comecei a me preparar antes do término do ano de 1946 para o concurso de ingresso no MP. Adquiri livros, consegui outros de empréstimo e me impus um programa rígido de estudos. Tanto dr. Olavo como dr. José não acreditavam que eu deixasse o escritório, pois, na verdade, passei a ser uma de suas peças importantes. Mas fui em frente e me inscrevi no primeiro concurso. Déa não deve ter boas recordações desse tempo. Recém-casados, levantava-me por volta das 3 horas da manhã e estudava até a hora do almoço; depois do escritório, no começo da noite, voltava a estudar e ia até as 22 horas; e assim sucessivamente durante os meses que antecederam as provas. Quando de sua realização, afastei-me do escritório e estudava cerca de 18 horas por dia. Obtive êxito nos exames escritos e saí-me muito bem nos orais. No final, fui classificado em terceiro lugar entre 12 aprovados, passando a exercer a função de promotor substituto em Sorocaba.

Fiquei apenas dois meses nessa cidade, até ser nomeado em caráter efetivo para a promotoria de Igarapava, pequeno município na divisa com Minas Gerais. Aquela mudança me obrigou a certos sacrifícios. Déa estava grávida e achei conveniente que ela permanecesse em São Paulo até o nascimento de nossa primeira filha, Maria do Carmo. Não havia tido residência em Sorocaba, porém a viagem até São Paulo era fácil, pouco mais de hora e meia por ferrovia. Mas deslocar-se da capital a Igarapava implicava uma viagem de treze horas, também por trem. Além disso, a comunicação era difícil naqueles tempos – um simples interurbano poderia significar três, quatro horas de espera pela ligação. A compensação nessa mudança seria encontrar reservada uma casa para o promotor, para onde eu poderia levar minha família, o que não se verificou. Fui transferido para as barrancas do Rio Grande em julho de 1947. Déa pôde ir para Igarapava somente em janeiro do ano seguinte, após eu conseguir alugar uma casa que, por sua precariedade, estava muito aquém dos nossos sonhos.

O município, então com 28 mil habitantes — praticamente a mesma população que tem hoje —, era uma zona de expansão agrícola, uma boca de sertão, com todos os problemas inerentes a um lugar assim. Para se ter uma idéia do estado rudimentar da cidade, apenas uma de suas ruas tinha calçamento. A sociedade local era dominada por descendentes de sírios e de libaneses, gente bastante aguerrida na defesa de seus interesses. O juiz encontrava-se isolado naquela comarca cheia de problemas. Ele procurava desempenhar suas funções com independência numa comunidade de aventureiros, ansiosos por legalizar direitos de propriedade, muitas vezes duvidosos. Isso bastou para que os advogados se unissem contra ele, deflagrando uma verdadeira guerra. Tentavam ganhar as causas não à luz do direito, mas no grito. Eu mesmo tive vários problemas. Advogados locais me acusavam, nos seus arrazoados, de "exorbitar" de minhas funções, isso porque era intransigente no cumprimento de meus deveres. Os dois delegados de polícia que ali exerceram suas funções não mereceram minha confiança. Apoiados pelo sargento, que chefiava o destacamento policial, operavam segundo os interesses dos políticos e advogados. Carlos Nasser, um dos advogados, era muito inteligente e conseguia suprir suas deficiências no campo do direito e do processo penal. Despendi preciosas energias para impedir seus arranjos e sofismas. Era um homem respeitoso fora dos autos. No processo, entretanto, gostava de exceder-se, partindo muitas vezes para ofensas pessoais. Aliás, esse era o tom da advocacia local: à falta de argumentos, injúrias.

Em contraste com a mentalidade dominante no mundo jurídico brasileiro, em especial na atrasada Igarapava, eu já via o Ministério Público como uma instituição de horizontes largos. Não concebia o promotor público como o acusador sistemático — uma espécie de Javert, em *Os miseráveis*, de Victor Hugo —, mas como o representante do Estado na concretização da Justiça. O caso Natali foi exemplar dessa visão. Em agosto de 1948, recebi um inquérito em que um homem já bem idoso apresentava-se como o autor de um homicídio em defesa de um de seus filhos. A descrição do ocorrido parecia perfeita demais, e seria muito fácil, tentador, acusar. Em vez disso, realizei diligências, algo nada comum a um promotor daquela época, que revelaram que o homicídio havia sido praticado por um de seus filhos, sem maiores justificativas.

Na verdade, tratava-se de uma briga de vizinhos. Para livrar o filho, com a conivência da polícia, armara-se uma versão que culminaria com a absolvição do velho João Natali, arrimada na legítima defesa de terceiro. Consegui virar a prova e obtive, no júri, a unanimidade dos jurados, com a condenação do verdadeiro autor do crime. Durante o plenário do júri, aconteceu um fato curioso. Ao que tudo indica, um advogado que servia como jurado comprometeu-se com os advogados de defesa a votar a favor da absolvição. Era assim que as coisas se arrumavam naqueles tempos. Entretanto, diante das provas que foram apresentadas e da possibilidade de que um ou mais jurados – igualmente trabalhados pela defesa – pudessem votar pela absolvição, esse advogado votou pela condenação. Diante da unanimidade, restou claro que ele não cumprira o prometido. Isso foi motivo de quebra de amizade entre os autores do trato.

No interior, havia uma larga margem para atuação no campo das relações trabalhistas. Tive em Igarapava meus primeiros contatos com a sofrida gente da roça, explorada pelos proprietários de terra. Na verdade, o colono era quase um servo da gleba. O salário recebido se esgotava na compra de alimentos no armazém da fazenda. Sempre endividado, ele não podia buscar um novo trabalho que lhe proporcionasse melhores perspectivas de vida. Mesmo porque, se conseguisse sair de uma fazenda, teria tratamento igual em outra para a qual se mudasse. Quantas queixas recebíamos, até de violências, pois, quando o colono não respondia mais às necessidades do fazendeiro, era mandado sumariamente embora e, se não fosse, cortavam sua conta no armazém da fazenda e destelhavam sua casa. Quando descobriam que poderiam recorrer ao promotor, corriam a nós. Ficavam surpresos quando recebiam algum dinheiro, como indenização, pela dispensa. Mas tudo era muito demorado, e grande parte dos colonos, depois de apresentar suas queixas, desaparecia, naturalmente em busca de trabalho em outras regiões, e os procedimentos não tinham seguimento. Quando exerci a promotoria pública em Araçatuba, havia milhares de reclamações em andamento que se inviabilizavam por essa instabilidade do trabalhador em relação à sua fixação à terra.

Conseguimos em Igarapava uma grande conquista nesse tipo de processo. De início, recebemos muitas reclamações contra a Usina Junqueira, de açúcar, que empregava centenas de trabalhadores no município. Felizmente conseguimos estabelecer um diálogo com a empresa, que passou a respeitar o disposto nas leis trabalhistas, com proveito recíproco para as partes. Os processos contra a usina eram demorados, e poucos trabalhadores conseguiam receber aquilo a que tinham direito. Procurei a própria Sinhá Junqueira, que comandava os negócios dessa família de grande importância da região de Ribeirão Preto. A impressão que tive daquela mulher já então idosa foi a melhor possível. Em um jantar na usina, ela e seu advogado se mostraram sensíveis aos problemas dos trabalhadores. Graças a isso, conseguimos liquidar muitas pendências trabalhistas em proveito dos menos favorecidos. Por suas iniciativas assistenciais, Sinhá Junqueira é uma personalidade lembrada até hoje.

Varões incomodados, Franca (1949-51)

Afora o quase isolamento em que vivia, foi proveitoso o período que passei em Igarapava. De lá vieram os primeiros contatos com as desigualdades sociais, minha perplexidade diante do contraste entre a riqueza de uns poucos fazendeiros e comerciantes e a pobreza dos trabalhadores. Tive oportunidade de atuar em seguida numa comarca de maior importância, Franca, considerada, na nomenclatura do MP, de segunda entrância – Igarapava era uma comarca de primeira entrância. Essa classificação guardava relação com a população da cidade e sua demanda por serviços forenses. Existiam ainda as comarcas de terceira e quarta entrâncias – enquadravam-se nessa última classificação as promotorias e curadorias da capital. No topo da estrutura do MP estava a Procuradoria Geral de Justiça, considerada uma segunda instância, em que os procuradores oficiavam perante o Tribunal de Justiça.

Franca tinha praticamente o dobro da população de Igarapava, mas o contraste maior era seu ambiente social mais sofisticado – tinha uma razoável atividade cultural, com associações dedicadas à música e à literatura. Também contava com um excelente pintor, Cariolato, imigrante italiano que retratou vários momentos e paisagens dessa Franca que ensaiava seus primeiros passos para a industrialização. Foi por esse tempo que as oficinas que fabricavam artesanalmente sapatos de vários modelos passaram a se unir, criando uma indústria importante para o Brasil. Os sapatos ali fabricados passaram a ser encontrados nas principais cidades do mundo. Nessa época, era ainda uma sociedade de grandes proprietários rurais, fechada, e que só aos poucos permitia que nela ingressassem os que vinham de fora. O procurador de Justiça Márcio Martins Ferreira pertencia a essa elite e, segundo creio, procurou nela me inserir. Ele ia sempre a Franca e nunca deixou de estar comigo e de me convidar para serões em casa de seus familiares e amigos.

Fui designado para lá porque o promotor titular encontrava-se licenciado para tratamento de saúde e, dadas as suas condições, não tinha como reassumir o cargo. Recordo-me que a cidade, no extremo norte do Estado, era bonita e bem cuidada. Numa altitude de pouco mais de mil metros, gozava de um clima ameno, com belos dias ensolarados. Moramos algum tempo – tínhamos então dois filhos, Maria do Carmo e José – no então chamado Hotel Francano. O prédio do estabelecimento, no estilo das grandes edificações da década de 1930, foi depois demolido, nessa atividade predatória das lembranças do passado, numa atitude que marcou o crescimento de nossas cidades. A capital é bem um exemplo disso, em casos como o do Presídio Tiradentes, que tivemos a oportunidade de mencionar no primeiro capítulo, e tantos outros[1]. O hotel ficava situado numa praça arborizada, no centro da cidade. Um ou dois meses depois, conseguimos uma casa quase ao lado do fórum. Uma residência recém-construída, que nos proporcionou bastante conforto.

O juiz Atugasmin Médici Filho atuava com muita seriedade. Era, porém, bastante extrovertido em suas relações sociais. Franca tinha bons advogados, e de um deles fui amigo fraterno. José Infante Vieira tinha boa cultura jurídica e, sobretudo, bom senso. Conheci também Olavo Ferreira Prado, magistrado em Patrocínio Paulista, comarca próxima de Franca. Ficamos amigos, numa relação que durou até sua morte, como desembargador do Tribunal de Justiça. Foi em Franca que tive, com Olavo, minhas primeiras aulas de tênis.

No que concerne à violência, Franca era uma cidade relativamente tranqüila. Basta dizer que ali estive por dois anos e não houve um único assassinato – crime muito comum em Igarapava. Isso, entretanto, não significava a inexistência de problemas. Logo que cheguei à comarca, recebi um processo que acusava o prefeito em exercício de ter se apropriado indebitamente de fun-

....

1. Sobre esse assunto, o livro já clássico do arquiteto Benedito Lima de Toledo, *São Paulo, três cidades em um século*, é uma das principais referências.

dos públicos. O inquérito estava bem instruído e, com base nele, ofereci denúncia para apurar os fatos. Na minha ausência, dois homens estiveram em minha casa, fazendo referências ao processo e, veladamente, ameaçando a mim e aos meus. Déa se assustou. Isso aconteceu num sábado. Na segunda-feira, solicitei ao oficial de Justiça, Deoclécio, que procurasse saber quem eram aquelas pessoas e, se as encontrasse, que as trouxesse ao Fórum para ser entrevistadas por mim. Não demorou muito e Deoclécio apareceu com dois capangas do prefeito, que se desmancharam em desculpas. Eram, na verdade, dois pobres-diabos. Dispensei-os e não levei o caso adiante. No mais, o processo correu normalmente. O prefeito foi condenado, mas teve a pena suspensa, e tudo acabou por aí.

Nesse período, coloquei o dedo em outra questão polêmica. Percebi, em vários processos, que ali havia uma casa de prostituição que era privilegiada pelos varões endinheirados da região. Comecei a receber queixas de jovens submetidas às ordens da dona da "casa", que as tinha em regime de quase escravidão. Iniciei, em conseqüência, um processo penal contra a cafetina, pela prática do crime do artigo 228 do Código Penal, que pune quem explora casa de prostituição. Velhos tempos, pois hoje esses estabelecimentos com o nome de "casa de massagens" estão à vista de todos. Eles servem para enriquecer seus proprietários e determinados policiais que, para fechar os olhos, cobram propina para o funcionamento do negócio.

Naquela Franca do começo dos anos 1950, minha iniciativa provocou uma enorme gritaria. Os bons pais de família da cidade viam-se impossibilitados de freqüentar a "casa" e chegaram a me dizer que nem sequer poderiam, diante da proibição, iniciar seus filhos no que denominavam vida sexual. A dona da "casa" foi condenada, mas obteve sua absolvição na segunda instância, pois no Tribunal de Justiça a verdade não prevaleceu. Mesmo porque, penso eu, a concepção de vida dos julgadores não se diferenciava muito da dos "barões de Franca"[2]. Não denunciei a dona da "casa" para proibir a prostituição, mesmo porque não é crime, mas para livrar as moças do jugo de seus exploradores. Estava cumprindo meu papel de defender a parte desfavorecida. Por conta também dessa atuação, acredito, minha eventual permanência na cidade, como promotor titular, passou a sofrer forte resistência.

Nesse período, participei do processo que investigou a tentativa de assassinato contra o então juiz de direito da comarca de Ituverava, Hely Lopes Meirelles. O juiz iria se notabilizar anos depois como autor no campo do direito administrativo. Como secretário da Segurança, no governo Abreu Sodré, tornou-se um dos incentivadores do Esquadrão da Morte, conforme relatei no primeiro capítulo. Na ocasião, um advogado provisionado[3] que atuava em Ituverava, Crisógono de Castro Correia, atentou contra a vida de Meirelles, atingindo-o com vários tiros no peito durante audiência em que estava sendo interrogado como réu em um caso de seqüestro. O juiz Médici e eu fomos a Ribeirão Preto, onde Meirelles estava hospitalizado. O caso foi levado para Franca. Foi então que conheci o admirável Antônio Queiroz Filho, designado, como procurador de Justiça, para acompanhar o processo.

O sumário de culpa, quando eram ouvidos réu, testemunhas, peritos e juntavam-se documentos, tramitou sob minha responsabilidade. Eu já conhecia o caso do meu período de Igarapava, que é vizinha de Ituverava. Nesta última cidade, havia a acusação contra Crisógono, a propósito do seqüestro de uma velha senhora, dona de muitos bens, cuja administração fora a ele deferida. Essa mulher desapareceu e atribuiu-se o fato ao provisionado. Ele foi denunciado, e sabia-se que Meirelles iria decretar

....

2. A cidade ficou conhecida no século XIX como Franca do Imperador, por uma visita de d. Pedro II. Embora não houvesse membros da nobreza, notava-se um certo orgulho aristocrático na sociedade.
3. À falta de advogados, admitiam-se práticos do Direito (rábulas) que, depois de provas prestadas perante o juiz da comarca, eram admitidos a advogar no território da sua jurisdição.

sua prisão no ato do interrogatório, o que realmente aconteceu. Crisógono pediu para conversar com sua companheira, Angelina, que, na sala de espera, entregou-lhe um revólver. Durante o interrogatório, Crisógono sacou a arma e fez, à queima-roupa, vários disparos contra o juiz, sendo preso em flagrante. O promotor em exercício, meu colega de turma, Nereu César de Moraes, a tudo assistiu, tendo ajudado a desarmar o réu.

Esse processo teve desdobramentos perigosos. Crisógono era oficial da reserva do Exército e, assim, conseguiu permanecer detido num quartel na capital. Quando do seu julgamento pelo Tribunal de Justiça, conseguiu sair da unidade militar e atentou contra a vida dos desembargadores da Câmara Julgadora, fazendo contra eles vários disparos, mas sem que tenha ocorrido mortes ou ferimentos. Dessa turma, participava um dos meus melhores amigos, o desembargador Odilon da Costa Manso. Crisógono não chegou a cumprir pena, pois morreu antes por doença.

Em Franca, contrariei muita gente com os processos contra o prefeito e contra a dona da casa de prostituição. Poderia ter continuado na cidade, pois o promotor titular, afastado por motivos de saúde, nunca esteve em condições de retornar ao cargo. Entretanto eu era um incômodo para os chefões locais, por minha posição vigilante e autônoma. Não tive outra opção senão me mudar.

Uma visão da segurança pública

No final de julho de 1951, fui promovido a promotor titular da simpática cidade de Jabotical, classificada a esse tempo como de segunda entrância. Ali, durante dez meses, gozei de bastante tranqüilidade. Conseguimos uma boa casa, de construção antiga, mas bem agradável, com cômodos bastante amplos.

O juiz da comarca, Dácio de Arruda Campos, era uma figura singular para aqueles tempos. Não tinha grande cultura jurídica, mas possuía uma inteligência brilhante. Atuava como jornalista e escrevia para o *Estado de S. Paulo*. Era um crítico do *establishment*, o que dava às suas decisões um colorido pitoresco, passando por cima da austeridade, que costuma ser um apanágio muitas vezes equivocado da magistratura. O livro que escreveu, *A Justiça a serviço do crime*, é um libelo contra o formalismo da Justiça Penal brasileira, considerada uma fábrica de delinqüentes. Campos era acima de tudo um juiz à frente de seu tempo. Infelizmente, suas críticas são bastante atuais.

Entre as posições polêmicas de Campos, uma estava ligada ao tratamento que dispensava aos detentos. Como a cadeia da cidade não tinha condições de abrigar muitos presos, o juiz os mandava cumprir pena em casa. Eles trabalhavam e prestavam serviços à comunidade. Um deles — lembro-me de sua aparência, um homem negro, alto e forte — cortava lenha para minha família. Não deixava de ser um pouco assustadora a presença de um condenado por homicídio, com um machado nas mãos, em nosso quintal. Havia, porém, respeito e os olhos vigilantes da população. No período em que lá estive, não houve problema algum.

As prisões brasileiras são hoje um depósito de gente, em que se aglomeram em condições insalubres criminosos perigosos, pés-de-chinelo, meros acusados ou mesmo os que já cumpriram suas penas e permanecem trancafiados, por falta de assistência judicial e morosidade do sistema. Esses locais são, como se sabe, escolas do crime, e nada de efetivo tem sido feito para pelo menos equacionar a questão. Recentemente, um juiz de Minas Gerais mandou soltar detentos por falta de condições das cadeias. Foi uma decisão temerária, que levou justificado pânico à população. Mas não se pode afirmar que ela estivesse errada. É aceitável o poder público pôr os condenados ou simples acusados em condições que os colocam em risco e afrontam os mais elementares princípios de respeito humano? O poder público deve reproduzir a barbárie?

Nossa realidade social é algo muito distante da vivida em Jabotical daquele tempo, um município de 31 mil habitantes onde todos se conheciam. Mas foi nessas pequenas cidades que formei convicção de como deve ser a atuação do poder público no combate ao crime. Washington Luís, quando governador de São Paulo (1920-24), implantou determinado modelo de fórum, que integrava Justiça, polícia e prisão no mesmo prédio. Trabalhei em prédios assim em Igarapava e em Franca. Essa forma de funcionamento propiciava uma Justiça mais humana, com acompanhamento do detento pelo juiz e pelo promotor, evitando-se eventuais abusos policiais. Muitas vezes os detentos me chamavam para que eu ouvisse seus problemas. Todos me conheciam, e eu conhecia a todos. Trabalhávamos em um contexto em que a recuperação do preso era possível. No decorrer dos anos, esse modelo foi abandonado. Juízes e promotores estão, em especial nas grandes cidades, afastados de suas comunidades e pouco sabem como age a polícia e, muito menos, quem são os presos. A impessoalidade, nesse caso, torna impossível a perspectiva de uma Justiça mais próxima dos cidadãos.

Sobre essa questão, não poderia deixar de mencionar as iniciativas que foram adotadas no governo Carvalho Pinto (1959-63) para a descentralização dos serviços judiciários de primeira instância, aproximando a Justiça da população. O Tribunal de Justiça, sob a presidência do desembargador Alberto de Oliveira Lima, abraçou a idéia. Pôde-se formular um plano de descentralização que, inicialmente, criava na capital cerca de 50 juizados para o atendimento da população em todos os ramos do Direito. Malgrado o realismo com que o plano foi formulado, o governo Adhemar de Barros, que sucedeu a Carvalho Pinto, alterou o projeto, criando não varas, mas "fóruns" distritais, três ou quatro. A idéia era implantar um sistema interligado de polícia, Justiça e prisão que, lamentavelmente, não foi à frente e que hoje se mostra como o único caminho para o estabelecimento de um sistema orgânico de segurança pública. Pode-se dizer que se constitui no primeiro e sério estudo para descentralizar o sistema de distribuição da Justiça, aproximando-a do povo[4]. Antecipava-se às propostas de reforma do Poder Judiciário. Dizia a exposição de motivos: "O argumento de que só a reforma processual resolverá o problema peca pela base. Em primeiro lugar, a propalada reforma, que terá de visar o Brasil inteiro, a não ser que se altere a Constituição Federal, deverá sujeitar-se, obrigatoriamente, a um último esforço, exigindo demorados estudos, e, até que se afinem as tendências, a crise judiciária atingirá um nível de conseqüências imprevisíveis." E foi o que aconteceu.

Há alguns anos, elaborei um projeto de módulos integrados para o sistema de segurança pública. O plano pretendia – a partir da mesma idéia de integração de Justiça, polícia e prisão – ser o ponto de partida para uma ação conjunta que respondesse às necessidades das comunidades. Previa a atuação de um efetivo policial em uma área fixa, como forma de conseguir integração ente polícia e população. No prédio que serviria de base das operações, atuariam também juízes e promotores, o que garantiria agilidade aos procedimentos de investigação e de encaminhamento de processos, minimizando o também risco de abusos policiais. O juiz, nesse contexto, deixaria de julgar sobre meras folhas de papel e passaria a enxergar as pessoas envolvidas. Os detentos não estariam em prisões distantes, mas no próprio prédio de funcionamento da Justiça.

Confrontando o projeto com a realidade atual, em que a Justiça se encastela cada vez mais e os presídios não conseguem abrigar uma população carcerária em crescimento explosivo, a

. . . .

4. O projeto, apresentado em 30 de maio de 1961 ao governador Carvalho Pinto, implicava uma verdadeira reforma do Poder Judiciário paulista. Foi elaborado pelos desembargadores Alceu Cordeiro Fernandes, Euclides Custódio, José Frederico Marques, Odilon da Costa Manso e Osvaldo Aranha Bandeira de Mello, sob a presidência do desembargador Joaquim de Sylos Cintra.

idéia pode parecer saudosista e descolada da realidade. Mas defendo categoricamente que não é. Um dia, sabe-se lá quando, em que Justiça e recuperação do criminoso forem prioridade no Brasil, será uma excelente alternativa, pois pressupõe uma ação agregadora das comunidades pelo poder público, em respeito às necessidades da população. Apresentei o projeto a vários ministros da Justiça, entre eles a Fernando Lyra (governo Sarney), Jarbas Passarinho (governo Collor) e Nelson Jobim (governo Fernando Henrique Cardoso). Não encontrei suporte institucional para levar a idéia adiante. A não ser a oportunidade que me deu Lyra para implantar um projeto piloto em Brasília, que não teve prosseguimento quando de sua saída do ministério. O desinteresse tem uma explicação prática: investimento em Justiça não dá retorno político. Dessa maneira perpetua-se um modelo ineficiente, que por sua lógica atuará sempre a serviço do crime.

O criptocomunista, Araçatuba (1951-52)

> Conforme relatório de 9/6/1953, da Delegacia de Polícia de Guararapes, sobre Erasmo Martins, médico bastante relacionado na cidade e vereador indiciado em inquérito policial, por crime contra a Segurança Nacional, os dirigentes do Dops ficaram cientes do infeliz e desastrado parecer exarado pelo Bel. Hélio Pereira Bicudo, na ocasião promotor público na comarca, com o qual concordou o dr. João Batista Marques da Silva, cuja jurisdição abrangia aquele município. Infeliz porque deu ensejo a que ficasse conhecida sua simpatia pelo regime bolchevista, o que lhe valeu seu afastamento do importante cargo que ocupava em Araçatuba. Desastrado porque, falando demais, suas conclusões nem sempre foram acertadas.

O texto acima faz parte de um relatório do Dops de 1971, época em que eu comandava as investigações sobre o Esquadrão da Morte. Foi um dos tantos relatórios produzidos sobre mim pelos arapongas do sistema de segurança da ditadura, conforme apurei anos depois, com a ordem democrática restaurada.

Por conta do episódio descrito, passei pouco tempo em Araçatuba, onde pretendia me estabelecer por alguns anos, como promotor titular dessa então comarca de terceira entrância, com 60 mil habitantes. Contei com a amizade do juiz, João Batista Marques, e mantive boas relações com os advogados da região. O magistrado era um bom processualista, e os advogados tinham alto nível. Ali, nos dez meses em que exerci a promotoria, vivi no Hotel Gaspar que, soube, esteve em atividade até recentemente. Minha família estava comigo no hotel. Quando aluguei uma casa, com a perspectiva de ser efetivado como titular, mais uma vez soubemos que teríamos de nos mudar. Fui pego de surpresa porque, diante da vacância da promotoria na qual estava comissionado, havia sido indicado para a promoção pelo Conselho Superior do Ministério Público. Não fui porém nomeado, contrariando a praxe até então instituída de se promover o ocupante da vaga, desde que indicado por aquele Conselho.

Em São Paulo, procurei saber na Secretaria de Justiça, ocupada por José Loureiro Júnior, o que acontecera. O chefe de gabinete, Damiano Gullo, mostrou-me um jornal de Araçatuba ou da vizinha Guararapes que continha um artigo sobre meu parecer no caso do médico. O próprio Loureiro Júnior havia anotado na margem, com lápis vermelho: "Este promotor é um criptocomunista." Curiosamente, a mesma expressão seria utilizada por Margareth Thatcher, muito tempo depois, em seus discursos para criticar os trabalhistas britânicos.

O que ocorreu em Guararapes foi que a polícia fizera uma batida na casa de um médico, provavelmente denunciado como esquerdista. O país estava sob o governo eleito de Getúlio Vargas, e o governador do Estado era o professor Lucas Nogueira Garcez. Alguns livros de autores russos, apreendidos na casa do médico – e entre outros, Dostoiévski e Tolstoi –, foram considerados subversivos. Isso vinha na seqüência da apreensão de boletins encontrados com trabalhadores rurais da região, sobre suas condições de vida, conclamando-os à luta. Tratava-se de um grupo que reivindicava seus direitos, e era natural que aparecesse alguma propaganda ideológica. Um dos panfletos falava da redenção que um trabalhador encontrou no comunismo. Não sei quem distribuiu aquilo. Mas o fato não constituía crime e, além do mais, os trabalhadores não os haviam produzido.

Emiti, na ocasião, um longo parecer, considerando a inexistência, num e noutro caso, de delito contra a segurança nacional, pleiteando, em seqüência, o arquivamento do inquérito relativo ao médico e a absolvição dos trabalhadores rurais. O juiz concordou com meus argumentos em despacho final. O médico em questão tratou de fazer público o parecer, que foi na transcrição do jornal – o mesmo que encontrei rabiscado pelo secretário de Justiça. Loureiro Júnior havia sido um intelectual atuante do integralismo, a versão tupiniquim do fascismo. Minhas considerações defendiam o direito dos trabalhadores de se organizarem, no plano trabalhista e político. Alguns trechos eram particularmente irritantes para as mentalidades avessas às liberdades democráticas:

> Mesmo a defesa "teórica" do comunismo não é punível por lei. Em primeiro lugar, o comunismo é antiqüíssimo. Platão o preconizou; entre os hebreus, após a conquista de Canaã, era desconhecida a propriedade do solo; é conhecida a experiência dos primeiros cristãos, que tinham tudo em comum (Atos 11/44). Em teoria, pelo menos, os doutores da igreja condenaram a propriedade [...]. Por conseguinte, pode alguém defender o comunismo, sem que esteja violando a lei. Ademais, raras pessoas sabem que o uso dos meios revolucionários é da essência do comunismo marxista. Por outro lado, o próprio Marx afirmou, em discurso em Amsterdã, que em certos países, por exemplo Inglaterra, Holanda e Suécia, não seriam necessários o meios revolucionários para implantar a justiça social. Logo, não se pode concluir que qualquer defesa teórica do comunismo encerre necessariamente uma ameaça para o Estado e a ordem. E essa distinção encontra apoio na lição do eminente jurista Pontes de Miranda (Com. à Const. de 1946, III, 243), ao afirmar que o direito de defender o comunismo é sagrado,

supraestatal, sendo apenas proibido por lei "o incitamento direto à violência" (*Democracia, igualdade, liberdade,* 1945, p. 391).

No contexto mundial de guerra fria daqueles anos, muitas vezes não se admitia a livre exposição de idéias. Não aceitar as diferenças era um sintoma da fragilidade da democracia brasileira no pós-guerra. O sistema político vivia uma sucessão de crises, que terminaria com sua derrocada no golpe de 1964.

Casos médicos, Sorocaba (1952-54)

Como prêmio de consolação por não ter sido efetivado em Araçatuba, deram-me outro comissionamento, agora bem próximo de São Paulo, em Sorocaba, cidade de 94 mil habitantes que começava a industrializar-se. Ali estive durante dois anos. Na Casa de Saúde Santa Lucinda, nasceu Maria Lúcia, nossa quarta filha. Comarca tranqüila, com algum movimento operário, permitiu-me continuar de modo mais sistemático meus estudos de direito penal, no qual então me aprofundei um pouco mais. Como resultado, escrevi um breve ensaio sobre os crimes patrimoniais, que me valeu o primeiro prêmio em concurso de monografias instituído pela Associação Paulista do Ministério Público, por ocasião do primeiro Congresso Interamericano do Ministério Público, realizado em São Paulo como parte integrante das comemorações do Quarto Centenário da cidade. Participei do conclave como secretário da sessão na qual se criou a Associação Interamericana do Ministério Público, com César Salgado, então procurador-geral de Justiça, na presidência.

Em Sorocaba, trabalhei em dois casos de interesse na área médica. O primeiro relacionava-se à morte de uma gestante decorrente de aborto. Certo dia, fui procurado pelo escrivão do Cartório do Júri. Ele perguntava se eu estaria de acordo em levar a julgamento um caso bastante simples, que por duas vezes resultara na absolvição da ré, numa acusação de aborto determinante da morte da gestante. Tratava-se, entretanto, de uma questão nada fácil.

Peguei o processo, pois me parecia haver algo de errado nas alegações da defesa e nas conclusões do júri. Procurei o professor de obstetrícia e ginecologia da Faculdade de Medicina local. O dr. Lineu Matos me explicou o que ocorrera: para realizar o aborto, a parteira — aliás, uma conhecida "fazedora de anjos" — tivera que dilatar o colo do útero da paciente para nele introduzir uma sonda de borracha, a qual, provocando movimentos peristálticos nesse órgão, determinaria a expulsão do feto. O procedimento foi feito com imperícia porque, ao dilatar o colo do útero, usando instrumentos cirúrgicos denominados velas de Hegart, a parteira causou perfurações na paciente. Em razão disso, ocorreu uma infecção que a levou à morte.

A defesa defendia a tese de que, com o enrijecimento do colo do útero após a concepção, não seria possível o aborto com a introdução e expulsão de uma sonda, que, pela circunstância aventada, não poderia sequer penetrar naquele órgão. Não consideraram, acusação e defesa, um pormenor decisivo: a utilização das velas de Hegart, cujo calibre vai passando da casa dos milímetros à casa dos centímetros, para permitir a passagem da sonda. E fora justamente nesse processo que ocorreram a perfuração, a peritonite e a morte da paciente. A ré foi condenada por votação unânime do júri.

O outro caso foi o da paciente de uma cesariana que veio a falecer dias depois do parto, realizado pelo então diretor da Santa Casa local. O cirurgião esquecera uma pinça no abdome da parturiente, determinante de obstrução intestinal e de posterior intervenção cirúrgica, realizada já por outro médico, à qual ela não resistiu, vindo a falecer.

Tive conhecimento do fato por acaso, em conversa com Luciano Marques Leite, colega de promotoria de uma comarca vizinha. Em Sorocaba, não havia nada. Requisitei a abertura do inquérito e consegui reunir todos os elementos necessários para uma denúncia por homicídio culposo contra o médico negligente ou imperito. Meu procedimento criou uma polêmica na cidade, pois o acusado era médico de muitos predicados, segundo se dizia. Cheguei a ser interpelado por médicos, amigos meus, dizendo que, diante dessa denúncia, seria impossível o exercício da medicina em Sorocaba. O espírito de classe falava muito alto, e não se compreendia que um médico sofresse um processo por desvio ou má conduta profissional. O próprio bispo de Sorocaba, dom José Aguirre, visitou-me para pleitear pelo cirurgião. Não conduzi o processo até o final, pois fui promovido para a promotoria adjunta da capital. O médico foi absolvido.

Lições desses primeiros anos

Com os casos que relatei, percebe-se que não concebia uma atuação burocrática do promotor público. Isso, àquela época, causava conflitos, que encarei com destemor. Estava convicto de que as coisas deviam ser daquele jeito. Ouso hoje dizer que não me enganei. "O rigor da moral evangélica considera como 'servo inútil' o que se limitou a realizar sua tarefa, sem nada acrescentar de iniciativa ou de criação pessoal" (Lucas 17,7-10).

Creio que minha inclinação pela defesa dos direitos fundamentais decorreu do contato que a profissão me proporcionou com as camadas mais pobres e mais marginalizadas da população. Nesses primeiros anos, aprendi a conhecer no trabalhador rural uma pessoa limitada em seus sonhos de porvir pelas regras impostas por uma sociedade em que o autoritarismo era o traço principal. A nós, promotores públicos, cabia ao menos tentar quebrar essas regras, imaginar caminhos novos para o cumprimento de nossas funções.

Naquele tempo, o promotor era respeitado na comarca onde atuava, pois era conhecido da população e em suas mãos estava a defesa da comunidade como um todo. Quando se ingressava com uma ação penal, fazia-se com o objetivo de corrigir os infratores e, se necessário, afastar do convívio social os mais perigosos. Quando crianças e adolescentes apareciam como infratores, buscava-se uma solução dentro da própria família e, não sendo possível, com o que chamamos hoje de famílias substitutas — a internação, hoje disseminada em modelos falidos como o da Febem (Fundação Estadual do Bem-Estar do Menor), era uma hipótese longínqua, até mesmo pela falta de estrutura do Estado. Foi da minha atuação nesses primeiros anos, bem próxima às comunidades a que servia, que firmei minha convicção de que uma Justiça que se pretende humana, eficiente e democrática não deve nunca se manter distante dos cidadãos, principalmente dos mais desfavorecidos.

Naquela época, os direitos humanos, na sua moderna concepção, eram ainda uma cogitação distante. A luta contra os abusos em nível mundial começava a ensaiar seus primeiros passos com a Declaração Universal do Direitos Humanos, proclamada em 1948. De seu conteúdo e de suas implicações, só tivemos conhecimento muitos anos depois. Mas, antes disso, tinha claro que minha tarefa era lutar por esses direitos. Procurei nunca negligenciar esse dever.

NA CAPITAL, CONTRA O "ROUBA, MAS FAZ"

Em março de 1954, pude atuar como promotor na cidade onde me criei e me formei. Foi decisivo para isso a saída de José Loureiro Júnior da Secretaria Estadual da Justiça. Ele havia vetado minha ascensão no Ministério Público por me considerar, como contei no capítulo anterior, um comunista enrustido. A volta à capital foi importante para minha carreira em vários aspectos. Participei de uma iniciativa fundamental da Procuradoria Geral – os processos contra o governador Adhemar de Barros –, estabeleci ligação com o jornal *O Estado de S. Paulo*, conheci o grande intelectual e, sobretudo, amigo Paulo Duarte. Saí de Sorocaba promovido para um cargo hoje inexistente, o de promotor-adjunto da capital. Substituí os titulares de várias promotorias, tendo exercido as funções de curador de acidentes do trabalho, de massas falidas, para, finalmente, ser promovido à quarta entrância, assumindo a Primeira Promotoria Pública da Capital, em 30 de dezembro daquele ano.

Reencontrei colegas da faculdade, advogados, juízes e membros do Ministério Público que começavam também a retornar a São Paulo: Alfredo Freire Filho, Manoel Pedro Pimentel, Henri

Haydar, José Rubens Prestes Barra, Nereu César de Morais, Francisco Papaterra Limongi, entre outros. Por esse tempo, tornei-me amigo de Virgílio Lopes da Silva, Carlos Alberto Kfouri, Luiz Kujawski, todos membros do Ministério Público. Com Kujawski, tive uma amizade bastante estreita. Viajamos juntos, com Déa e Beatriz, sua mulher. Nunca houve desentendimentos entre nós, embora muitas vezes nossas opiniões fossem divergentes. Luiz tinha uma visão conservadora do mundo, mas amizade é amizade, e dela guardo um carinho especial.

Ser promotor na capital, em meados dos anos 1950, era uma função eminentemente burocrática, em parte por não terem sido consolidadas as atribuições que a promotoria tem hoje – de investigar, fiscalizar, participar do andamento dos processos –, em parte por atuar numa cidade já grande e impessoal, em contraste com as comunidades menores do interior, em que o mútuo conhecimento facilitava uma ação mais marcante. São Paulo já havia passado dos 2 milhões de habitantes em 1950 e crescia a um ritmo vertiginoso, chegando a 3,8 milhões em 1960. Na prática, o promotor público não tinha quase contato com a polícia e ficava fora das diligências, que corriam como os agentes policiais queriam. Muitas vezes, o promotor era chamado simplesmente para coonestar determinadas ações policiais questionáveis. Se discordasse, poderia pedir novas diligências, mas elas seriam feitas sempre conforme a polícia determinasse. Uma vez me chamaram para confirmar a confissão de um bandido famoso na cidade pelo seu método sádico de agir: ao se despedir da vítima do roubo, perguntava se ela queria um tiro ou um beliscão; ao optar obviamente pela segunda alternativa, ele pegava um alicate e puxava o umbigo da pessoa, causando um grave ferimento em seu abdômen. O criminoso me foi apresentado como se estivesse bem. Desconfiei da armação dos policiais e pedi para falar reservadamente com o preso. As marcas de tortura, fui descobrir, estavam encobertas pela roupa. Os agentes, no caso, queriam que eu estivesse lá para livrá-los de um problema, o que obviamente não fiz, fazendo notar no processo que o preso havia sido torturado, solicitando mesmo que ele fosse de imediato submetido a exame de corpo de delito.

Um juiz muito particular

Comecei a trabalhar no início de 1955 na 1.ª Vara Criminal. Tinha então 32 anos. O juiz era o dr. Plínio Gomes Barbosa, homem então na faixa dos 60. Fiquei pouco mais de um ano nessa função. O dr. Plínio fora contemporâneo de meu pai no seminário, em São Paulo. Eu o tinha em grande consideração e, assim, via com discrição sua atuação na Vara. Na verdade, o dr. Plínio, não obstante ser um homem íntegro, não era um bom exemplo como magistrado. Nos processos, limitava-se a enviar as questões surgidas para parecer do promotor. Uma vez obtido o parecer, ele simplesmente o acatava e dava prosseguimento. As audiências eram repartidas. O juiz fazia o interrogatório dos réus, e eu ouvia vítimas e testemunhas. Como se vê, mal repartidas, porque o maior volume de trabalho cabia ao promotor.

Eram inúmeras as reclamações de advogados relativamente à atuação do dr. Plínio. Uma vez, o desembargador Pedro Chaves, na qualidade de corregedor-geral da Justiça, mandou um de seus juízes auxiliares convidar o dr. Plínio para subir à Corregedoria para uma conversa. O juiz, tão logo chegou, foi amavelmente recebido pelo dr. Plínio. Mas, quando soube a que viera, observou que não admitia que um de seus colegas servisse de menino de recados. Se o corregedor desejava falar com ele, que descesse...

Em outra ocasião, o dr. Plínio se encontrava em audiência, e se aproximou de sua mesa um major do Exército que fazia perícias forenses. Queria ele despachar algo. O dr. Plínio adiantou: "O juiz está em audiência. Aguarde." O major esperou um pouco e voltou à carga. Recebeu a mesma advertência. Na terceira vez, ao ter que esperar ainda mais, o major observou: "O senhor sabe que está falando com um major do Exército?" Ao que o dr. Plínio retrucou: "Oh! Então desculpe por fazê-lo esperar. Eu sou apenas reservista de terceira categoria. Mas, como quem manda nesta m... (disse referindo-se ao Brasil) são mesmo os militares, eu me retiro e o senhor assume a presidência da audiência." Ato contínuo, levantou-se, apanhou seu chapéu e saiu. E o major ficou com seu requerimento no ar, com uma cara abobalhada...

Entre os inúmeros casos pitorescos do dr. Plínio, há um que foi muito comentado como piada, mas foi real. Em determinada audiência, compareceram duas moças com saias relativamente curtas. Elas estavam sentadas com as pernas cruzadas. O dr. Plínio volta e meia olhava para elas, até que, em determinado momento, pediu que descruzassem as pernas, pois naquela posição estavam atrapalhando o bom funcionamento dos trabalhos da Justiça...

Eu tinha, de início, excelentes relações com o dr. Plínio. Com o intuito de organizar a Vara, fiz um inventário dos processos em andamento para prevenir a ocorrência de possíveis prescrições. Entretanto, o escrivão do cartório, Alencar, que naturalmente tirava proveito da situação de desorganização da Vara, começou a insinuar ao juiz que eu estava querendo afastá-lo, o que não era verdade. Num sábado, pela manhã – naquele tempo tínhamos audiências também aos sábados –, fui surpreendido com um despacho do dr. Plínio que, sem nenhuma razão, dizia que eu estava atrapalhando os trabalhos do Juízo. Fui a ele e pedi que revisse o que escrevera, pois eram inaceitáveis as considerações que tecera a meu respeito. "Recorra", foi a resposta. Ponderei que não era caso de recurso e que a competência para desfazer a injustiça era dele. "Ponha-se daqui pra fora!", foi a resposta. Mantendo a calma, respondi: "Hoje o senhor sai antes de mim. E, de agora em diante, o senhor vai realmente trabalhar. Não conte com minha ajuda. Estarei nas audiências, que serão, todas, realizadas sob sua presidência, como manda a lei, exercendo eu a ação fiscalizadora do Ministério Público; e mais, o senhor não vai despachar em cima de meus pareceres, mas terá, como é do seu dever, de estudar os processos." Dito isso, calei-me. Em seguida, ele, que apenas ouviu o que eu falava, retirou-se da sala batendo os pés como um menino malcriado ao receber uma admoestação.

Bem, na segunda-feira, dei início a uma estratégia para fazê-lo trabalhar. Os processos que vinham com vistas determinadas por ele, eu os devolvia dizendo que aguardava a decisão do juiz. Eu não mais atuava como anteriormente, assinalando o que ele deveria fazer. Nas audiências, eu comparecia assumindo o lugar que a lei me reservava e fazia as perguntas por intermédio dele. Com isso, as audiências se prolongavam por até 20 horas. Em conseqüência, a pilha de processos para despachos em sua mesa crescia a olhos vistos. Numa semana ele pediu licença, afastando-se da Vara. Foi um alívio, pois, além do mais, as sentenças do dr. Plínio eram todas anuláveis, porque ele não fazia o competente relatório dos fatos e não fundamentava suas decisões.

Algum tempo depois, deixei a Vara para exercer as funções de assessor especial do procurador-geral de Justiça, na gestão Márcio Martins Ferreira e, depois, na de Mário de Moura e Albuquerque. Quem me substituiu foi Papaterra Limongi. No início, ele achou engraçada a forma de trabalhar do dr. Plínio. Alguns dias depois, subiu à Procuradoria, com os olhos arregalados, alegando que não dava mais: a convivência com o juiz se tornara impossível.

Paulo Duarte

Quero simplesmente chamar a atenção de quem lê para uma figura humana de nosso tempo, um certo Paulo Duarte, personagem desta nossa Comédia Humana, uma figura cuja composição no plano novelesco exigiria a combinação dos talentos inventivos de Balzac, Conrad, Dumas, Kafka, Pirandello e, sem a menor dúvida, Cervantes... Não exagero, que não sou homem de exagerar. [...] O diabo do homem era, antes de mais nada, um polemista encarniçado, irônico, por vezes sarcástico, desses que jamais usam meias palavras. Sempre que surgia em São Paulo uma disputa jornalística, em prol dos direitos civis ou da defesa de alguma vítima de qualquer abuso político ou econômico, eu pensava cá comigo: "Aposto como o Paulo Duarte está metido nessa." E raramente me enganava.

O texto do escritor Érico Veríssimo está na apresentação dos volumes de *Memórias* de Paulo Duarte, que conheci quando passava por uma prova de fogo na assessoria à Procuradoria Geral. Ele fizera várias denúncias contra o então ex-governador de São Paulo, Adhemar de Barros, referentes à gestão 1947-51, por corrupção no manuseio da coisa pública. Edgard Baptista Pereira, que fora destacado deputado federal e que da Câmara encampara as denúncias de Paulo, resolveu acionar o Ministério Público do Estado, na qualidade de secretário da Justiça do governo Lucas Nogueira Garcez (1951-55), para a apuração dos fatos e conseqüente procedimento penal contra o então ex-governador.

Paulo foi um dos homens mais combativos com quem convivi. Logo depois de nosso primeiro encontro, ele me convidou para escrever artigos sobre Direito e Justiça para sua revista, a *Anhembi*. A publicação havia surgido em 1950 e abordava os mais variados temas: cultura, arte, sociologia, poesia, teatro, ciência, política, filosofia, com artigos assinados por grandes nomes, como Thomas Mann, Florestan Fernandes, Roger Bastide, Juscelino Kubitschek, Elizabeth Bishop, Décio de Almeida Prado. Dadas as dificuldades de manter uma revista de tão alto nível, foi um prodígio editorial no país, tendo circulado até 1962.

Paulo foi exilado duas vezes na era Vargas, por ter participado da Revolução Constitucionalista de 1932 e também em 1937, no

Estado Novo. Foi uma voz de resistência à ditadura militar implantada em 1964, tendo escrito *O processo dos rinocerontes*[1], identificando a submissão ao sistema de muitos membros do então Conselho Universitário da Universidade de São Paulo (USP). Em uma de suas sessões, quando o reitor Gama e Silva afirmava ser "dedo-duro" da ditadura, Paulo completou: "dedo-duro, porém miolo-mole". Foi cassado quando atuava como professor de antropologia na mesma universidade. Em razão disso e também por ter semeado muitos desafetos, que lhe fecharam várias portas, passou por sérias dificuldades financeiras no fim da vida. Um dia, escreveu sobre si mesmo: "Com o meu característico descoco, sou sempre amigo incômodo que bota tudo a perder porque transige pouco."

Aos sábados pela manhã, eu costumava freqüentar seu apartamento na rua Guarará, nos Jardins. Juanita, sua mulher (ou sua Dulcinéia, como escreveu Érico Veríssimo), cozinheira de primeira, servia aos amigos convidados deliciosos canapés, regados com vinhos franceses escolhidos por Paulo, que era um especialista também nisso. Entre os convidados mais freqüentes estava o médico Alípio Correia Neto, professor da Faculdade de Medicina da USP, que fora responsável pelo serviço de saúde da Força Expedicionária Brasileira, na Segunda Grande Guerra. José Eduardo, meu filho, esteve muitas vezes comigo nessas tertúlias. Com Juanita, ele teve suas primeiras lições de culinária e – faço questão de notar – aprendeu a cozinhar muito bem.

Paulo fez o prefácio da edição francesa de *Meu depoimento sobre o Esquadrão da Morte*, com a autoridade do grande jornalista que foi e de um cientista que participara ativamente do Museu do Ho-

....

1. Nesse livro, Paulo Duarte faz sua defesa no processo que sofreu, durante a ditadura militar, como decorrência de entrevista publicada pela imprensa, contendo críticas severas a integrantes do Conselho Universitário da Universidade de São Paulo. Narra, ao mesmo tempo, o terrorismo cultural que se abateu sobre as universidades brasileiras, com o expurgo de notáveis professores e pesquisadores, como o físico Mário Schemberg, o historiador Caio Prado Júnior, o sociólogo Fernando Henrique Cardoso, o arquiteto Vilanova Artigas, o economista Paul Singer, entre tantos outros.

mem, de Paris. Apresentei seu trabalho à editora, a qual, entretanto, não soube, talvez pela forma apresentada, de grande contundência, entender as posições e os comentários de Paulo. E quase nada saiu da longa exposição que ele fez.

Depois que Juanita faleceu, Paulo, sofrendo do mal de Parkinson, não tinha condições financeiras para se manter. Sem poder trabalhar e recebendo uma quantia irrisória por sua aposentadoria na USP, não estava suportando os encargos de uma vida digna. Levei o fato a José Homem de Montes, que atuava na administração do *Estado de S. Paulo*. Montes e Paulo haviam polemizado muito, trocando até mesmo insultos. Como Paulo havia sido redator-chefe do *Estadão*, expliquei a Montes a situação: ele precisava de um enfermeiro, de uma empregada doméstica e de remédios. Montes não hesitou e concedeu a Paulo todos os meios, dos quais ele, ignorando quem era seu benfeitor, desfrutou até sua morte. São atitudes como a de Montes que dignificam o ser humano, e faço questão de registrá-la. Logo depois, em 1984, Paulo morreu. No enterro de personagem tão importante da vida política e intelectual brasileira, compareceram apenas umas trinta pessoas, entre elas eu e Alípio.

Jornalista do *Estadão*

Foi na revista *Anhembi* que tive oportunidade de ensaiar meus primeiros passos no jornalismo. Logo em seguida, em 1956, Paulo me recomendou a Júlio de Mesquita Neto para que eu viesse a fazer parte do corpo de articulistas do *Estadão*. Júlio Neto fora meu colega de faculdade, de modo que em pouco tempo assumi a seção Tribunais. Meu trabalho consistia em coletar notícias importantes e de interesse no dia-a-dia do Judiciário. O secretário de redação era Cláudio Abramo, que me guiou nesses primeiros passos. Foi um relacionamento que se transformou em grande amizade, que perdurou até a morte de Cláudio, em 1987. Em dado momento, conseguimos ampliar a seção jurídica, com comentários de juízes, promotores e advogados. Muitas vezes, no entanto, não se conseguia nada. Então, para ocupar o espaço do jornal, eu me dispunha a escrever sobre os problemas correntes do mundo jurídico.

A direção do *Estadão* estava em mãos do dr. Júlio de Mesquita Filho (dr. Julinho), que chamávamos de Capitão, e do dr. Francisco Mesquita (dr. Chiquinho), seu irmão. Ruy Mesquita, Luiz Carlos Mesquita (Carlão) e Júlio Neto, filhos do dr. Julinho, eram os segundos no jornal, juntamente com Juca (José Vieira de Carvalho Mesquita) e Zizo (Luiz Vieira de Carvalho Mesquita), filhos do dr. Chiquinho. O mais comunicativo deles era Carlão, que se empenhou em dado momento para que eu fosse promovido a subsecretário da redação. Foi a partir daí que principiei a escrever as chamadas "notas da redação", que expressam a opinião do jornal. Com algumas interrupções, permaneci no jornal até 1984. Acompanhei seu crescimento, quando, em 1976, saiu do prédio da Major Quedinho, no centro, e se instalou no bairro do Limão, na Marginal do rio Tietê.

O dr. Julinho era um chefe sempre presente. Andava pela redação e gostava de ver o que se estava fazendo. Parava aqui e ali para pequenas conversas com os funcionários. Pessoalmente, auxiliavam-no dois excelentes jornalistas portugueses – Urbano Rodrigues Pereira e João Alves dos Santos. Júlio Neto supervisionava as "notas", e Ruy, o noticiário internacional do *Estadão*, tarefa que não deixou mesmo depois da fundação do *Jornal da Tarde*, em 1966, o qual dirigiu por muitos anos.

O jornal dos Mesquita nunca aceitou a ditadura militar. Apenas convivia com ela. Não admitia a censura e, para tornar clara sua posição, publicava poesias ou receitas culinárias em substituição às matérias proibidas pelo censor, quando não deixava em branco os espaços das notícias ou dos comentários proibidos.

Quando das comemorações do centenário do jornal, em 1975, Paulo Duarte, encarregado de coordenar as publicações que seriam feitas em homenagem à efeméride, pediu minha colaboração. Escrevi o ensaio *Cem anos de direito e justiça no Brasil*, que depois publiquei em forma de livro.

No período em que trabalhei no jornal, sempre tive e recebi da direção tratamento que se pode qualificar de diferenciado. Júlio Neto me concedeu empréstimo para saldar as despesas decorrentes do meu acidente coronariano quando estava nos Estados Unidos, em 1976. Ruy escreveu o prefácio do *Meu depoimento sobre o Esquadrão da Morte*. O dr. Julinho e o dr. Chiquinho, falecidos em 1969, sempre me trataram com grande apreço. O mesmo acontecendo com Juca e Zizo.

O jornal dava-me ampla liberdade. De modo geral, eu escrevia sobre problemas da polícia, do Judiciário, do Ministério Público e da administração pública. Nunca tive artigo meu vetado pela direção. O *Estadão* apoiou, de forma bastante clara, a luta contra o Esquadrão da Morte e sempre respeitou minhas posições, seja na minha militância religiosa e política, seja, ainda, na minha atuação na área dos direitos humanos.

Entretanto, depois de 28 anos atuando na empresa, observei que meus artigos não estavam mais sendo publicados com a mesma freqüência. Conversei com Júlio Neto e ele me disse que eu estava vendo fantasmas. Nada havia... Contudo, alguns meses depois, o jornalista Oliveiros Ferreira, então redator-chefe, chamou-me para dizer que, devido à má situação econômica em que se encontrava o jornal, eu, juntamente com outros funcionários, estava sendo demitido. Respondi a ele que não me parecia bem receber essa decisão por seu intermédio. Eu gostaria de recebê-la de Júlio Neto. Retirei-me da sede do jornal e lá não voltei. A administração me ofereceu uma indenização que julguei inadequada. Houve uma disputa jurídica e acabei perdendo em última instância.

Em 1995, Júlio Neto morreu de câncer. Um pouco antes, procurei visitá-lo, mas ele já estava muito mal e me aconselharam que não o encontrasse. Sempre me entristeceu não ter podido ter com Júlio Neto uma conversa, como amigos que éramos, para acabarmos com desentendimentos que não foram criados por nenhum de nós. Visitei o jornal em 2002, sendo recebido por Ruy Mesquita. Pudemos lembrar pessoas e fatos com os quais convivemos. Voltei a encontrá-lo, bem como a outros membros da família, quando do lançamento do livro *A guerra*, de autoria de Julio Mesquita, avô de Júlio Neto e de Ruy. Penso que, depois de tantos anos, nos reencontramos.

Processos contra Adhemar

Como assessor da Procuradoria Geral, fui designado para acompanhar o inquérito policial instaurado contra Adhemar de Barros. Vi, nessa indicação, a mão de Antônio Queiroz Filho, que conhecera na qualidade de procurador no caso da tentativa de assassinato do juiz Hely Lopes Meirelles. As investigações contra Adhemar começaram ainda no governo Nogueira Garcez, mas ganharam força na gestão Jânio Quadros. Queiroz Filho, secretário da Justiça de Jânio, foi um dos fundadores do Partido Democrata Cristão (PDC) e um dos homens mais firmes e afáveis com quem tive a honra de conviver e trabalhar.

Nas investigações, assessorei o então procurador-geral de Justiça, Mário de Moura e Albuquerque, no processo e na acusação formal perante o Tribunal de Justiça do Estado contra Adhemar de Barros, por crime de peculato. O ex-governador era acusado de ter recebido um cheque emitido por uma revendedora de veículos, referente ao reembolso de cinco caminhões Chevrolet[2]. Tratava-se

....

2. No valor de Cr$ 378.352,50, na moeda da época.

de uma transação complicada. A Força Pública, inicialmente, havia sido autorizada a comprar os cinco caminhões, tendo feito a aquisição com a General Motors, pagando a montadora diretamente. Mas o então governador tramou um esquema para tirar proveito da transação. "Impedido, o réu (Adhemar), de locupletar-se com esses caminhões, uma vez que haviam sido encaminhados à Força Pública, imaginou-se logo a maneira de canalizar, para seus bolsos, a importância a eles relativa", descreveu Mário de Moura na acusação[3]. O artifício consistiu em autorizar uma suplementação de verba para compra de mais equipamentos pela Força Pública, que foram adquiridos na revenda Cassio Muniz S/A. Nesse reforço de verba, estavam incluídos os cinco caminhões já entregues e pagos. A revendedora devolveu o valor correspondente na forma de cheque, que foi parar na conta pessoal de Adhemar. Tratava-se de uma devolução fictícia, uma vez que os caminhões já estavam quitados e em poder da Força Pública.

No decorrer do inquérito, surgiu um problema: Adhemar deveria comparecer à delegacia de polícia ou o depoimento poderia ser colhido na residência dele? Decidiu-se que ele seria ouvido em sua casa. Ali estavam presentes seus advogados, os professores Esther de Figueiredo Ferraz (que no governo Figueiredo seria a primeira ministra do país, da Educação) e Ataliba Nogueira. Adhemar deu sua versão do caso, negando as acusações. Mas, questionado por mim por que havia recebido o cheque que não lhe pertencia, ele disse: "Ah, o cheque! Mas era dinheiro sagrado da Força Pública. Eu iria devolvê-lo." Só que não devolveu.

No inquérito e depois em juízo, perante o Plenário do Tribunal de Justiça, as provas indicavam claramente o recebimento, pelo então governador, de uma propina, o que caracterizava delito de peculato. Tudo ficou provado à exaustão, e Adhemar foi

....

3. Conforme a publicação *Justitia*, do Ministério Público, quarto trimestre, vol. 19, 1957.

condenado em maio de 1956. Em razão disso, ele fugiu, exilando-se na Bolívia – ficou mais de seis meses fora do país.

Contudo, em um processo anterior, no qual fora acusado de receber propina na aquisição de automóveis pelo governo do Estado, Adhemar havia logrado sua absolvição. O Tribunal de Justiça, sem concluir pela procedência da denúncia, qualificou-o, contraditoriamente, de administrador ímprobo. Dessa absolvição valeu-se o Supremo Tribunal Federal – ao qual Adhemar e o seu advogado, Oscar Pedroso Horta, haviam recorrido da condenação no caso dos caminhões – para entender que se tratava de um só processo, considerando que no primeiro caso estava encartado o segundo e, por conseqüência, anulando-o, ao julgar insubsistente a condenação no segundo. Esse foi um dos casos em que se falou de corrupção na Corte Suprema e que ainda é lembrado no conjunto de fatos que desacreditam a Justiça brasileira.

Quando se estavam investigando as negociatas de Adhemar, encontramos documentos que tratavam da compra, nos Estados Unidos, de *ferryboats* para a travessia do canal que leva do continente paulista às praias do Guarujá. Os *ferryboats* haviam sido comprados, só que não existiam. A "aquisição" se fizera com a interferência e ajuda de um ex-diplomata brasileiro, Edison Ramos Nogueira, em Los Angeles, depois ali radicado. Esse cônsul teria providenciado a exportação dos barcos. *O Estado de S. Paulo* narra, com detalhes, a falcatrua no editorial "Nova Negociata", de 6 de dezembro de 1956:

> Está novamente o sr. A. de Barros às voltas com a Justiça. Mais uma negociata, realizada ao tempo em que ocupou os Campos Elíseos[4], quando eleito com o auxílio do sufrágio dos comunistas, aparece agora desnudada: sob pretexto da importação de duas bar-

....

4. Referência ao Palácio dos Campos Elíseos, no centro de São Paulo, antiga sede do governo do Estado.

cas para o serviço de *ferryboat* do Guarujá, foram desviados cerca de vinte e quatro mil dólares do erário público.

A "operação" seguiu, mais ou menos, os trâmites das anteriores, que informaram os célebres processos dos "Chevrolets" e dos "caminhões da Força Pública". O sr. A. de Barros não tem originalidade. Usa sempre os mesmos processos. Ordenou, como de hábito, a abertura de um crédito irrevogável no Banco do Estado, erigido em entidade particular do ex-interventor[5], com o dinheiro escoando através de ordens emanadas diretamente do interventor, em meio à correspondência confusa de que este conscientemente usava para dificultar a identificação, com absoluta clareza, do destino do numerário desaparecido.

À semelhança de outros casos, não faltou neste, sequer, a figura do testa-de-ferro, representada pela personalidade suspeita de um cônsul brasileiro nos Estados Unidos – posto fora dos quadros do Itamaraty por irregularidades ocorridas, posteriormente, ao ocupar um Consulado na Alemanha –, sobre cujos ombros iriam pesar todas as responsabilidades, se não tivessem sido apurados determinados elementos que apontam o autor intelectual da falcatrua e, possivelmente, seu único beneficiário, na pessoa do *improbus administrator*. Os fatos, na sua frieza, dizem com eloqüência da ilicitude do "negócio".

Aquele cônsul, de nome Edison Ramos Nogueira, amigo íntimo do governador, ao tempo em que exercia as funções na cidade de Houston, no Texas, recebera ordens deste no sentido de adquirir barcos de aço a serem utilizados no serviço de *ferryboats* do Guarujá. Nesse sentido, e atendendo ao que ficou combinado, oficiou ao então presidente do Banco do Estado de São Paulo. Contudo, algum tempo depois, na correspondência oficial não aparecem mais as duas barcas. Fala-se apenas em uma adquirida por vinte mil dólares e por ordem do sr. A. de Barros. Como se vê, as barcas foram desaparecendo. De duas passaram a uma e de

....

5. Adhemar foi interventor federal no Estado de São Paulo de 1938 a 1941, durante o Estado Novo.

uma a... nenhuma! E o dinheiro se dissolveu, igualmente, nesse emaranhado.

Fixavam-se, destarte, as responsabilidades pelo desvio daquela avultada importância no triângulo A. de Barros, Osvaldo de Barros e Edison Ramos Nogueira. Como salienta o relatório da autoridade policial, concorreram os três para o desvio de vinte e quatro mil dólares do patrimônio estadual, mediante a simulação de compra, à firma norte-americana, de dois barcos de aço.

Para semelhante conclusão do inquérito policial que a Procuradoria Geral da Justiça requisitou, ressalte-se, antes de mais nada, a omissão de cautelas legais para a realização da compra, a nenhuma providência do governo para tornar efetiva a apresentação das barcas "adquiridas", a naturalidade com que o sr. A. de Barros e seu irmão Osvaldo de Barros receberam a comunicação de que com a quantia despendida, destinada inicialmente à aquisição de dois barcos, tinha sido adquirido tão-somente um e quase pelo dobro do preço.

Se acreditassem na compra, certamente teriam agido no sentido de efetivá-la, tentando, pelo menos, responsabilizar o intermediário. Mas, para quem sabia que a compra jamais se concretizara, tanto fazia que na correspondência oficial aparecessem dois barcos, como um ou nenhum. O que interessava, realmente, era o dinheiro e este já estava à disposição dos comparsas.

O governo do Estado entendeu que se deveria fazer uma pesquisa *in loco*, ou seja, que eu, juntamente com o delegado João Amoroso Neto, deveríamos ir aos Estados Unidos para ouvirmos o ex-cônsul, que vivia nas proximidades de Los Angeles, e, eventualmente, colher a possível documentação sobre o caso. Com as credenciais devidas, providenciadas pelo chanceler brasileiro Macedo Soares, fomos para Washington e, com o auxílio do FBI, a polícia federal norte-americana, conseguimos localizar o ex-cônsul em Los Angeles. Nessa cidade, fomos contatados pelo agente Mike Liodas, que falava um pouco de português, o qual tomou todas as providências para a prometida entrevista, que teve lugar um ou dois dias depois. Chegamos meio de surpresa à casa do cônsul, que tomou o maior susto ao saber a que vínhamos. Confirmou a operação e disse que as barcaças haviam sido, de há muito, enviadas a São Paulo. Prestou seu depoimento perante um notário, o qual serviu de base, naturalmente com outras provas, para o processo contra Adhemar. Esse processo também não prosperou ante a consideração de falta de provas. Mais uma vez, encontrou ele o beneplácito da Justiça.

No período de investigações, atuei também como assessor de Queiroz Filho na Secretaria da Justiça. Foi lá que, por intermédio também de Paulo Duarte, tomei conhecimento de uma correspondência do Museu Goeldi, de Belém do Pará, assinada pelo professor Felisberto Camargo, solicitando a entrega de uma importante peça da cerâmica marajoara — uma urna de chefe — ao dr. Adhemar de Barros, na qualidade de governador do Estado, para que com ela enriquecesse o acervo do Museu do Ipiranga.

Acontece que essa urna — note-se que Adhemar acusou seu recebimento em carta ao Museu Goeldi — jamais foi entregue ao destinatário, tendo sido, anos depois, dada de presente ao seu advogado Pedroso Horta. Adhemar fez pouco-caso desse processo, teria até mesmo se referido ao achado arqueológico como um "grande penico de barro"[6]. O processo criminal, como os demais, também não teve resultados.

Marco nas investigações do MP

Sem dúvida, foi minha atuação nas investigações sobre as negociatas de Adhemar que me valeu indicação para a segunda instância, como procurador de Justiça, cujo quadro naquele tempo compunha-se de 18 procuradores. Fui nomeado pelo gover-

---

6. Segundo o livro *Histórias de Adhemar*, de Carlos Laranjeira, edição do autor, 1988.

nador Jânio Quadros em dezembro de 1957. Mário de Moura mostrou-se grato ao meu trabalho. Era um homem muito generoso. Dessa sua generosidade é produto o Ato n.º 42/57, onde está escrito:

> O procurador-geral da Justiça do Estado, no uso de suas prerrogativas, resolve deixar consignado ao Dr. Hélio Pereira Bicudo, 1º Promotor Público da Comarca de São Paulo, o melhor de seus agradecimentos pelos magníficos trabalhos prestados à Procuradoria Geral da Justiça, na qualidade de assessor técnico, sendo de seu grato dever ressaltar a eficiência, a dedicação e o desassombro com que sempre se houve em todos os encargos que lhe foram destinados, tornando-se merecedor da sua integral confiança e da sua gratidão.
> Dê-se-lhe conhecimento e façam-se as devidas anotações no Prontuário. São Paulo, 4 de abril de 1957.

Para minha surpresa, Mário de Moura voltaria à Procuradoria Geral justamente com a reeleição de Adhemar de Barros ao governo do Estado, na gestão iniciada em 1963. Coisas da política brasileira, que às vezes parece contemporizar excessivamente.

O trabalho de investigação desnudou a confusão que Adhemar fazia de suas próprias finanças com a fazenda pública. Não foi à toa que esse político ficou notabilizado com o bordão "rouba, mas faz", usado sem embaraço em suas campanhas. Contra isso, um outro político oportunista, Jânio Quadros, justapôs seu símbolo eleitoral – uma vassoura, contra a roubalheira. Adhemar e Jânio polarizaram dessa maneira o debate político no Estado. Paulo Duarte, por exemplo, deixou-se seduzir pelo janismo, pelo qual nunca nutri simpatia.

O fato é que os processos contra Adhemar correram no governo Jânio, mas também nos governos Nogueira Garcez, anterior, e Carvalho Pinto, posterior. Sem esse respaldo, as coisas seriam mais difíceis ou nem sequer teriam acontecido. O trabalho foi um esforço do Ministério Público do Estado de estabelecer novas normas para a administração pública, para que a corrupção não favorecesse os agentes públicos que transformavam o governo em balcão de negócios. Embora não tenha conseguido vitórias definitivas na Justiça, apesar da condenação expressiva pelo Tribunal de Justiça, a atuação do MP contra Adhemar representou uma séria advertência aos governantes. Tudo, naturalmente, sujeito ao grau de autonomia da instituição, na qual o governador do Estado tinha ampla ingerência, podendo destituir o procurador-geral ao bel-prazer.

Hoje se discute muito o que o MP pode ou não fazer. O fato é que a instituição, a partir dos anos 1940, começou a se impor como representante do Estado na área penal, passando também a atuar nas questões de maior interesse da comunidade. Aos poucos, foi deixando as qualificativas de representante do rei para defender a sociedade, quando e onde seus interesses devessem ser resguardados. Do acusador sistemático, segundo o direito mais antigo, o promotor se tornou representante dos interesses dos cidadãos. Isso se expressa, no juízo penal, pela inteira liberdade de pleitear a condenação ou absolvição de quantos se submetem aos tribunais. Passou a defender os trabalhadores do campo e das cidades; a intervir nos procedimentos que dizem respeito ao conjunto que compõe os direitos da família, com especial atenção aos direitos dos meninos e meninas abandonadas nas ruas ou sob o regime de internação.

O alargamento de competência jurisdicional foi conseqüência das atividades desenvolvidas por alguns pioneiros, que se aproveitaram de algumas normas genéricas para atuar em benefício das comunidades. Lembro-me, a propósito, da celeuma que se levantou quando um promotor público buscava amparo legal para impedir a poluição do rio Piracicaba. Discutia-se se o MP tinha ou não poder de atuar no setor, pois grandes eram os interesses financeiros em jogo. Mas o fato é que essa e outras iniciativas, nos mais variados campos do Direito, com o aproveitamento de caminhos não inteiramente ortodoxos, acabaram sendo aceitas. As leis editadas a partir da Constituição de 1946 foram pouco a pouco inscrevendo no rol de competências do MP aquilo que os promotores já faziam na prática. São Paulo foi criador do modelo de MP que se inscreve na Constituição de 1988. Chegou-se até a falar de uma "escola paulista do Ministério Público". É uma expressão que encontra fundamento. Com a luta que empenharam César Salgado, João Baptista de Arruda Sampaio, Mário de Moura e Albuquerque, Queiroz Filho, Odilon da Costa Manso, foi possível inscrever nas Constituições da República, e, por conseqüência, nas Cartas estaduais, garantias mínimas que permitiriam a estruturação do MP no caminho de sua autonomia, quase como um quarto poder do Estado.

Ainda na primeira metade do século XX, a carreira passou a se estruturar, mediante a realização de concursos para promotor, acabando-se com as nomeações políticas. O procurador-geral de Justiça era da livre escolha do governador, que não precisava sequer se limitar à escolha no quadro de procuradores, podendo nomear em tese qualquer pessoa para o cargo. Isso foi mudando com o passar dos anos. Primeiro, precisou escolher o procurador-geral entre os membros da Procuradoria. Depois devia fazê-lo a partir de uma lista tríplice escolhida pelo Colégio de Procuradores, impondo-se depois mandato certo ao exercício do cargo, sendo a lista tríplice composta mediante votação realizada pelo conjunto do MP do Estado, com o voto também dos promotores.

Tudo isso se fez para outorgar verdadeira autonomia à instituição, deixá-la fora de interesses "políticos", muitas vezes divergentes dos da sociedade. Ainda há novos passos a cumprir, como a eleição pela própria classe do procurador-geral, sem a participação do governador. É fundamental também que a instituição tenha intervenção na elaboração do seu orçamento, condição essencial para assegurar uma atuação autônoma.

Deve-se ressaltar que foi na esfera penal que ocorreram os principais avanços na instituição. Muitas vezes tentou-se impugnar investigações realizadas pelo MP, mas sem maior êxito. Em toda a minha vida funcional, sempre entendi que não poderia sujeitar-me àquilo que era apresentado nos inquéritos policiais. Ao recebê-los, procurava aperfeiçoá-los. Iniciava um procedimento a partir de uma denúncia formal em que estivessem perfeitamente estabelecidos o fato e sua autoria. Nas cidades menores em que atuei, não requeria que policiais fizessem novas diligências. Eu mesmo as fazia, chamando testemunhas, ouvindo peritos etc. Com os poucos meios de que dispunha, pude desmascarar arranjos tramados entre policiais e partes. Na capital, no caso do Esquadrão da Morte, pudemos mostrar a importância da atuação investigativa do MP.

Naturalmente, quando o *parquet*[7] se volta para o comando das investigações, surge uma resistência que tem seu fundamento na corrupção que costumeiramente qualifica as ações policiais, sobretudo quando pessoas incriminadas têm posição destacada na sociedade. Vozes têm se manifestado contrariamente a que o MP possa investigar sob o argumento de que têm ocorrido abusos, com o vazamento de investigações ainda não concluídas, a prejuízo de pessoas, de empresas e de até mesmo instituições respeitáveis. A propósito das discussões que se travam no Supremo Tribunal Federal, sobre a competência do MP nas investigações, elaborei um parecer que enviei aos ministros daquele órgão. Seguem-se alguns trechos:

> Em um número tão expressivo de casos, a investigação do Ministério Público se sobrepôs à intervenção policial, seja para completá-la, seja para aperfeiçoá-la ou até mesmo para substituí-la. Os grandes e emblemáticos procedimentos penais foram sempre sustentados pelo Ministério Público que tem, a propósito, uma história de coerência e de independência relativamente aos Poderes

....

7. Palavra francesa que designa também o Ministério Público.

do Estado. [...] Na sociedade atual, onde a alta criminalidade viceja e se desenvolve, impedir-se a ampla atuação do Ministério Público será acoroçoar-se a ilicitude daqueles que se situam em patamares superiores da sociedade e que por isso mesmo se sentem imunes. A lei penal, segundo pensam, não é para eles, mas para aqueles que o sistema político-econômico marginalizou ou excluiu da vida social. [...] Não se podem retirar meios, quaisquer que sejam, que impeçam ou dificultem a propositura da ação penal pelo Ministério Público. Se a tanto chegarmos, estaremos decretando a própria falência do atual ordenamento jurídico que o constituinte de 86/88 buscou normatizar, tendo em vista a contribuição do Ministério Público na construção do Estado Democrático.

Não resta a menor dúvida do grande papel reservado ao Ministério Público no nosso ordenamento institucional. Mas essa nobre tarefa, para ser cumprida com a eficiência e o equilíbrio que a sociedade brasileira deseja, deve ser acompanhada de uma responsabilidade que lhe seja compatível, acima das vaidades e dos desejos pessoais daqueles que compõem a instituição.

NO EXECUTIVO, COM CARVALHO PINTO

Em 1974, no governo do general Ernesto Geisel, ocorreram as eleições legislativas que seriam um marco na resistência ao regime militar que se instalara no país havia dez anos. A ditadura, sobretudo após as violências cometidas no governo Médici, havia passado a encontrar uma acentuada resistência na sociedade civil. Em São Paulo, o MDB saía com um candidato ao Senado então praticamente desconhecido, Orestes Quércia, que tinha no currículo ter sido prefeito de Campinas. Embora fosse um político de pouco destaque, qualificava-se como oposição ao regime e, por conseqüência, para receber os votos de protesto contra o sistema. O candidato do partido do governo era um dos políticos mais íntegros que conheci, o então ex-governador, ex-ministro da Fazenda e senador Carlos Alberto Alves de Carvalho Pinto. Embora fosse essencialmente um conservador, o candidato da Arena foi um exemplo de homem público, responsável por iniciativas fundamentais na administração do Estado, e um democrata como poucos, apesar de paradoxalmente estar ligado à ditadura.

Preocupado com sua previsível derrota, procurei-o para conversarmos. Fui a sua casa – éramos quase vizinhos – nas imediações do Jockey Club e expus o que considerava os riscos de sua candidatura à reeleição. Uma derrota seria um ponto final injusto à sua trajetória política. Dona Yolanda, mulher de Carvalho Pinto, não gostava de Brasília e me apoiou durante a conversa que tivemos. O professor — era com essa qualificação que ele era respeitosamente conhecido — mais ouviu do que falou. Por um momento, fiquei com a impressão de que ele abriria mão de sair candidato. Entretanto, na saída, Carvalho Pinto me acompanhou até a porta e disse-me na rua que não poderia deixar de ser candidato porque empenhara sua palavra a uma solicitação do presidente da República. Ponderei ainda que o regime não podia exigir dele tamanho sacrifício, pois ele dera à Arena o prestígio de seu nome e fora por ela completamente esquecido, tornando-se apenas um figurante. Disse-lhe mais, que ele não teria, sequer, os votos de meus filhos. Apenas podia contar comigo e Déa.

De fato, dias depois, já candidato, Carvalho Pinto esteve em casa. Ele encontrou minha filha Maria do Carmo, então estudante de arquitetura, e lhe disse: "Então, Maria do Carmo, estou contando com o seu voto." Ela o desconcertou ao responder que não o faria, porque, a seu juízo, o voto para a Arena seria a favor da ditadura. A avaliação de Maria Carmo expressava o pensamento do eleitorado paulista. Para completar o quadro desfavorável, Carvalho Pinto teve que se afastar da campanha em conseqüência de um problema no coração. A derrota retumbante para Quércia, que veio em seguida, deve ter sido mais um fator para o agravamento da moléstia. O emergente político emedebista obteve 4 milhões de votos, contra 1,6 milhão do professor.

Não vou aqui traçar considerações mais incisivas sobre a opção política de Carvalho Pinto depois do golpe militar de 1964. Ele acabou ingressando, para a surpresa de todos nós que o víamos como peça fundamental na organização da oposição, na Arena, tendo sido eleito senador em 1966. Sobre essa decisão, só posso fazer conjeturas. Talvez ele tenha avaliado que era melhor lutar pelo restabelececimento da democracia de dentro do poder, ou tenha cedido à pressão familiar no sentido de não participar da oposição tal qual ela se organizava, ou ainda ambas as coisas. Antes disso, em 1965, não quis se candidatar a prefeito de São Paulo, quando poderia ter conquistado o governo da principal cidade do país. Acredito que sua família e seus amigos mais íntimos pensavam que seria um retrocesso assumir a prefeitura, pois Carvalho Pinto havia governado o Estado com muito êxito. A propósito, o dr. Júlio de Mesquita Filho, o dr. Julinho, disse-me certo dia na redação do *Estado de S. Paulo* que gostaria de conversar com o professor e perguntou se eu poderia conseguir um encontro, em que ele pretendia convencê-lo a aceitar a disputa para a prefeitura. A reunião ocorreu na casa de Carvalho Pinto, mas o dr. Julinho não teve êxito na empreitada. Uma pena. A ditadura militar ainda não se encontrava de todo consolidada, tanto que permitia eleições para prefeito da capital. Carvalho Pinto, com a autoridade moral de que desfrutava, poderia ter sido um freio ao continuísmo militar se estivesse à frente da administração da cidade mais importante do país. Faria Lima, o prefeito eleito, não engrossaria o movimento para uma guinada democrática. Era militar e, como tal, rezava pela cartilha da segurança nacional, mote dos governos da ditadura.

Numa tarde de 1987, fiz uma visita ao professor. A doença que manifestara em 1974 progredira ao longo dos anos. Ele me disse então que estava praticamente liquidado. Seu aparelho circulatório se encontrava gravemente comprometido. Queriam operá-lo de um entupimento em uma artéria, mas, segundo ele, isso não iria adiantar nada, devido à generalização da moléstia. Pedi que me mantivesse informado, pois gostaria de estar presente, acompanhando a evolução dos acontecimentos. Alguns dias depois, fui visitá-lo no Hospital do Coração, onde estava se preparando para a cirurgia recomendada. Não passou da preparação, pois não resistiu a um cateterismo a que se submeteu. Esse foi o fim de um homem público exemplar. Neste capítulo, quero contar um pouco de minha experiência a seu lado, no governo de São Paulo e, depois, no Ministério da Fazenda de João Goulart. Tenho certeza de que sua visão de governo, primordialmente ética e desenvolvimentista, serve de inspiração para enfrentar os grandes desafios que se apresentam quase 50 anos depois.

Uma administração moderna

Em um dia ensolarado de 1959, estava me divertindo com meus filhos na piscina do Club Athletico Paulistano quando recebi uma chamada telefônica. Solicitaram minha presença no Palácio do Governo para uma entrevista com o recém-empossado governador Carvalho Pinto. Sabia que ele estava montando sua equipe de governo e certamente eu receberia um convite, que eu imaginava fosse ligado às atividades jurídicas. Estava predisposto a aceitar, pois, além de ser um reconhecimento de minha atuação no Ministério Público, era um desafio.

O novo governador, advogado e professor de economia política na Pontifícia Universidade Católica (PUC), havia passado a se destacar politicamente no governo de Jânio Quadros. Embora não fosse filiado a nenhum partido político, ele tinha sido indicado a Jânio por Antônio Queiroz Filho e André Franco Montoro, líderes do Partido Democrata Cristão (PDC). À frente da Secretaria Estadual da Fazenda, Carvalho Pinto pôs ordem nas finanças do Estado, abaladas pelos desmandos no governo Adhemar de Barros. Tal foi seu desempenho que Jânio passou a chamá-lo de "mago das finanças" e o escolheu para seu sucessor no governo do Estado. Ele venceu as eleições de 1958 e em sua gestão inaugurou uma nova fase na administração estadual, em que o planejamento de governo passou a ser valorizado. O foco das ações passaria a ser desenvolvimento econômico, social e cultural. Nesse sentido, o histórico vício de governar atendendo a demandas clientelistas deveria ser banido da gestão do Estado.

Com a coordenação de Plínio de Arruda Sampaio, então subchefe da Casa Civil, o governador convocou jovens técnicos – economistas, engenheiros e administradores – para a elaboração de um Plano de Ação a ser concretizado no curso de seu mandato. Diogo Gaspar, Sebastião Advíncula, Mário Laranjeira de Mendonça, Jorge Hori e Antonio Delfim Netto constituíram o núcleo do Grupo de Planejamento. Essa equipe, com a participação das secretarias de Estado, elaborou um plano que, depois de exaustivamente debatido com Carvalho Pinto, foi aprovado pela Assembléia Legislativa. O trabalho cumpriu seus objetivos, dotando São Paulo da infra-estrutura que sustentou o grande salto desenvolvimentista verificado nas décadas seguintes.

Fui me encontrar com o governador na tarde daquele dia ensolarado. Não nos conhecíamos, mas ele me disse sem rodeios o que pretendia. "Não quero aqui um jurista, mas um assessor plural." A idéia de ter uma atuação mais ampla não me desagradava. Fiz, porém, questão de ressaltar que não tinha nenhuma simpatia pelo janismo, movimento político que o ajudara a se eleger governador. Disse mais, que considerava Jânio um perigoso carreirista, com um projeto pessoal incompatível com o ideal democrático. Às minhas considerações, o governador respondeu que eu iria desempenhar funções apenas administrativas, que nada tinham a ver com minhas convicções políticas. A partir daí passei a fazer parte de sua equipe. Minha atribuição, logo ficou claro, não era somente técnica, como havia dito o professor. De qualquer forma, mantive minhas convicções, e essa atitude só contribuiu para a boa realização de minhas tarefas no governo.

Carvalho Pinto havia sido exato. Ele precisava de um assessor que soubesse casar experiência ampla, inclusive política, com o norte jurídico. Logo passei a opinar na maior parte dos assuntos que vinham à sua decisão, sendo um dos responsáveis por fazer a avaliação prévia do que iria ser despachado. O governador tinha uma forma simples e eficiente de controlar os trabalhos de seus assessores diretos. Os pareceres dos processos eram sempre manuscritos e, principalmente, tinham de ser acompanhados de argumentos que mostrassem sua fundamentação. Com isso, o Carvalho Pinto, ao mesmo tempo que outorgava poder a um subordinado, o responsabilizava pela solução adotada, identificando-o pelo texto escrito de próprio punho. Acrescente-se que, ao despachar, o governador ouvia um resumo do caso e, vez por outra, fazia indagações que punham à prova as providências a serem adotadas. Era uma sistemática simples que produzia bons resultados. Eu coordenava esses despachos, e isso significava muitas horas de dedicação. Para o professor, sempre era hora de trabalhar e, dessa maneira, muitas noites de domingo foram utilizadas para colocar a papelada em dia. Não era incomum nessas reuniões de trabalho que entravam madrugada adentro ele mandar chamar algum secretário para prestar esclarecimento. Na avaliação do professor, seus assessores tinham que estar sempre disponíveis em razão da importância de suas tarefas.

Pela primeira vez, senti o peso do exercício do poder. Foram quatro anos de trabalho intenso, com muito pouco tempo para dedicar-me à família. Saía de casa às 7 horas e voltava à noite, muitas vezes quando todos já estavam dormindo. O meu filho Tite, com apenas 3 anos, não se conformava com minhas constantes ausências. Uma noite, ao chegar em casa, ele estava dormindo ao pé da escada que comunicava com os quartos, esperando por mim.

Nos meus anos de convivência com Carvalho Pinto, ficou-me a lembrança de um homem digno e empreendedor, muitas vezes hesitante nessa ou naquela atitude, justamente para que sua dignidade não aparecesse arranhada. De fato, um homem público sem mancha e exemplo para muitos. Ele tinha fama de "pão-duro". Havia muitas anedotas a esse respeito, mas esta é verdadeira. Uma tarde – para confirmar a fama –, o governador abriu a porta da sala onde eu trabalhava e disse-me: "Hélio, vamos almoçar um pouco..."

Plano e prática

O governo Carvalho Pinto se caracterizou pelo planejamento da atuação governamental nos vários setores de atividade pública e também pelo fomento da atividade privada, sem a qual não se sustentaria o modelo de um Estado que se queria voltado para a construção de uma sociedade mais justa. O Plano de Ação tinha claro que a intervenção estatal deveria se dar respeitando as potencialidades criativas do setor privado. O emblema do plano – uma colméia – procurava mostrar o empenho de todos na construção de algo novo, a contemplar trabalhadores, industriais, fazendeiros e comerciantes. Na campanha eleitoral, Carvalho Pinto já apontava quais seriam as preocupações diárias do governo: a manutenção das liberdades públicas, o desenvolvimento, a defesa dos interesses fundamentais da independência econômica da nação e uma administração em harmonia com as outras esferas de poder. Para a realização dessas metas, dizia o professor, "não mediremos esforços e sacrifícios até os extremos limites de nossas forças". No seu governo, reafirmo como testemunha, trabalhou-se muito.

De forma coerente com a visão de desenvolvimento do governo, o Plano de Ação incentivava com destaque a pesquisa científica. A Fundação de Amparo à Pesquisa do Estado de São Paulo (Fapesp) foi uma das inovações do planejamento estratégico. Sua instituição decorria de sua imposição legal pela Constituição paulista de 1947, que estabeleceu que "o amparo à pesquisa científica será propiciado pelo Estado, por intermédio de uma fundação organizada em moldes a serem estabelecidos por lei". A Carta paulista determinava que "anualmente o Estado atribuirá a essa fundação, como renda especial de sua privativa administração, a quantia não inferior a meio por cento de sua receita ordinária"[1]. A Fapesp foi criada em 1960 e instituída formalmente dois anos depois. Tive a honra de colaborar, juntamente com o professor Paulo Vanzolini, na elaboração de seus estatutos. Em 40 anos de vida, a fundação concedeu 45 mil bolsas de estudo e 35 mil auxílios à pesquisa. Não há dúvida de que contribuiu de forma decisiva para o desenvolvimento tecnológico do Estado e do país. Espero que continue assim, sem a queda de investimentos em setores vitais de pesquisa, como verificado em alguns momentos. Certa vez, Carvalho Pinto se referiu à Fapesp da seguinte maneira: "Se me fosse dado destacar algumas das realizações da minha despretensiosa vida pública, não hesitaria em eleger a Fapesp como uma das mais significativas, para o desenvolvimento econômico, social e cultural do país."

Foram destinadas verbas para a construção do campus da USP, no Butantã. Os professores e servidores da universidade também tiveram aumento de patamar salarial, como forma de incentivar o interesse pela carreira. Ainda foram criadas as bases legais de fundação da Universidade Campinas (Unicamp) e houve um investimento significativo no ensino fundamental e de preparação técnica. O plano contemplou a área da saúde, com a construção de postos e hospitais, entre eles o do Servidor Público, onde nasceu meu sétimo e último filho, José Roberto.

Entre as ações estratégicas de governo, não faltou uma tentativa de reforma agrária. O governador estava firmemente disposto a realizá-la, usando para isso recursos do Imposto Territorial Rural (ITR). O Plano de Revisão Agrária – o termo "reforma" parecia não combinar com o governo de um "conservador" –

....

1. O percentual foi elevado a 1% pela Constituição estadual de 1989.

não passou porque os latifundiários paulistas conseguiram federalizar o ITR.

O governo Carvalho Pinto tinha um projeto modernizador e estava disposto a fazer tudo que fosse necessário para melhorar as condições de vida da população, de forma objetiva e sem apelo ao populismo, que caracterizava a política brasileira do período. Sob esse ponto de vista, independentemente de rótulos ideológicos, foi uma gestão profundamente inovadora.

Energia para crescer

Na planificação estratégica, era fundamental dotar o Estado de energia suficiente para sustentar o fornecimento às cidades em crescimento e ao maior parque industrial do país, isso em um horizonte de décadas. No governo do professor foram projetadas as usinas hidrelétricas de Promissão, Paraitinga-Paraibuna e Capivari e realizadas obras nas de Limoeiro, Euclides da Cunha, Barra Bonita, Jurumirim, Bariri, Graminha e Xavantes. Mas a expansão econômica do Estado exigia um aumento ainda maior na produção energética.

Constava do Plano de Ação a proposta para a construção de uma grande central apoiada por unidades menores. Estudos realizados pela Comissão da Bacia dos rios Paraná e Uruguai apontavam para a construção de uma série de grandes usinas nos rios Paraná e Grande, indicando como a primeira delas a de Urubupungá, hoje denominada Engenheiro Souza Dias, que seria a maior hidrelétrica brasileira, com o potencial projetado de 1.350.000 quilowatts.

Em 1960, Américo Portugal Gouveia, chefe da Casa Civil, foi nomeado conselheiro no Tribunal de Contas do Estado. O governador designou-me para substituí-lo – permaneci no cargo por alguns meses, inclusive durante o pleito eleitoral, quando Jânio

Quadros se elegeu presidente. Após as eleições, Portugal Gouveia licenciou-se no tribunal e retornou à Casa Civil. O governador me nomeou então presidente da Centrais Elétricas de Urubupungá S.A. (Celusa).

Trabalhamos na elaboração do estatuto da nova empresa e a instalamos, dando início às concorrências para a construção da obra civil e para a montagem dos equipamentos eletromecânicos e das redes de distribuição e de interligação. Foi trabalho do qual me orgulho. Assistimos ao início das obras civis, entregues à Construtora Camargo Corrêa, e assinamos o contrato para a parte eletromecânica com o Gruppo Industrie Elettro Meccaniche Per Impianti All'Estero (GIE). A empresa italiana apresentou também proposta de financiamento de todo o equipamento eletromecânico, destacando 30% de seu montante para a indústria nacional. Esse contrato foi analisado pelo Banco Interamericano de Desenvolvimento (BID), tendo merecido rasgados elogios. Em decorrência, não restou aos sucessores de Carvalho Pinto senão cumpri-lo.

Durante a consulta que a Celusa fez a vários grupos estrangeiros para a construção financiada dos equipamentos da usina, eu e Nilde Ribeiro dos Santos, diretor da empresa, fizemos uma viagem à Europa e ao Japão para discussões sobre as possibilidades de cada proponente. Estivemos na Alemanha e na então Tchecoslováquia, além de uma permanência mais prolongada no Japão. Visitamos indústrias e instituições financeiras desses países. Nossa idéia foi desde o começo obter um financiamento de cerca de US$ 100 milhões, reservando 30% para a expansão da indústria nacional. Das várias propostas, apenas duas se aproximavam dos objetivos da Celusa, a dos grupos japoneses e a do GIE. Os japoneses se propunham apresentar um esquema para o financiamento na forma por nós solicitada. Fizemos longas reuniões sobre o assunto, mas eles não chegavam a uma conclusão, até que, passados cerca de 30 dias, chamei-os para uma última reunião, pedindo sua definição. Na impossibilidade de o fazerem, sugeri que me enviassem carta abrindo mão da sua classificação. Terminadas as negociações com os japoneses, negociamos com o GIE. Eu, Francisco Lima de Souza Dias Filho — que hoje dá nome à usina — e Diogo Gaspar fomos para Milão, para fecharmos as negociações. O contrato foi assinado em Zurique, para atender a questões fiscais do grupo italiano, no dia 13 de agosto de 1962.

No início das obras da usina, quando da construção da barreira que conteria as águas do rio Paraná para o início das obras civis, tivemos chuvas intensas que avolumaram as águas do rio, o que poderia interferir no prosseguimento normal da construção da barragem. Falei, a esse respeito, com Sebastião Camargo, que deslocou máquinas que ainda estavam sendo utilizadas na construção de Brasília para atender às necessidades que poderiam sobrevir. Contudo, a barreira resistiu e tudo não passou de um susto, com algumas noites maldormidas.

Iniciamos então negociações com o BID para que concedesse à empresa um financiamento de 30 milhões de dólares destinado às despesas com a implantação das linhas de transmissão. O presidente do banco, Felipe Herrera, esteve em visita ao canteiro de obras, e o financiamento chegou depois do término do mandato de Carvalho Pinto. Estive em Washington para obter a aprovação do financiamento antes do fim do governo. Não foi possível, mas o embaixador do Brasil nos Estados Unidos, o diplomata Roberto Campos, disse-me que eu poderia retornar tranqüilo ao Brasil, porque ele estaria atento para obter a aprovação, o que realmente aconteceu. Todo esse processo foi, depois, aprovado durante o governo parlamentarista de João Goulart. Em Brasília, assisti à apresentação do projeto ao Conselho de Ministros, pelo primeiro-ministro Tancredo Neves, que, na ocasião, fez grandes elogios a Carvalho Pinto, logrando sua unânime aprovação. O presidente João Goulart chegou a visitar, já com poderes presidencialistas, o canteiro de obras da Celusa, onde foi recebido por Carvalho Pinto e por mim, ainda presidente da empresa. Quero destacar o papel relevante de Diogo Gaspar, na área econômico-financeira, Orlando Gandolfo, na área jurídica, Souza Dias e José Gelásio da Rocha, na construção civil e na escolha dos equipamentos. A usina começou a operar em 1969 e foi concluída em 1974. Sua construção foi o passo mais importante para a implantação do sistema hidrelétrico que alimentou a expansão industrial do Brasil.

Cabe aqui uma reflexão. Atualmente, quando se faz o elogio irrestrito à desestatização, esquece-se de que àquele tempo a empresa privada não tinha a menor possibilidade de enfrentar os riscos de um empreendimento como o de Urubupungá. Somente o capital estatal poderia viabilizá-lo. E Carvalho Pinto o fez com muita competência, dotando toda uma região do país de infra-estrutura para seu desenvolvimento sustentável. Assim, diante da estagnação do setor energético, a travar o crescimento do país, é espantoso que hoje entreguemos ao capital externo aquilo que nós construímos à custa não apenas de dólares emprestados, mas do desenvolvimento de um *know-how* que depois permitiu a construção de Itaipu e de outras grandes usinas no Norte e no Nordeste. Atitudes desse tipo são responsáveis pela condição subalterna do país, que se atrela aos países ricos somente como alimentador secundário de suas economias.

"O professor vai acertar a vida de vocês"

Ainda no meu período no gabinete do governador, a então Força Pública passou a reivindicar melhores salários. Uma de suas unidades – parte do Corpo de Bombeiros – se mobilizou e foi até o Palácio dos Campos Elíseos para pressionar o governo. Os manifestantes, de maneira proposital, compareceram malvestidos, usando até mesmo barbantes nas roupas. O comandante da Segunda Região Militar, o general Costa e Silva, que anos mais tarde assumiria a Presidência da República, como segundo presidente do regime militar, encontrava-se no palácio para tratar da questão. Era um tipo bonachão e simpático. Acompanhei-o quando saiu à rua, onde falamos amistosamente com os desesperados bombeiros, aconselhando-os a que se recolhessem às suas unidades, pois não tinham nada a ganhar com um confronto que poderia ocorrer com as tropas regulares. Fomos convincentes e, em poucos minutos, os milicianos se retiraram. Lembro-me da maneira como Costa e Silva se dirigiu a eles: "O professor vai acertar a vida de vocês. Mas vão para casa, meus filhos..."

Durante o período em que esse clima de confronto ocorreu, e que já atingia a Polícia Civil, o secretário de Segurança, Francisco José da Nova, encolheu-se e chegou a retirar de seu carro a chapa oficial. Não podia mais permanecer no cargo. Em conversa com o governador, salientei a necessidade da mudança e cheguei a indicar o nome do procurador de Justiça Virgílio Lopes da Silva para substituí-lo. Carvalho Pinto quis saber o porquê da indicação. Disse-lhe que se tratava, na minha opinião, de um homem preparado para assumir o comando da Polícia Civil e da Força Pública. Coordenara ele, durante o governo Jânio Quadros, uma comissão mista encarregada de propor uma nova polícia – grupo composto por altos membros da Polícia Civil, da Guarda Civil e da Força Pública, e que fizera um estágio na Scotland Yard. Além da Inglaterra, a comissão visitara os órgãos policiais na França e Itália, produzindo um relatório que propusera uma polícia unificada, com um setor uniformizado, para as ações ostensivas, e uma polícia investigativa, em trajes civis. Isso, a meu ver, qualificava-o para assumir as funções de secretário da Segurança Pública e para equacionar a crise que se aprofundava a cada instante. Encarregou-me o governador de formular o convite a Virgílio para uma entrevista. Ele assumiu o cargo em janeiro de 1961, e sua atuação como secretário foi excepcional, ocupando a pasta até o fim do governo.

Ainda por esse tempo, estudantes em greve chegaram aos portões dos Campos Elíseos. Segundo soube, a polícia encaminhava-se para o local a fim de dispersar os manifestantes. Poderia, sem dúvida, ocorrer um confronto politicamente indesejável em frente à sede do governo. Com a memória viva em minha mente das violências que sofríamos quando estudantes nos tempos da ditadura Vargas, saí à rua para barrar a polícia. Ela aproximava-se do local sob o comando de um delegado que, com os olhos vidrados, estava prestes a partir para a agressão. Ao dirigir-me a ele, quase recebi o primeiro golpe. Gritei, chamando-o à razão. Acalmados os ânimos, a polícia retirou-se e os estudantes se dispersaram logo depois. Minha experiência de ter sido reprimido um dia evitou um choque desnecessário, violento e antidemocrático. Daí ser uma grande coisa o homem público não se esquecer de seu passado.

A DEMOCRACIA SOB O FASCÍNIO DO GOLPE

No segundo ano de governo de Carvalho Pinto, teve início a disputa eleitoral para a Presidência da República. Jânio Quadros, depois de idas e vindas – chegou a renunciar à sua candidatura –, resolveu disputar a chefia da nação com o apoio da maioria do conservadorismo brasileiro, capitaneada pela UDN (União Democrática Nacional). Sua personalidade autoritária foi, sem dúvida, um apelo ao apoio das Forças Armadas. Seu adversário foi o marechal Henrique Duffles Teixeira Lott, pela aliança PTB-PSD (Partido Trabalhista Brasileiro e Partido Social Democrático). O militar havia se tornado conhecido por garantir a posse de Juscelino Kubitschek, em 1956, sendo depois seu ministro da Guerra. Não obstante o candidato a vice-presidente na chapa de Jânio fosse o respeitável político mineiro Milton Campos, a dupla vencedora foi a informal Jan-Jan (Jânio-João Goulart, o Jango), pois a eleição do vice era independente da de presidente.

Jânio Quadros não chegou a governar sete meses. Durante o período em que esteve no poder, em vez de buscar a colaboração de Carvalho Pinto, criou todos os obstáculos possíveis à administração estadual. Entre as exigências que impunha ao governo do

Estado, estava o pedido para que eu e outros colegas fôssemos destituídos da assessoria do governo. No meu caso, o motivo era minha antipatia pelo janismo. Sabedor do fato, escrevi longa carta ao governador, na qual expressava meu temor de um golpe institucional que transformasse o Brasil num regime nacionalista de cunho autoritário, seguindo o modelo implantado por Gabal Abdel Nasser no Egito havia pouco anos. Expunha também minha preocupação com as dificuldades de relacionamento com o governo federal, que eu não queria agravar com minha presença, e concluía a carta devolvendo minhas funções. Lembro-me muito bem desse documento, escrito de próprio punho em papel amarelo. Como os dias passavam e o governador nada dizia, numa tarde, quando caminhávamos pelo jardim do palácio em direção à residência do governador para o almoço, perguntei-lhe sobre o que ele havia achado do que eu havia escrito. Sua resposta foi categórica: "A carta, ah, bem, recebi-a, tomei conhecimento de suas considerações e já joguei fora, por não me parecer que deva tomar qualquer atitude." Não mais falamos no assunto. Como redigi o texto de próprio punho, não guardei uma cópia. Resta apenas a memória dos fatos.

Em dada medida, as dificuldades que Jânio colocava ao governo do Estado visavam abafar o sucesso da administração paulista, que tornava o governador uma liderança capaz de se rivalizar com ele no plano nacional. A situação perdurou até a data da renúncia. Por volta das 13 horas do dia 25 de agosto de 1961, encontrava-me em meu gabinete no prédio anexo ao palácio – a sede do governo era dividida em duas alas, o Palácio dos Campos Elíseos, que era a residência do governador, e um prédio administrativo – quando tocou meu telefone. Era Sebastião Camargo, que me informava da atitude do presidente. Rapidamente me dirigi ao palácio. Estava havendo um almoço com o governador de Minas, Magalhães Pinto, e deste participava o então ministro do Trabalho, Francisco Castro Neves. Carvalho Pinto já estava informado e procurava o ministro da Justiça, Oscar Pedroso Horta, para tentar evitar a consumação do ato. Ele gostaria de falar a Jânio, pois não era a primeira renúncia a ser enfrentada e evitada. Outras já haviam ocorrido, sem maiores conseqüências. Horta respondeu que não poderia atender o governador porque Jânio estava se dirigindo a São Paulo e que ele iria encaminhar o documento de renúncia ao Congresso Nacional, como havia determinado o presidente.

Carvalho Pinto se dirigiu até a Base Aérea de Cumbica, para onde se deslocava Jânio, depois de uma breve permanência no Aeroporto de Congonhas. Seria uma última tentativa de convencê-lo a desistir. Fui na companhia do governador, o que me permitiu testemunhar o encontro dos dois e, assim, desfazer uma falsa versão divulgada no sentido de valorizar Jânio e menosprezar Carvalho Pinto. A versão contava que, nesse encontro, o presidente agredira o governador diante da negativa deste em apoiá-lo naquele instante. Nada disso aconteceu, e talvez eu seja a única testemunha viva do ocorrido. Durante nossa ida a Cumbica, o rádio do carro estava ligado para estarmos a par das últimas notícias. Jânio Quadros, depois de pousar em Congonhas – tenho a impressão de que ele esperava ser acolhido por grande número de pessoas, o que não se verificou –, voou para a Base Aérea, hospedando-se na casa do comandante, o coronel Faria Lima – irmão do brigadeiro Faria Lima, que depois seria prefeito de São Paulo. Durante o trajeto entre o palácio e Cumbica, o rádio informou que o senador Moura Andrade, na qualidade de presidente do Congresso, ao receber a comunicação da renúncia, rapidamente procedeu à sua leitura para assim consumá-la, entregando o poder ao presidente da Câmara, deputado Ranieri Mazilli, pois o vice-presidente, João Goulart, encontrava-se na China, em visita oficial. Carvalho Pinto, ciente da renúncia consumada, mesmo assim resolveu ir até o ex-presidente. Lá chegando, fomos recebidos por um major da Casa Militar, que nos introduziu na residência do coronel Faria Lima, onde se achava Jânio. Ali, numa sala ampla, permaneci de pé, próximo à porta, enquanto Carvalho Pinto se aproximou de um conjunto de cadeiras, próximas às janelas do fundo. Nesse instante, surgiu Jânio Quadros com sua mulher, dona Eloá, que segurava um pequeno rádio de pilha. Conversaram também de pé, não mais de dez minutos, se tanto. Jânio não parecia bêbado, versão que também foi divulgada à época. Foi uma conversa serena, sem altercações. Na volta para o palácio, Carvalho Pinto me disse que, diante da concretização da renúncia, anunciada pelo rádio, Jânio Quadros — depois de afirmar que, segundo as condições legais e constitucionais, o país tornara-se ingovernável — disse que voltaria à vida privada. Foi tudo o que ocorreu.

Dias depois, as pessoas que cercavam o governador entenderam — diante da movimentação dos militares, que se recusavam a entregar o governo a João Goulart — que seria importante uma declaração sua exaltando a preservação das instituições democráticas. Fui incumbido de redigir o comunicado para ser divulgado à imprensa. Carvalho Pinto estava acamado, recuperando-se da fratura de uma costela, decorrente de uma queda em seu gabinete de trabalho. Ele tinha o costume de despachar e, em seguida, jogar os autos dos processos no chão. Logo depois de conversar com Jânio, recebeu algumas lideranças sindicais. Ao levantar-se para a despedida, tropeçou no monte de processos que se formara e bateu com o tórax na ponta da mesa. Daí a fratura, que deu origem às especulações relativas a uma agressão por parte do ex-presidente. Reunimo-nos, em seu quarto de dormir, Virgílio Lopes da Silva, Américo Portugal Gouveia, o deputado estadual Ruy Junqueira e eu. Na revisão do comunicado, a cada expressão retirada ele ia se desfigurando. Havia uma frase que era, por assim dizer, o ponto central, ao afirmar que se devia a todo custo preservar a Constituição. Quando se pretendeu eliminá-la, eu disse que isso seria inutilizar o comunicado. Afinal, o documento foi aprovado e entregue a Hélio Damante, assessor de imprensa, para enviá-lo aos jornais:

> No momento em que a Nação se vê ameaçada em sua integridade política e na sua estabilidade social e democrática, venho, reiterando os meus pronunciamentos anteriores, apelar, como governador de 13 milhões de brasileiros, ao presidente e ao vice-presidente da República, ao Congresso Nacional, às Forças Armadas e a todos os meus concidadãos, para que tudo seja feito no sentido de que a solução da gravíssima crise que atravessamos seja alcançada sem dano ao patrimônio cívico da nacionalidade, dentro da ordem, da lei e do respeito às instituições democráticas, *consubstanciadas na letra e no espírito da Constituição*.
>
> Confiante no discernimento e no patriotismo dos responsáveis pelos poderes supremos da República, elevo meu pensamento a Deus, para que seja preservada a paz dos nossos lares e não se afaste o grande lar comum, que é a Nação, do caminho da fraternidade, do progresso e da democracia. Que os propósitos em choque e as posições divergentes não sejam empecilho para que o Brasil permaneça fiel ao destino histórico que lhe dá sentido, como nação cristã, livre e soberana.
>
> São Paulo, 30 de agosto de 1961.

No dia seguinte, procurou-me um apavorado Portugal Gouveia, perguntando-me quem dera ênfase à aludida frase no comunicado enviado à imprensa, a qual passara a figurar nas manchetes dos jornais. Respondi-lhe o óbvio, que os jornalistas haviam pinçado a única frase importante do comunicado.

Aceite o golpe e seja presidente

As duas semanas entre a saída de Jânio e a posse de Jango, a 7 de setembro, foram de intensa disputa política entre os defensores da ordem constitucional e os conspiradores. A própria renúncia foi uma tentativa de obter o poder total, uma forma de sair do isolamento no qual o presidente se encontrou após a posse. Jânio chegara ao poder com a UDN, mas não era um homem de partido — muito pelo contrário, era um personalista. O rompimento com a base partidária que o levou ao poder aconteceu rapidamente. A UDN, capitaneada por Carlos Lacerda, foi se unir ao PSD e ao PTB na oposição. Na prática, o governo fechou os canais de comunicação com o Congresso. Sozinho, o presidente não pôde governar. Só restava o golpe. Como ele havia sido eleito com grande apoio popular — 48% dos votos, contra 26% de Lott —, o objetivo da renúncia era voltar à Presidência com poderes excepcionais, mandando o Legislativo às favas.

Com Jânio já fora da Presidência, ocorreu um episódio pouco conhecido e que para mim foi uma lição que demorei anos para aprender em sua inteireza. Carvalho Pinto passou a receber consultas e conselhos a respeito de um novo golpe que se planejava. O objetivo era, com o apoio de militares, não dar posse a Jango e formar um governo de transição, com um civil à frente, até a convocação de novas eleições presidenciais, em data a ser definida. O civil a assumir a Presidência da República teria que ser um nome respeitado nacionalmente, mas não diretamente identificado com determinada corrente partidária. Após esse mandato de restauração da ordem democrática, ele se comprometeria a não ser candidato à Presidência, deixando campo aberto aos pretendentes ao poder, que naquela altura já se sabia quais eram. Pois bem, o homem escolhido para a transição — o candidato a déspota esclarecido — era Carvalho Pinto, que preenchia todos os requisitos definidos pelos conspiradores. Entre os líderes civis que aconselharam o professor a aceitar a oferta estavam Juscelino Kubitschek, que pretendia sair candidato à reeleição pelo PSD, e o então governador de Minas Gerais, Magalhães Pinto, um provável nome à sucessão presidencial pela UDN.

Carvalho Pinto era um político incomum, pois rejeitou todas as propostas e insinuações nesse sentido, e o plano foi abortado. Na ocasião, ele me disse: "Não aceito uma coisa dessas porque ficaria refém de quem me daria o poder, no caso as Forças Armadas. Isso eu não posso admitir em hipótese alguma. Jamais teria a liberdade de um presidente eleito democraticamente." O governador, assim como Queiroz Filho, via na proposta mais um sintoma de um golpe contra a democracia que vinha sendo urdido havia muito. Tinham conspirado contra Getúlio Vargas – que barrou os golpistas com a atitude extrema do suicídio –, contra o próprio Juscelino – a quem não queriam deixar tomar posse – e, naquele momento, contra Jango, sucessor constitucional de Jânio.

Eu e outros jovens assessores não compreendíamos bem a atitude do governador de recusar a Presidência. Nosso governo em São Paulo era bem-sucedido, estavam sendo introduzidas inovações importantes na administração pública. A ampliação disso em nível nacional seria extremamente benéfica para o país. Afinal, por que não tomar o poder e consertar o Brasil? Lembro-me de conversas que tive com outros colegas da mesma faixa etária, como Diogo Gaspar, Plínio de Arruda Sampaio e Nereu César de Morais, secretário particular do governador. A idéia de chegarmos ao governo federal fascinava. Mas a posição firme de Carvalho Pinto, creio, ensinou a todos a profundidade de seus conceitos éticos e morais sobre o exercício do poder. Esse exemplo é uma das grandes contribuições do professor para o país.

Visando manter a integridade do Estado democrático, ele intercedeu junto aos militares para que se encontrasse uma solução que permitisse a investidura de João Goulart à Presidência. Fomos a Brasília e ao Rio, onde participamos de uma reunião dos governadores com os comandantes das Forças Armadas no edifício do então Ministério da Guerra, na tentativa de encontrar uma solução para o impasse, uma vez que as Forças Armadas – principalmente as altas patentes do Exército – não admitiam entregar o poder a Jango. Lembro-me de que, durante um desses encontros, o ministro da Guerra, general Odílio Diniz, recebeu um telefonema do brigadeiro Faria Lima, então presidente do Banco Nacional de Desenvolvimento Econômico (BNDE), ponderando que a única solução para a crise seria enviar um navio da Armada em busca de Jânio — que estava em uma embarcação para uma viagem em torno do globo — para trazê-lo de volta à Presidência. A sugestão foi repelida. Mas a atitude revelava, assim como outros fatos depois divulgados, que a saída de Jânio foi mesmo uma tentativa de golpe. Daí a necessidade do reconhecimento parlamentar da renúncia — o que confirma a atitude de Pedroso Horta, de insistir a todo custo em entregar a carta de Jânio ao Congresso. O ministro da Justiça não queria permitir uma intervenção de Carvalho Pinto e de outras lideranças para que o presidente permanecesse no poder. Com a concretização da renúncia, a volta de Jânio Quadros implicaria o estabelecimento de um governo sem Congresso, num modelo claramente autoritário. O que ele disse a Carvalho Pinto na Base de Cumbica também é uma pista nesse sentido: o país estava ingovernável... Em sua lógica, a causa disso era o Congresso. Logo, a solução era tirar o poder de deputados e senadores. Mas para isso era necessária alguma forma de ruptura, representada pela renúncia.

Com a reação de segmentos importantes da sociedade, de políticos — com destaque para Leonel Brizola, então governador do Rio Grande do Sul — e de setores das próprias Forças Armadas — como o Comando do 3º Exército —, estabeleceu-se uma solução para a posse de João Goulart, que se daria em um sistema parlamentarista. Foram reduzidas as prerrogativas do presidente, passando o governo a ser exercido pelo gabinete ministerial. O parlamentarismo, no entanto, não duraria muito. Do primeiro chefe do governo, Tancredo Neves, para o último, Hermes Lima, foram 16 meses. A 6 de janeiro de 1963, 75% dos eleitores brasileiros decidiram pela volta do presidencialismo.

Sucessão em São Paulo

Nas eleições de 1962, para o governo do Estado, Carvalho Pinto lançou seu secretário da Agricultura, José Bonifácio Coutinho Nogueira, para sucedê-lo. O secretário havia cumprido bem seu papel no governo, mas havia outras opções – Queiroz Filho ou Franco Montoro teriam melhores chances. Porém o professor havia firmado compromisso com José Bonifácio. Logo de início, já se antevia o insucesso da candidatura oficial, pois os adversários eram Adhemar de Barros e um ressurgido Jânio Quadros. José Bonifácio não ficou satisfeito com o desenrolar da campanha. Achava que Carvalho Pinto poderia ter feito mais. Diogo Gaspar tinha a esse respeito uma teoria de que, para a carreira política de Carvalho Pinto, a vitória de José Bonifácio poderia resultar numa frustração e, em conseqüência, somaria pontos negativos para uma eventual investida rumo à Presidência – mas se tratava apenas de uma especulação que nunca pôde ser comprovada. O certo é que José Bonifácio poderia ter sido um contraponto importante aos dois políticos à antiga, o que não se verificou.

Adhemar de Barros não era fácil de ser vencido – Carvalho Pinto o havia batido por uma margem estreita, de pouco mais de 200 mil votos, em 1958. Não obstante a exposição pública causada pelos processos de corrupção, Adhemar se elegeu com 1.249.612 votos – Jânio veio logo atrás, com 1.125.941, e José Bonifácio recebeu apenas 722.823[1]. Depois de eleito, Adhemar mostrou que não havia se corrigido. O professor Antonio Ulhôa Cintra, que prosseguiu no seu mandato como reitor da Universidade de São Paulo durante o primeiro ano do governo Adhemar de Barros, disse-me que, num de seus despachos com o novo governador, esperou longo tempo antes de ser recebido em seu gabinete, de onde

---

1. Segundo *Adhemar de Barros – Trajetória e realizações*, de Paulo Cannabrava Filho, citando dados do Tribunal Regional Eleitoral.

se ouviam gritos e discussões. Quando foi recebido, Ulhôa Cintra encontrou Adhemar irritado. O governador então desabafou: "Veja, reitor, esses empresários que acabam de sair e que assinaram um vultoso contrato com o governo não queriam entregar dez por cento do valor da transação para as obras sociais de dona Leonor. Veja que absurdo!" Dona Leonor, no caso, era a primeira-dama. Quanto às "obras sociais", sabe-se lá o que Adhemar entendia por isso – certamente não cabe uma interpretação literal da expressão. O mais importante é que o governador reeleito admitia abertamente a cobrança de caixinha para assinatura de contratos públicos. O "rouba, mas faz" seguia com desenvoltura.

Ordem nas finanças de Jango

Já terminado seu mandato no governo do Estado, Carvalho Pinto aceitou ser ministro da Fazenda de João Goulart, sucedendo San Tiago Dantas. A permanência no ministério foi curta, de maio a dezembro de 1963. Integrei sua equipe ministerial, junto com parte do antigo *staff* do governo do Estado: Diogo Gaspar, Jorge Hori, Jayme Alípio, Mário Laranjeira Mendonça e Sebastião Advíncula. Formávamos o chamado grupo paulista da Fazenda.

Foram meses tumultuados, com João Goulart estimulando movimentos populares provavelmente para comandar sua sucessão ou, talvez, para proporcionar o continuísmo no poder – sempre desejado por quase todos os que assumiram o governo no Brasil. Carvalho Pinto teve atuação importante. Encontrou o ministério na maior desordem. Não se sabia sequer o montante da dívida externa e os termos de seus vencimentos. Organizador por natureza, o professor pôs mãos à obra e, em pouco tempo, destacou-se entre os ministros de Jango. Por sua capacidade administrativa e espírito público, poderia ter despontado como um natural candidato à sucessão presidencial, sendo um ponto de equilíbrio na polarização dos grupos políticos que já se desenhava com bastante clareza. Deixou o governo por falta de sustentação e para não se expor ao esvaziamento político do ministério, que foi dividido. Acredito que Carvalho Pinto pudesse ter sido um entrave à onda populista que se apoderava gradativamente do governo. Com seu poder de moderação, poderia ter contornado o enfrentamento com os setores mais conservadores das Forças Armadas. Sua passagem pelo governo representava um grande alento para a normalidade da ordem democrática que, infelizmente, iria sucumbir menos de quatro meses após sua saída.

Austeridade inusitada

Fui nomeado chefe de gabinete — cargo que equivaleria ao que hoje se denomina secretário-geral — do Ministério da Fazenda. Em razão disso, tive de me afastar de São Paulo e de minha família, trabalhando com mais freqüência no Rio e, eventualmente, em Brasília. No mês de julho, no entanto, pude trazer Déa e as crianças para férias, desfrutadas numa casa cedida ao ministério no Rio, no Jardim Botânico. Foram uns poucos dias bem agradáveis. No mês de setembro, estava no Rio quando recebi a comunicação de que meu pai falecera. Desloquei-me imediatamente para São Paulo, onde velamos seu corpo por 24 horas, como ele sempre pedira, pois temia ser enterrado ainda com vida. Papai havia uns poucos anos sofrera um infarto. Era um fumante inveterado, e a recomendação médica para que deixasse de fumar não tinha tido sucesso. Ele fumava às escondidas e parecia uma criança quando pego com um cigarro entre os dedos. Teve um último infarto fulminante e não chegou sequer a ser transportado para o hospital.

Embora eu já tivesse experiência no Executivo, no governo do Estado, o ministério era um contexto novo, que exigia capacidade de contornar determinadas situações para colocar em prática a austeridade administrativa determinada por Carvalho Pinto.

Certa vez, por exemplo, fui procurado por um capitão do Exército que solicitava despacho favorável à pretensão do general Assis Brasil, que assumiria a chefia da Casa Militar da Presidência, após deixar o exercício das funções de adido militar no Uruguai. O general adquirira um carro de passeio naquele país e pretendia isenção tarifária para trazê-lo ao Brasil. Como a lei não o permitia, pois não permanecera ele naquele país o tempo exigido para a isenção, não havia como deferir sua pretensão. Na tentativa de obter o que o general queria, o capitão voltou ao ministério várias vezes. Alegava a relevância da transferência, pois se tratava de um militar de prestígio que seria o interlocutor do presidente entre os chefes das Forças Armadas, os ministros da Guerra, Marinha e Aeronáutica. Fiz-lhe ver a impossibilidade, pois o ministro Carvalho Pinto jamais iria cometer uma infração legal. E observei, em tom de brincadeira, que, se era tão importante que Assis Brasil trouxesse seu automóvel para o Brasil, que ele portasse seu uniforme de general, com todas as suas condecorações, ao passar pela alfândega – não haveria quem o detivesse. Não sei como terminou o caso, mas o fato é que a desejada autorização não foi obtida, pelo menos na gestão Carvalho Pinto. Falavam que Assis Brasil era um oficial brilhante, que gozava de grande prestígio, mas, lamentavelmente, vez por outra encerrava-se em sua casa sem dar respostas a nenhum chamado. No dia 1º de abril de 1964, quando do golpe que derrubou o regime democrático, não estava em condições de atuar e, assim, não tomou nenhuma atitude.

Outro caso mostra o cuidado de Carvalho Pinto na administração da coisa pública. O ministro da Marinha, almirante Sílvio Mota, era um *gentleman*. Ele estava empenhado em que os jovens que acabavam de concluir o curso que os habilitava para o oficialato fizessem a sempre programada viagem de treinamento ao exterior, no navio-escola *Saldanha da Gama*, um lindo veleiro. A operação custava muito aos cofres públicos e, com o professor Carvalho Pinto, não seria fácil obter dinheiro para ela. Diante da insistência do almirante, o professor imaginou uma maneira de financiar a viagem: o navio carregaria sacas de café a serem comercializadas por nossos escritórios que vendiam o produto no exterior. Lá fui eu com essa curiosa proposta ao Ministério da Marinha. O almirante levou a sério a sugestão e passou a tomar medidas para verificar se o navio comportaria o volume pretendido, capaz de financiar a viagem. Não sei como terminou essa pitoresca história, pois deixamos o ministério antes que ela se encerrasse.

Numa viagem de Carvalho Pinto a Washington, com a finalidade de negociar a dívida externa com o Fundo Monetário Internacional, assumi a pasta na sua ausência. Certo dia, um cidadão, cujo nome não me recordo, aparentado com o então governador do Ceará, Virgílio de Moraes Fernandes Távora, compareceu ao gabinete com um título de nomeação para um cargo vago de procurador da Fazenda Nacional, assinado pelo presidente João Goulart, pedindo que eu o referendasse para a conseqüente publicação no *Diário Oficial*. Fiz-lhe ver que não poderia fazê-lo sem conhecimento do ministro ausente, pois este tinha planos para o preenchimento desses cargos, que não passavam por interesses políticos, ainda que fossem do presidente. Talvez o presidente desconhecesse esses planos, explicando, assim, sua assinatura. O beneficiário levantou-se, dizendo que minha atitude se constituía em evidente desrespeito a um ato do presidente da República, e saiu batendo a porta. Não passaram muitos minutos, Eugênio Caillard, secretário pessoal de João Goulart, telefonou-me dizendo que o presidente me considerava muito e que desejava nomear-me para o ambicionado cargo de procurador da Fazenda Nacional. Fiz-lhe ver que, embora agradecesse a intenção do presidente, não poderia aceitar a nomeação proposta por dois motivos. Primeiro, porque o ministro tinha em mente realizar concurso público para preenchimento dessas vagas; e, segundo, porque exercia um cargo, a meu ver, de muito mais relevância, como procurador de Justiça, no quadro do Ministério Público de São Paulo. Para mim, ficou clara a armadilha: se aceitasse a pretendida oferta, abriria caminho às nomeações políticas que Carvalho Pinto queria brecar. Dias depois, em despacho com o presidente, expliquei o que acontecera. Jango não fez maiores comentários, limitando-se a dizer que o juiz da questão não era o presidente, mas o ministro.

Contra o estado de sítio

Ainda na minha interinidade, em setembro, foi deflagrada uma greve do setor bancário, cujos servidores reclamavam por melhores salários. O movimento se alastrou por todo o país e abrangeu as instituições oficiais, o Banco do Brasil, as Caixas e outros órgãos de financiamento federal, criando-se um clima, ainda que artificial, de insegurança generalizada, agravada pelas manifestações catastrofistas de Carlos Lacerda nos meios de comunicação.

Compareci a uma reunião ministerial com o presidente no Palácio das Laranjeiras, no Rio, no início de outubro. Era, sem dúvida, um preparativo para pedir a decretação do estado de sítio ao Congresso, em virtude da agitação que o país vivia. A certa altura dos debates, o presidente perguntou como estava a situação com o Exército, em particular a posição do general Castello Branco, então chefe do Estado-Maior das Forças Armadas. O ministro da Guerra, Jair Dantas Rodrigues, afirmou que tudo estava em ordem e que Castello Branco não comandava sequer seu ordenança. Logo em seguida, começou-se a falar na necessidade de decretar o estado de sítio, com a manifestação dos ministros. Perguntei, então, ao ministro de Energia, Antônio Ferreira de Oliveira Brito — que estava sentado ao meu lado —, o que se passaria se o Congresso negasse a medida, ao que ele me respondeu com toda a tranqüilidade: "Fechamos o Parlamento." Quando chegou minha vez, expus as dificuldades econômicas que o estado de sítio iria trazer ao país. Para atender à demanda por gastos, seriam necessárias grandes emissões, o que iria agravar o quadro inflacionário, preocupante desde o governo de Juscelino. Foi uma ducha de água fria na reunião, que foi adiada. A questão ficou de ser apreciada em outra oportunidade.

Respirei tranqüilizado, pois todo aquele teatro escondia o projeto de um novo golpe, incompatível com as convicções democráticas do grupo paulista no Ministério da Fazenda. Mas a tranqüilidade durou pouco. Numa madrugada, um ou dois dias depois, um capitão do Exército que trabalhava no ministério veio ao meu apartamento me comunicar que houvera uma nova reunião dos ministros, para a qual eu não fora bem a propósito convocado, em que se decidira pedir ao Congresso a decretação do estado de sítio. João Goulart enviou ao Parlamento, a 4 de outubro, mensagem solicitando a decretação do estado de sítio por 30 dias.

Na mesma hora mantive contato com Carvalho Pinto, que ainda estava em Washington, solicitando sua presença no Brasil para uma última tentativa de impedir a tramitação do pedido, o que poderia determinar soluções que desaguariam em possível interrupção da normalidade institucional. O ministro retornou imediatamente e, depois de uma entrevista com os ministros militares – apontados por Jango como os responsáveis pela decisão de pedir o estado de sítio –, conseguiu convencê-los da inoportunidade da medida.

O temor de que a suspensão das liberdades públicas viesse a permitir a repressão dos movimentos de esquerda levou o próprio PTB, partido de Jango, a condenar o estado de sítio, que também não foi aceito nem pela esquerda em geral nem pela direita. Sentindo-se isolado, o presidente retirou a proposta três dias depois de enviá-la. O professor teve papel importante nesse processo e, daí em diante, sua posição no governo começou a se deteriorar.

Avolumaram-se críticas e boatos de substituição, um quadro incompatível com a excelente gestão no ministério.

No dia 19 de dezembro, Carvalho Pinto acompanharia o presidente na inauguração de um alto-forno da Companhia Siderúrgica Paulista (Cosipa). Os boatos sobre sua saída se intensificavam. Entendíamos que essas notícias eram, se não incentivadas, pelo menos toleradas pelo Palácio. Carvalho Pinto acreditava que o presidente poderia esclarecer ou responder a esses boatos. Como o presidente não o fez, decidiu que deixaria o cargo. Enquanto viajava a São Paulo, encarregou-me de redigir uma carta ao presidente, com a comunicação de sua saída. Em sua volta ao Rio, revisou o texto e despachou-me para o Palácio das Laranjeiras, com o intuito de que eu entregasse seu pedido de demissão a João Goulart. Lá fui eu. No palácio, procurei o chefe da Casa Civil, o professor Darcy Ribeiro, pedindo que me levasse ao presidente. Disse-me que João Goulart não se encontrava. Dispus-me a esperar e, conversando com Darcy, fiz ver que se tratava de uma decisão final, sem reversão, pois a carta não solicitava exoneração, mas comunicava a decisão de deixar a pasta. Mesmo porque, naquele momento, Carvalho Pinto se dirigia à imprensa divulgando o conteúdo da carta, supondo naturalmente que eu já a tivesse entregue ao presidente. Nesse instante, um funcionário avisou Darcy de que o presidente estava pedindo sua presença, revelando assim que já se encontrava no palácio. Darcy não teve outra opção senão levar-me a Jango, a quem, afinal, entreguei a carta. O presidente ainda pediu a Darcy que convencesse Carvalho Pinto do contrário. Penso que assim o fez apenas para manter as aparências, mostrando deferência ao ministro que saía. O fato é que, quando Darcy chegou ao ministério, nada mais havia a fazer, pois a saída já tinha sido divulgada pelo professor.

Voltamos a São Paulo e pudemos assistir ao desenrolar dos fatos que, culminando no famoso Comício da Central do Brasil, levaram ao golpe de 1º de abril. Carvalho Pinto era, sem dúvida nenhuma, a pessoa mais bem preparada para exercer a Presidência da República caso a ditadura não sobreviesse. Se Jânio não tivesse renunciado, ele teria tido todas as qualificações para chegar ao poder, disputando democraticamente a Presidência. Sua atuação como homem público dava-lhe credenciais para governar o país com segurança, com vistas ao desenvolvimento, com autonomia e independência.

Casa na rua Coimbra, no Brás, onde Hélio Bicudo passou a infância.

1931 – Lígia, Lídia, Bob e Déa Wilken.

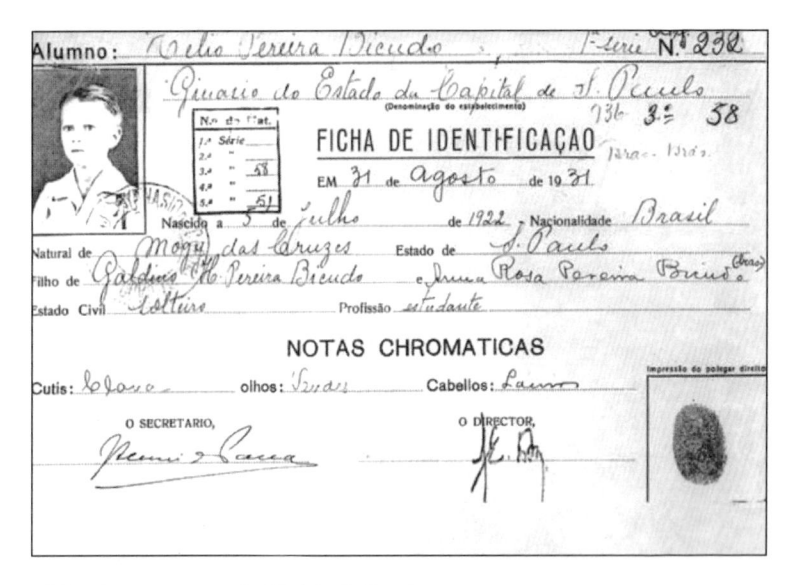

1931 – Ingresso no então Ginásio do Estado.

1945 – Acampamento do CPOR. Hélio Bicudo, primeiro à esquerda.

1945 – Formatura do CPOR, com Déa.

1945 – No Club Athletico Paulistano, Bicudo recebe, do major-brigadeiro-do-ar Eduardo Gomes, então candidato à Presidência da República, certificado de aluno mais distinto da turma do CPOR.

1946 – Casamento com Déa.

1946 – Formatura do curso de Direito da Faculdade do Largo de São Francisco.

1958 – Posse como procurador de Justiça. Da esquerda para a direita: Mário Moura, Cândido de Moraes Leme Júnior, Roberto Cardoso Alves, Hélio Bicudo e Joaquim Ferreira de Oliveira (procurador-geral).

1960 – Fundação da Fapesp: ao centro, Carvalho Pinto; à direita, Hélio Bicudo; ao fundo, deputados estaduais e professores da USP.

1961 – Quatro participantes da reunião no Ministério da Guerra, no Rio, que discutiram a renúncia de Jânio Quadros: da direita para a esquerda, Queiroz Filho, José Bonifácio Coutinho, Carvalho Pinto e Hélio Bicudo.

1961 – Hélio Bicudo, cardeal Montini (futuro papa Paulo VI), governador Carvalho Pinto e dom Carlos Carmelo de Vasconcelos Motta, cardeal de São Paulo.

1961 – Felipe Herrera (primeiro presidente do Banco Interamericano de Desenvolvimento – BID) conversa com Carvalho Pinto e Hélio Bicudo.

1961 – Ida à Base Aérea de Cumbica no episódio da renúncia de Jânio.

1962 – Américo Portugal Gouveia cumprimenta Hélio Bicudo, em cerimônia de posse na Casa Civil do governo Carvalho Pinto.

1) Hélio Damante, assessor de imprensa. 2) Diogo Gaspar, chefe do Grupo de Planejamento do Governo do Estado de São Paulo. 3) Nereu César Moraes, secretário particular de Carvalho Pinto. 4) Plínio de Arruda Sampaio, subchefe da Casa Civil. 5) Portugal Gouveia. 6) Rui Marcucci, chefe da assessoria de imprensa.

1963/64 – Da esquerda para a direita: Hélio Bicudo, José Cristiano (Tite), Déa (José Roberto no colo), Maria do Carmo, José e Clara; no chão: Lúcia e José Eduardo.

1964 – Tite, Déa e José Eduardo.

1971 – Família reunida nas Bodas de Prata.

1982 – Hélio Bicudo, em campanha política na chapa Lula-Bicudo, e o jornalista Jorge Batista, no primeiro plano.

1986 – Lançamento do livro *Violência. O Brasil cruel e sem maquiagem.*

1996 – Bodas de Ouro de Hélio Bicudo e Déa. Presenças de dom Paulo Evaristo Arns, ao lado de Bicudo, José Cristiano Bicudo, o Tite (à esquerda de dom Paulo), amigos e de dom Angélico Sândalo (ao fundo).

1998 – Hélio Bicudo em reunião da Comissão Interamericana de Direitos Humanos com embaixadores da OEA. Ao fundo, o embaixador Itamar Franco.

1999 – Hélio Bicudo, no sítio da família.

1989 – Na primeira campanha de Lula à Presidência, na Sé.

2002 – Inauguração da Comissão Municipal de Direitos Humanos, com dom Paulo e Marta Suplicy.

2003 – Em Roma, o embaixador israelense Uriel Savir convida Hélio Bicudo para organizar o setor de Direitos Humanos do Glocal Fórum.

DE MENINO A HOMEM

Os Bicudo iniciaram sua história no Brasil no século XVI com a chegada de dois irmãos de origem açoriana, Antônio e Vicente. "Foram pessoas de qualificada nobreza pelos seus antepassados desse apelido da Ilha de São Miguel, como se lê nos Nobiliários das famílias nobres e ilustres dos Açores [...] Antonio Bicudo Carneiro foi da governança da terra, ouvidor da comarca e capitania pelos anos de 1585; foi quem mandou levantar o pelourinho da vila de São Paulo no dito ano."[1] Meus avós paternos foram José Pereira Bicudo, sacristão da Sé de São Paulo, e Ana Pereira Bicudo, dona de casa. Meu pai, Galdino Hybernon Pereira Bicudo, trabalhou nos Correios e Telégrafos, onde alcançou posição de destaque. Minha mãe, Ana Rosa Pereira Bicudo, prima-irmã de meu pai, teve nove filhos e criou sete, nesta ordem: João Baptista, Maria Conceição, Mário, Álvaro, Cecília, Hélio e Galdino. Não conheci meus irmãos José e Sílvio, que faleceram nos primeiros anos de vida. Os demais, cada um a seu jeito, procuraram progredir na vida à custa de seus esforços. O mais velho se formou em medi-

. . . .

1. *Genealogia paulistana*, de Luiz Gonzaga da Silva Leme, 1905, vol. 6, "Bicudos".

cina pela faculdade que depois se incorporou à Universidade de São Paulo; Maria e Cecília (Cecy) tornaram-se professoras, a primeira na Escola Normal e a segunda na Padre Anchieta[2]. Mário foi professor primário e terminou sua carreira como inspetor de ensino, com graduação em pedagogia na USP. Álvaro cursou o ginásio do Estado e, mais tarde, estudou contabilidade. Galdino (Nenê) foi funcionário da Secretaria de Saúde. Deles, está viva apenas Cecy.

Nasci no dia 5 de julho de 1922 em Mogi das Cruzes, município da Grande São Paulo. Digo que vim ao mundo em um ano de rebeldia, prenunciada pela Semana de Arte Moderna de São Paulo, ocorrida em fevereiro. Depois, no exato dia do meu nascimento, jovens militares se rebelaram contra o poder central, tomando a frente de um movimento, o tenentismo, que passou a ser a opção contestatória da pequena burguesia, identificada com as bandeiras do voto secreto, do ensino gratuito, da independência do Judiciário, da reforma administrativa e da moralização da política. Com a ocupação do Forte de Copacabana, no Rio, os tenentes ameaçaram bombardear a capital federal. Em reação, o governo ordenou o bombardeamento do local e decretou o estado de sítio. Após frustradas negociações, 17 militares e um civil saíram pela avenida Atlântica para enfrentar as forças legalistas. Os revoltosos, "os 18 do forte", com exceção dos líderes Eduardo Gomes e Siqueira Campos, foram mortos.

O descontentamento de setores militares com as oligarquias que dominavam a política brasileira fez surgir outras revoltas, que desembocariam na Revolução de 1930. Em 5 de julho de 1924, dois anos após a rebelião no Forte de Copacabana, um novo movimento recebia o apoio de expressivas forças do Exército e da

....

2. A Escola Normal da Praça, também chamada Escola Modelo Caetano de Campos ou, ainda, Escola de Aplicação Caetano de Campos, foi um dos principais institutos escolares de São Paulo. Situava-se na Praça da República, onde hoje funciona a Secretaria de Educação do Estado. A Escola Normal Padre Anchieta situava-se no bairro do Brás, na avenida Rangel Pestana.

Força Pública Paulista, com ramificações em várias regiões do país. Sob o comando do general Isidoro Dias Lopes, os revoltosos tomaram São Paulo, mas logo foram vencidos pelas tropas federais. Deixando a cidade, uniram-se a outros contingentes militares vindos do Sul, formando a Coluna Prestes, que atravessou o Brasil, terminando por internar-se na Bolívia.

Durante as três semanas que durou o cerco, São Paulo foi submetida a bombardeios que partiam das forças federais e transformaram a capital num campo de batalha. Não sei se é uma recordação propriamente dita ou um registro determinado por informações recebidas depois, mas me vêm à mente algumas imagens esparsas desses dias, como quando, com medo das bombas, dormirmos sob uma mesa sobre a qual se acumulavam vários colchões. Lembro-me também de uma viagem de automóvel, numa noite chuvosa. O barulho da água batendo na lona da capota, encharcando os rebordos da janela. Depois tomamos na Estação da Luz o trem que nos levou a Rio Claro, onde nos refugiamos.

O primeiro mandato

Dos meus primeiros anos, guardo recordações assim fragmentadas: meu pai chegando das viagens que fazia no chamado correio ambulante, que funcionava nas ferrovias estaduais; minha mãe às voltas com os trabalhos do dia-a-dia de casa; comentários a propósito dos êxitos obtidos pelo meu irmão João nos estudos; o barulho das carrocinhas que entregavam o pão e o leite nas madrugadas, martelando nos paralelepípedos que pavimentavam as ruas.

As lembranças ficam mais claras a partir de meu ingresso no jardim-de-infância, em janeiro de 1929, na Escola Modelo Caetano de Campos, na Praça da República. O jardim era misto, de excelente qualidade, para alunos de seis a sete anos. Tenho ainda nítido o primeiro dia de aula, com meu pai levando-me pela mão até a escola. Ali encontrei um funcionário de cabelos brancos, muito amável, seu Joaquim, amigo de meu pai. Ele conseguira para mim uma vaga, aliás disputadíssima. Detestava o uniforme, um avental de linho pardo, com pregas na frente e um chapelão de palha com uma fita azul, onde estava escrito em letras douradas jardim-de-infância. O que mais me incomodava eram as chacotas dos meninos das vizinhanças a propósito de meu uniforme: menininha, mulherzinha etc. Mas gostava das quatro horas do dia que passava na companhia de meninos e meninas de minha idade, sob os cuidados carinhosos de dona Marina, minha primeira professora. Morávamos no Brás, na rua Coimbra, n.º 140. Minha irmã Maria, normalista do Caetano de Campos, é que me levava à escola. Íamos de bonde, eu sempre procurando esconder o chapelão, uma tarefa impossível. Desse tempo me surge uma recordação de um tipo desses que não se vêem mais, uma velhinha que vivia ao léu e fumava um longo cachimbo – por isso era chamada de Vovó do Pito. Ela despertava a curiosidade e o medo da criançada, pois, ao mesmo tempo que queríamos vê-la, temíamos fazê-lo.

Depois veio o primário, no mesmo Caetano de Campos. Dona Julieta foi minha professora nos dois primeiros anos. Não consegui aprender a ler pelo método então empregado, chamado de "escola nova". Como nas férias de julho eu ainda não havia conseguido ler, minha mãe tomou a si a tarefa de ensinar-me. Comprou uma cartilha do tipo b + a = ba. Em um mês, eu estava alfabetizado. Foi no segundo ano primário que, posso dizer, principiou minha educação política. Dona Julieta, naturalmente seguindo um programa estabelecido pela direção da escola, organizou uma série de debates sobre a organização de um governo democrático, voltado para os interesses do povo, a quem ele deveria servir. A legitimidade desse governo tinha por fundamento eleições livres, universais e secretas. No diálogo com a classe, ela procurou encontrar os temas que mais interessavam aos alunos. Um deles era a limpeza e outro a disciplina; não apenas o comportamento, que implicava a obediência às regras escolares, mas a própria organização dinâmica do ensino. Apresentaram-se as candidaturas a prefeito da sala. Eu me candidatei e fui eleito pelo voto secreto dos colegas. Isso foi em 1931, antes mesmo da introdução do voto secreto no sistema eleitoral brasileiro, o que ocorreu com a Constituição de 1934. Dessa experiência guardo até hoje uma grata lembrança, pois foi meu primeiro "mandato" político.

No terceiro ano, o professor chamava-se Daniel. Era um jovem com muita facilidade de se comunicar. O aproveitamento da classe foi muito bom. No quarto ano, enfrentamos uma professora exigente, dona Palmira, que cometeu uma injustiça comigo. Ao comentar a solução de problemas de aritmética do dever de casa, ressaltou que eu pedira ajuda à cozinheira, porque meu caderno tinha uma mancha de gordura. Na verdade, eu tinha resolvido as questões sem nenhum auxílio. Para mostrar que a professora estava enganada, na inocência de um menino, eu disse: "Na minha casa não tem cozinheira. Quem cozinha é minha mãe." "Ah! Então, foi sua mãe que resolveu o problema", afirmou dona Palmira. Não tive o que responder.

No fim do primeiro semestre desse ano, interrompi meus estudos, pois contraí hepatite. Para combater a doença, tomei jarras de chá de picão, utilizado naquele tempo para os males do fígado. Convalesci na chácara de meus avós maternos em Caçapava, interior de São Paulo, no caminho do Rio. Foram três meses sem preocupações. Como era bom estar livre de dona Palmira! Levantava-me cedo e saía para explorar o pomar, subindo e descendo das árvores. De uma, especialmente, eu gostava: era um pé de araçá em cuja copa eu imaginava pilotar um avião. Gostava de fazer pequenas compras para vovó e tia Izaura, minha madrinha solteirona. Em Caçapava moravam meus tios Joãozinho, que era dentista, e Álvaro, proprietário de uma loja de armarinhos. Minha mãe nos mandava ao tio Joãozinho para tratarmos dos dentes. Tenho bem presente a figura dele, com um avental engomado, de brancura imaculada. Era um ótimo profissional — 30 anos depois, eu ainda trazia obturações que ele fizera.

A cidade sediava o 6º Regimento de Infantaria. Gostávamos de ver os soldados em exercício, passando pela casa de vovô em direção ao campo. João, meu irmão mais velho, quando estava em Caçapava, organizava excursões pelas estradas das vizinhanças, quando caminhávamos quilômetros. Meu avô, o coronel da Guarda Nacional João Dias Pereira, era um homem sisudo. Foi tropeiro, joalheiro, fazendeiro e político. Poucas vezes eu o vi sorrir. Tinha um relacionamento complicado com minha avó, que era doce e compreensiva. Ora ele era muito afável, ora muito ríspido. Lembro-me, a propósito, que durante as férias escolares a mesa onde fazíamos nossas refeições era ocupada por mamãe, meus irmãos e primos. Vovô sentava-se à cabeceira, atento às nossas conversas. Depois de um Natal, especulava-se que nome deveria ser dado a uma boneca que uma de minhas primas recebera. Eu arrisquei um palpite: Cleópatra. É que eu acabara de ler um livro sobre a vida dela. Imediatamente vovô virou-se para mim, interpelando-me: "O senhor sabe quem foi essa mulher?" Banquei o inocente, imaginando o que aconteceria se a resposta fosse afirmativa, e simplesmente disse "não". E vovô retrucou: "Ainda bem." E a questão morreu por aí. O episódio mostra a mentalidade das pessoas daquele tempo, que viviam quase isoladas em suas pequenas cidades, ainda quando próximas dos grandes centros, como São Paulo, mas distantes pela precariedade dos meios de comunicação. A informação era veiculada pelos poucos jornais. Em casa de vovô nunca vi nenhum. Rádio não havia. Sabíamos das coisas ouvindo a conversa dos mais velhos.

Anos depois — eu deveria estar com meus 16 anos —, encontrava-me num telheiro que abrigava um fogão a lenha, o pilão e outros utensílios e instrumentos domésticos daquele tempo. Ali o café era torrado e pilado para ser consumido pela família. Vovô apareceu e procurou deslocar o pilão para um canto. Era uma peça pesada, de madeira maciça, com mais de 50 quilos. Como não conseguia tirar o pilão do lugar, ofereci-me para fazê-lo. Com certa relutância, ele deixou. Para sua surpresa, rolei o pilão até o ponto desejado, sem despender muita força. Desapontado, ele virou-se para mim e disse: "Na sua idade, eu tinha o dobro da sua força." O coronel não podia ficar diminuído.

Em casa, falava-se muito em política por causa do meu avô, que foi prefeito de Caçapava por vários períodos – algumas vezes eleito, outras, nomeado pelo poder discricionário que se abateu sobre o Brasil de 1930 a 1945, com breve interrupção de 1934 a 1937. Como era próprio dos políticos daquele tempo, meu avô não participou somente de uma legenda partidária. Minha avó, certa feita, muito preocupada, me disse: "Hélio, seu avô fez pacto com o diabo, pois acaba de ingressar no Partido Socialista!" Mas não importava essa ou aquela sigla partidária. Meu avô era um homem sério e, quando administrou Caçapava, o fez para a população, melhorando a qualidade de vida dos moradores. Dotou a cidade de água e esgoto, pavimentando-a na sua última administração. Seu confidente político, com quem discutia as posições tomadas e a adotar, era seu filho mais velho, tio Joãozinho, que vinha à casa de meus avós todos os dias nos fins de tarde, depois do jantar. Cumpria-se então um ritual. Primeiro, a conversa de tio Joãozinho com meu avô que, após a última refeição, deitava-se em uma rede numa sala contígua à de jantar para tragar seu cigarro de palha. Depois, a conversa com minha avó e minha tia Isaura, na cozinha ampla, onde havia sempre uma cafeteira na chapa quente do fogão a lenha. Negrinho, um dos gatos da casa, ronronava na quentura que a lenha queimada irradiava. Um pouco mais tarde, chegava tio Álvaro, que gostava de repetir piadas que os vendedores contavam em sua loja, chamada A Brasileira. Ria e nos fazia rir. Lá pelas 21 horas, vovô aparecia para tomar chá, e depois a reunião se desfazia.

Guardo boas recordações das temporadas na chácara de meus avós. As brincadeiras com irmãos e primos, as histórias contadas, o rocio pelas manhãs enevoadas e logo depois cheias de sol, a terra macia e úmida de chuva. Como era bom pisar descalço no barro mole e morno das ruas da pequena cidade...

As revoluções de 30 e 32

Na minha percepção de criança, vivia-se num mundo calmo e sem preocupações, em que os dias demoravam a transcorrer. Apesar do grande crescimento desde as últimas décadas do século XIX, impulsionado pelos ganhos das exportações de café, São Paulo mantinha uma atmosfera familiar e provinciana nos anos 1920. O colapso da Bolsa de Nova York, no final dessa década, marcaria no entanto o encerramento de um grande ciclo de prosperidade. A especulação desenfreada havia elevado artificialmente os valores das ações em Wall Street. A situação não se sustentou quando surgiram dúvidas que abalaram a confiança dos investidores. Houve, em 1929, corridas para se desfazer das ações e evitar perdas. Os preços dos papéis desabaram, causando o desastre. O efeito dominó atingiu outros países, reduzindo em pouco tempo o volume do comércio mundial. Começaram os anos de recessão.

Logo a crise se fez sentir no Brasil, pois o preço do café também caiu abruptamente. São Paulo começou a inchar com a chegada das pessoas que já não encontravam ocupação no campo. Os bondes que tomávamos, com muitos lugares vagos, começaram a lotar, seja no interior dos "camarões" – elétricos fechados de cor vermelha –, seja nos estribos dos carros abertos, que guardavam o estilo das antigas carruagens.

Foi o tempo da Revolução de 1930, da marcha triunfal de Getúlio Vargas, do Rio Grande do Sul ao Rio. Recordo-me bem das levas e levas de cavalos, guiados por soldados com lenços vermelhos em torno do pescoço, passando pela avenida Rangel Pestana em direção à capital federal. Meu pai, que ainda acreditava na República Velha, impacientava-se com o estardalhaço que os gaúchos estavam fazendo e, até certo ponto, com a humilhação desnecessária aos grupos mais conservadores, como o episódio em que lideranças gaúchas amarraram seus cavalos no obelisco da avenida Rio Branco, em frente do antigo edifício do Senado. Os jornais e as revistas trouxeram também uma foto de Getúlio envergando uniforme militar, sentado num sofá estilo Maria Antonieta, num dos salões do Palácio dos Campos Elíseos, em São Paulo. Estava escarrapachado com um grande charuto entre os dedos. Papai olhava perplexo e dizia: "Como quer governar o Brasil se não sabe sequer sentar-se com compostura?" Meu pai não ignorava, entretanto, que Getúlio tivera uma carreira brilhante como ministro da Fazenda no governo Washington Luís e, depois, como governador do Rio Grande do Sul.

Já durava muito a hegemonia de São Paulo e de Minas Gerais. Os presidentes da República se alternavam entre paulistas, mais privilegiados, e mineiros. Para desfazer o poder hegemônico das oligarquias, que se apegavam ao passado e resistiam à idéia de uma renovação reclamada por uma sociedade cheia de potencialidades, surgiu a Aliança Liberal, trazendo consigo os tenentes de 1922 e 1924 e lançando a candidatura de Getúlio Vargas para a Presidência em 1930. Com a derrota de Getúlio e o assassinato de seu companheiro de chapa, João Pessoa, acendeu-se o estopim do descontentamento, iniciando o movimento armado. Com a vitória da revolução e o conseqüente exílio, entre outros, de Washington Luís e de Júlio Prestes – presidente em exercício e presidente eleito, respectivamente –, instalou-se um governo provisório que prometia eleições livres e a convocação de uma Assembléia Constituinte.

O ideário da Revolução de 1930 foi, entretanto, sendo postergado sem perspectivas de concretização, o que motivou a eclosão da Revolução de 1932, que se constituiu no maior movimento popular de caráter democrático a que assistimos no Brasil. Ainda que se possa dizer que impulsionavam o movimento os chamados barões do café, ansiosos por retomar as rédeas do poder perdidas a partir da Revolução de 1930, o certo é que a luta constitucionalista tomou conta da sociedade paulista como um todo, não tendo o caráter separatista que lhe quiseram atribuir. O próprio manifesto de 13 de julho afirmava que São Paulo não pegou em armas para combater "os queridos irmãos de outros Estados, nem para praticar a loucura de separar-se do Brasil, mas unicamente para apressar a volta do país ao regime constitucional". Assinaram o documento o arcebispo de São Paulo, Duarte Leopoldo e Silva, José Maria Whitaker, que havia sido ministro da Fazenda do governo Vargas, Costa Manso, presidente do Tribunal de Justiça de São Paulo, além de industriais, catedráticos de escolas superiores, jornalistas, advogados. Não é possível que toda essa gente estivesse comprometida com as decadentes oligarquias paulistas.

Mas foi sobretudo a juventude de São Paulo que foi às trincheiras e morreu em defesa da revolução. João, meu irmão mais velho, que estava na Faculdade de Medicina, alistou-se e combateu como voluntário no Batalhão Piratininga, um dos muitos que foram lançados às frentes de batalha. João freqüentara o Centro de Preparação de Oficiais da Reserva (CPOR) e tinha algumas noções de como desempenhar as tarefas que assumia. Dizendo que ia fazer parte do corpo de saúde, para que mamãe não se opusesse à sua decisão, ele se portou como um verdadeiro herói.

Durante os conflitos, quando o Batalhão Piratininga se encontrava na linha de combate em Vila Queimada, nas proximidades de Queluz, mamãe decidiu visitar o João. E lá se foram, ela e papai. No percurso entre Cruzeiro e Queluz, subiu ao trem um jovem combatente, sentando-se ao lado de meus pais. Mamãe aproveitou a oportunidade para perguntar se ele conhecia e tinha visto o João. "Corpo de Saúde? Nada disso, é um artilheiro de primeira! Sozinho numa trincheira, conteve com o fogo de uma metralhadora que manejava um ataque das forças legalistas, até que chegaram nossos homens à posição ameaçada. Foi promovido a tenente." E assim ficamos sabendo do comportamento do João, não como mero padioleiro, mas como um soldado valoroso. Essa conduta se repetiu bem mais tarde, quando, como oficial médico, incorporou-se à Força Expedicionária Brasileira (FEB), que lutou na Itália na Segunda Guerra Mundial. Ali recebeu a medalha mais relevante conferida ao soldado brasileiro: a Cruz de Combate de 1ª Classe, por sua atuação na batalha de Montese, enfrentando o fogo da artilharia para atender os feridos na linha de ofensiva. Lembro-me das longas conversas, durante os três meses da Revolução de 1932, quando João vinha para um ou dois dias de licença, bate-papo que se alongava pela noite afora. Eu ouvia fascinado a história daquela mocidade que se sacrificava pela utopia de uma pátria livre, solidária e democrática.

Foram três meses que a mim pareceram anos. Nossa casa se transformou em uma oficina de confecção de uniformes. Mário e Álvaro, ainda jovens demais para se engajar na luta, integraram-se nas organizações de apoio aos contingentes que combatiam nas trincheiras. Como somente São Paulo permaneceu na oposição ao governo provisório de Getúlio Vargas, iniciaram-se coletas de fundos. Todo mundo contribuía. Numa dessas coletas, doei um pequeno anel de ouro, com as iniciais de meu nome, à Campanha do Ouro para o Bem de São Paulo. Em troca, recebi um anel de metal, que guardei por muito tempo. Perdemos a guerra. Ficamos angustiados com a falta de notícias de João. Reuníamo-nos, quase todos em nossa casa, a mesma da rua Coimbra, num pequeno corredor da entrada e ali permanecíamos horas e horas, aguardando a chegada de nosso soldado. Não me lembro de quantos dias foi a espera. Ainda hoje me parecem muitos. Mas, afinal, numa tarde chuvosa, nos últimos dias de outubro, João chegou, ainda uniformizado, trajando uma impermeável verde, de capacete e armado. É curioso como esses pormenores ficam gravados em nossa memória. Demorou a chegar porque, segundo nos disse, cogitava-se a organização de um grupamento que, a exemplo da Coluna Prestes, percorreria o Brasil numa marcha de protesto e esclarecimento. Como a idéia não foi adiante, seus idealizadores retornaram a suas casas.

A derrota dos paulistas na Revolução de 1932 produziu frutos, pois graças a ela se chegou à Constituição de 1934. Como resultado de tensões ideológicas que se acentuavam na Europa, tivemos a Intentona Comunista de 1935, que abriu espaços para especulações, alimentadas pelo próprio governo, sobre a ameaça de um golpe comunista com base num plano que depois se evidenciou ser uma mistificação – o chamado Plano Cohen. Na mesma época, o movimento integralista de Plínio Salgado, que ansiava alcançar o poder político, também foi derrotado. Tudo isso serviu de pretexto para o golpe de 1937, com a instituição do Estado Novo, segundo o modelo da Constituição polonesa, de inspiração fascista. A ditadura então imposta, com amplo apoio das Forças Armadas, manteve-se até 1945, quando iniciamos timidamente a caminhada pela construção do Estado Democrático de Direito, interrompida em 1964.

Primeiras leituras

Durante os anos da escola primária, li quase todos os livros infantis de Monteiro Lobato, começando pelas *Reinações de Narizinho*, que ganhei num Natal. Depois, passei para os livros de aventuras da coleção Terra, Mar e Ar, os livros de Tarzan, até chegar a Júlio Verne. Ficava horas pensando nas crianças perdidas, na ilha misteriosa, nas aventuras do Capitão Nemo, na viagem da Terra à Lua. Certa ocasião, lendo *As minas do rei Salomão*, de H. Rider Haggard,

Mário, ao ver o que eu tinha em mãos, pediu que mamãe proibisse sua leitura, pois ali se falava no romance adúltero da rainha de Sabá.

É desse tempo a leitura dos livros de P. C. Wren, que contavam histórias da Legião Estrangeira: *Beau Geste*, *Beau Sabreur* e *Beau Ideal*. Ao lê-los, imaginava alistar-me na Legião Estrangeira, em Paris. Li também Alexandre Dumas e Victor Hugo. Mais tarde cheguei ao chamado romance histórico, sobre os tempos bíblicos, os grandes impérios que se formavam e se desfaziam, os heróicos cavaleiros da Idade Média. Naqueles dias, *Carlos Magno e os Doze Pares de Frauça* foi um dos meus volumes prediletos.

Quando concluí o primário, meu pai decidiu que eu deveria ingressar no Ginásio do Estado, no qual João se formara e onde Álvaro cursava o quinto e último ano. Precisava preparar-me. Meus irmãos foram meus professores. Mário ministrava aulas de história e geografia, e Maria, português, aritmética e ciências. Logo de saída, briguei com Mário, que queria me tratar de cima para baixo. Maria teve que agüentar a carga toda. Mas dei a ela a satisfação de ter me saído bem nos exames de admissão. Não foi fácil para um menino de 12 anos enfrentar uma prova escrita e, depois, argüições de uma banca examinadora. João freqüentara o Ginásio do Estado e havia ingressado na Faculdade de Medicina com brilhantismo. Eu não podia ser reprovado. Meu pai dizia que filho que perde ano escolar está roubando seus pais. Não obstante toda essa pressão, consegui ser aprovado em 24º lugar, entre cem concorrentes, para as 50 vagas oferecidas.

O Ginásio do Estado representou o início de uma fase dura de minha vida: estudar praticamente sozinho. Maria, que me ajudou nos dois primeiros anos do ginásio, casou-se. Mário, ocupado em formar-se professor e namorando Zuza, não tinha disponibilidade. Álvaro não quis continuar os estudos e começou a trabalhar, também com vistas a casar-se com Lygia, irmã de Déa. E João, depois de formar-se em medicina, resolveu ingressar no Exército para poder casar, após um longo noivado, com Cecy Maia Bezerra, filha de um militar. Cecília, minha irmã, um pouco mais adiantada que eu, não tinha condições de me ajudar, mesmo porque ela também estava só. Os professores do ginásio tinham um alto nível e exigiam bastante de todos nós. Português, matemática, física, química, história, geografia, literatura, biologia, inglês, latim, desenho e música. Eram ótimos professores. A eles devo minha formação básica. Não fui aluno brilhante: no final do quarto ano, fiz exame final de segunda época de matemática.

Déa, minha noiva

Fazia muito que me enamorara de Déa, filha de tia Helena, irmã de minha mãe, até que tomei coragem e me declarei. Déa residia no Rio, no subúrbio de Quintino Bocaiúva. No casamento de João, em 1934, pudemos nos conhecer melhor. Já então encantei-me da menina bonita e simpática que encontrei mais tarde, adolescente, quando passou uma temporada em nossa casa, em São Paulo. Naquele tempo, namorar era coisa séria, significando compromisso para futuro casamento. E nós éramos quase duas crianças. Déa encontrava-se em nossa casa no bairro de Pinheiros, para onde mudáramos não fazia muito tempo. Ficava em um quarteirão da rua Henrique Schaumann que desapareceu em conseqüência do alargamento dessa via. Numa oportunidade em que a encontrei a sós, sem muitos rodeios, fui dizendo: "Déa, eu gosto de você. E você gosta de mim?" Animado pelo sim da resposta, ousei um pouco mais: "Como primo ou de outro jeito?" A resposta "Também de outro jeito" me levou às nuvens. E assim começou um longo namoro, alimentado com espaçadas e curtas visitas ao Rio e por uma correspondência intensa. As cartas relatavam o que fazíamos e pensávamos. Depois de casados, nós nos desfizemos delas. Uma pena.

Quando ingressei na Faculdade de Direito, ficamos noivos, depois de eu ter assumido com meus pais o compromisso de nos casarmos somente após a formatura. As coisas não correram bem assim, pois nos casamos em outubro de 1946, quando cursava ainda o quinto ano da faculdade. Déa esperou-me, pacientemente, todos esses anos. Foi uma época gostosa, que teve a recompensa feliz de um casamento que jamais se esgotou em questões menores.

Em 1939, quando já namorava Déa, minha família planejou ir ao Rio de automóvel, pois meus pais seriam padrinhos de um casamento. A estrada era de terra, bastante precária, uma temeridade. Passaríamos por Caçapava para apanharmos Déa, que lá se encontrava, e prosseguiríamos até o Rio. Mas os planos foram por estrada abaixo, pois papai, ao entrar em uma curva, entre Jacareí e São José dos Campos, chamada Curva da Moça — uma jovem morrera ali num desastre automobilístico —, perdeu a direção. O carro, depois de derrapar na areia, saiu da estrada e, capotando, foi cair em um grotão, uns cinco metros abaixo do nível da pista. Mamãe se feriu e precisou de cuidados médicos. Enquanto papai e Álvaro providenciavam a remoção de mamãe para Jacareí, permaneci no local. Lembro-me de pessoas surgindo e falando comigo, mas comecei a ficar tonto e acordei em um quarto da Santa Casa de Jacareí, onde mamãe já se encontrava. Em São Paulo, senti-me mal, com dores violentas nas costas. Depois de muitos anos, vim a saber que, no desastre, havia fraturado uma das vértebras lombares, na altura da cintura. A fratura foi constatada em conseqüência de um tratamento a que me submeti pela eclosão de uma hérnia de disco, que apareceu quando fui levantar nosso penúltimo filho — Tite —, que era um peso pesado. O ortopedista me disse que eu tivera muita sorte pelo fato de não se ter diagnosticado a fratura ao tempo em que ocorrera, pois o tratamento da época era demorado e doloroso.

Na faculdade do Largo de São Francisco

Talvez um episódio de minha primeira infância tenha me levado a tomar a decisão de ingressar na Faculdade de Direito. Eu era bem pequeno, com quatro ou cinco anos, quando um dia, numa tarde, papai apareceu em casa com dois pacotinhos de papel de seda. Um para mim, outro para Cecy. Eram dois anéis pequenos, um com pedra vermelha e outro com pedra verde. Papai deu-me o de pedra vermelha e disse: "Toma este porque você vai ser advogado." O outro foi presenteado a Cecy, afirmando que ela iria ser, como de fato foi, professora. São fatos que ficam em nosso inconsciente e que, muito depois, podem ser tidos como uma espécie de explicação para a orientação que damos a nossas vidas. Essa poderá ser uma explicação, mas até hoje não estou bem certo por que optei por estudar direito. Escolher uma profissão pode ser um lance de sorte ou então o complemento de uma busca de realização pessoal. Mas sempre é como se fosse encontrar uma agulha num palheiro. Para uma escolha, é imprescindível que tenhamos experiência. Experiência é vivência. Qual jovem tem conhecimento para escolher o destino de seus dias futuros?

Quando ainda menino, pensei também em ingressar na Ordem de São Francisco. Nos últimos anos do ginásio, interessei-me pela carreira militar. A Revolução de 1932 e a Segunda Guerra Mundial permitiam a evocação de atos de desprendimento, de conquista ou de manutenção da liberdade, que envolviam com uma aura dourada a carreira das armas. Pensei em ingressar no Exército, mas como não alcançara a altura mínima exigida abandonei a idéia – aliás, permaneci baixinho, chegando a apenas 1,58 metro. O direito começou a fazer sentido justamente quando estávamos mergulhados no período ditatorial de Vargas, em que a resistência da sociedade à ditadura se organizava sobretudo a partir de nossos juristas. Eu via nos protestos que partiam do Largo de São Francisco, muitas vezes com o estímulo dos professores, alguma coisa nova, que assinalava a luta pelo restabelecimento da liberdade e do império da lei.

Em 1939, quando começa a Segunda Guerra Mundial, formei-me no ginásio e ingressei no pré-jurídico, anexo à Faculdade de Direito. Poucos foram os alunos da minha turma que optaram pela carreira. Não mais que três: Laércio Maragliano, José Rubens Prestes Barra e eu. Depois do exame de seleção para o pré-jurídico, preparamo-nos, nos dois anos desse curso, para o então exame de habilitação de ingresso à faculdade. Foi uma prova difícil, que nos obrigou a um grande esforço, com períodos quase integrais de estudo. Além das provas escritas de latim, geografia humana, literatura brasileira, portuguesa e geral, lógica, história da filosofia e higiene[3], éramos submetidos a exames orais sobre as matérias por uma banca de três professores da faculdade. Meu companheiro de estudos foi uma pessoa extraordinária, que conheci no primário, José Rubens Prestes Barra. Estudamos juntos, ora em sua casa, ora na minha. Fomos colegas de Ministério Público e só nos separamos em nossas atividades profissionais quando José Rubens passou para a magistratura. Continuamos amigos até hoje.

O Centro Acadêmico XI de Agosto organizava o trote com alguma racionalidade, de sorte que não havia a agressão que hoje ainda subsiste em algumas escolas. Obrigavam-nos a rapar a cabeça, o que se fazia na barbearia do Centro, que nos fornecia um certificado para que não fôssemos submetidos a um novo corte. Quase não existia o abuso, a submissão ao capricho dos veteranos, talvez pela convivência que tínhamos no curso pré-jurídico com os alunos de graduação. Mas, vez ou outra, pegavam um calouro para medir o pátio interno da faculdade com um palitinho de fós-

....

3. Pode parecer curioso que do currículo do pré-jurídico constasse "higiene" como disciplina autônoma. Era mais um prolongamento dos estudos de biologia, quando se analisava o corpo humano em suas relações com o ambiente.

foro. Nunca se chegava ao fim, pois sempre se errava a conta e tinha-se que reiniciar a contagem. Uma brincadeira inocente. Certa vez, num intervalo entre aulas, um veterano disse que eu devia dançar. Uma bobagem. Fiz-lhe ver que se tratava de uma coisa descabida, pois ninguém estava dando trote naquele intervalo. Insistiu, e eu lhe respondi que não dançaria porque não era seu palhaço. Minha negativa começou a perturbar os veteranos que ali se encontravam. Eu estava mais disposto a apanhar do que a bancar o palhaço. As coisas estavam esquentando, quando apareceu o Manoel Figueiredo Ferraz, que, tomando-me pelo braço, disse: "Este calouro é meu." E levando-me para a rua falou: "Cai fora!"

O sistema antigo de ingresso no ensino superior — ginásio de cinco anos, seguido do curso de dois anos de preparação na própria faculdade — me parece muito mais racional que o atual, que se constitui num verdadeiro martírio para todos os estudantes. Dir-se-á: os tempos são outros. Na década de 1940, as faculdades eram em número muito pequeno e a disputa para ingresso não contava com tantos candidatos. O desdobramento dos cursos, com a especialização dos currículos, e a demanda cada vez maior implicaram medidas simplificadoras para o ingresso, que, na verdade, se transformaram em elementos complicadores. Os alunos são condicionados para serem submetidos ao funil de um vestibular, em detrimento de uma formação mais sólida. As faculdades tiveram também que se adaptar para receber jovens mal preparados. Hoje não basta a conclusão de um curso de graduação para se atingir a autonomia profissional. Aí estão as residências, os mestrados e os doutorados para tantos quantos pretendam conseguir uma razoável qualificação profissional.

Paralelamente a essa queda geral de qualidade, ocorreu o processo de privatização do ensino superior, ainda em curso. A universidade pública, responsável como centro da pesquisa científica e difusora do saber, luta contra seu apequenamento instado por quantos querem atrelá-la ao pragmatismo neoliberal, para o qual só interessa o que produz valor econômico imediato para restrita distribuição entre os mais ricos. Salários baixos e recursos cada vez menores para a pesquisa mantêm os centros do saber nos países do hemisfério norte e levam a universidade brasileira ao papel de repetidora daquilo que lhes será impingido, contendo a expansão de suas potencialidades.

Pelo Estado de Direito

Durante os anos em que freqüentei a faculdade, participei de manifestações estudantis contrárias à ditadura que Vargas impusera ao país a partir de 1937. Os protestos eram, sem exceção, reprimidos pela polícia política. Ocorreram mortes e ferimentos nesses embates. Quando, no largo de São Francisco, foi assassinado por policiais o estudante secundário Silva Teles, também sofreram lesões por armas de fogo, entre outros, Francisco Bueno Magano e Sílvio de Campos Melo, este último meu colega de turma. O enterro de Silva Teles, debaixo de uma tempestade, foi um ato cívico, acompanhado de longe pela polícia. Lembro-me da caudal humana seguindo o féretro pela avenida Paulista até o cemitério da Consolação. O terrorismo policial culminou com a invasão e depredação da sede do Centro Acadêmico XI de Agosto, que funcionava nos baixos da faculdade, quando nem sequer foi poupado um retrato a óleo de D. Pedro II, golpeado por baionetas. A violência não conseguiu abater o ânimo dos estudantes. Encontrava-me no largo de São Francisco quando o líder estudantil Germinal Feijó saiu da faculdade com um balde de piche e passou a escrever cuidadosamente na parede a frase "Abaixo a ditadura". Os agentes da polícia o acompanharam a distância. Foram muitas as passeatas. Uma delas, que provocou uma das reações mais violentas, deu-se quando desfilamos em silêncio pela rua São Bento, com um lenço na boca, imitando uma mordaça. Ao regressarmos à faculdade, a polícia atacou com rajadas de metralhadora. Não sei como, num momento estava na rua; noutro, encontrava-me, empurrado pela massa, no saguão de um edifício. No transcurso da Segunda Guerra Mundial, com o afundamento de navios brasileiros por submarinos alemães, fomos todos às ruas, conclamando o governo a deixar de lado suas preferências pelo nazifascismo e a se voltar a favor das forças aliadas que se opunham ao sistema ditatorial que buscava firmar-se na Europa e na Ásia. Os norte-americanos precisavam implantar bases no Norte e Nordeste do Brasil para melhor proteção dos comboios que levavam armas e alimentos à Inglaterra, bem como para apoiar a ofensiva na África e a invasão da Itália. O governo Vargas estava empurrando o apoio aos aliados com a barriga.

Muitos de nossos colegas participaram da Força Expedicionária Brasileira que lutou na Itália. Mas Luís Arrobas Martins foi barrado por sua militância política. Exemplo na luta contra a ditadura Vargas, Martins foi um dos grandes articuladores da resistência democrática entre os estudantes e jamais se conformou com alianças que desfigurassem os ideais que sempre defendeu.

As manifestações estudantis prosseguiram até a queda do governo Vargas, em 1945. Com o fim do Estado Novo, foi eleito o primeiro presidente pelo voto universal, direto e secreto e promulgada uma Constituição democrática. O vitorioso, general Eurico Gaspar Dutra, fora um dos militares que haviam dado inteiro apoio ao governo Vargas. Com a ajuda das mesmas forças que sustentaram a ditadura, derrotou o brigadeiro Eduardo Gomes, um dos 18 do Forte.

No Exército

Quando tiveram início as convocações para a formação da força que iria lutar no ultramar, minha mãe preocupou-se comigo, pois, sendo eu da classe de 1922, provavelmente meu nome estaria nas listas que estavam sendo publicadas nos jornais para o serviço ativo nas Forças Armadas. Com a certeza de que eu seria convocado – eu cursava nesse tempo o segundo ano da Faculdade de Direito –, seria melhor que eu fosse enviado para a Itália como oficial, e não como soldado. Pura ilusão de que assim teria um tratamento privilegiado, mas era o que mamãe pensava. Como não cogitava mais em me incorporar à carreira militar, prestei concurso para ingressar no CPOR, comandado pelo coronel Agenor Browne Nunes da Silva. Fui classificado em primeiro lugar. Foram dois anos muito ativos, pois dividia meu tempo entre o treinamento militar, as aulas da faculdade e o trabalho no escritório de advocacia Pujol-Perrucci. Os fins de semana eram reservados para exercícios de campo. Não acho que tenha sido má a experiência desses anos. No CPOR pude conhecer e participar da camaradagem que unia os militares. Optei pela infantaria. Nosso comandante, o capitão Tinoco, conhecia todos os alunos, mais de 200, pelo nome. Os dois anos de curso tornaram-nos aptos a comandar um pelotão e uma companhia. Destaquei-me, tendo obtido o primeiro lugar na disciplina de maior importância, "combate e serviço em campanha". Fui também o primeiro classificado em "mérito intelectual" e em "freqüência", pois nunca faltei.

Em 1945, fomos declarados aspirantes a oficial. A guerra já havia terminado. O paraninfo da turma foi o brigadeiro Eduardo Gomes. Para nós, sua trajetória política no tenentismo e sua oposição ao governo Vargas representavam os ideais pelos quais ansiávamos, de justiça e liberdade. Fiz nos meus anos no Exército amizades que, infelizmente, se esgarçaram porque os colegas do curso pertenciam aos mais diferentes Estados. Marcou-me, pela inteligência e competência, o sargento José Bonifácio de Azevedo Kuhlmann, que exatamente por esses atributos fez brilhante carreira no Exército, conquistando o posto de coronel, servindo na inteligência da instituição. Muito tempo depois, reatamos nossas relações, quando me revelou episódios da "guerra suja" travada no período da ditadura militar. Ressaltou o ataque com um carro-bomba contra os portões do quartel do 2º Exército, ocasião em que um soldado foi morto, o que determinou, na busca dos responsáveis, a prática de violência contra os agentes da guerrilha urbana. Relatou-me, também, a caça ao ex-capitão Carlos Lamarca, na região do Ribeira do Iguape, no sul do Estado de São Paulo. Muitas pessoas inocentes foram torturadas ou mortas na tentativa de localizá-lo.

Após o CPOR, fiz um estágio de três meses no 4º Batalhão de Caçadores. Ali encontrei oficiais que voltavam da guerra e retornavam à vida na caserna. Particularmente chamaram-me a atenção o capitão Sidney Teixeira Álvares e o tenente Sérgio Santos, o qual, durante meu estágio, recebeu, em cerimônia comovente, a Cruz de Combate de 1.ª Classe por ato de bravura na campanha da Itália. O capitão Sidney estivera com João, meu irmão, na Itália. Segundo ele, era menos perigoso estar no *front* do que se deslocar num jipe dirigido pelo João.

Do alto das cátedras

As aulas na faculdade guardavam o estilo tradicional, em que o professor discursava na cátedra e, na sua grande maioria, desconhecia os alunos. Um ou outro, como Cesarino Júnior, professor de direito do trabalho, incentivava a pesquisa. Ele exigia para a aprovação do aluno a apresentação de um trabalho inédito sobre as relações entre capital e trabalho. Apresentei uma dissertação sobre doenças profissionais. Além das aulas, tivemos uma visita ao Instituto Oscar Freire, proporcionada por Almeida Júnior, professor de medicina legal, e à Penitenciária do Estado, por Basileu Garcia, professor de direito penal. Essas foram as únicas atividades fora da escola.

Entre os professores, lembro-me particularmente de Miguel Reale. Remanescente do integralismo, encontrou forte oposição para ministrar sua primeira aula, depois de vencer o concurso para a cátedra de filosofia do direito. Pequeno e discreto, enfrentou a manifestação de mais de cem estudantes que se recusavam a permitir que entrasse na sala para o curso que se iniciava. Pois bem, o professor Reale passou impávido, entrou na sala e deu sua primeira aula. A partir daí, a rebelião contra ele teve um ponto final. Foi um excelente mestre. Quando cheguei ao quinto ano, tive o prazer de ouvir suas preleções, sempre muito lógicas em suas conclusões. Não admitia "decoreba", como se dizia. Lembro-me de que em uma das provas perguntava ele sobre o direito natural. Queria saber o que pensávamos. Naturalmente isso não estava escrito nas apostilas. Dínio de Santis Garcia escrevia sem parar, e eu estava parado. Perguntei a ele se poderia me ajudar. Não me ouviu ou fingiu não me ouvir. Tive que me virar. Enquanto o Dínio repetia o que se falara em aula, eu desenvolvi meu próprio pensamento a respeito do tema. Minha nota foi superior à dele. Sempre admirei Miguel Reale, embora não comungasse com sua maneira de ser na política – ele ocupou, por exemplo, o cargo de secretário da Justiça de Adhemar de Barros. Mas foi um notável filósofo do direito, exemplo de jurista.

Não direi, assim, que me decepcionei com a faculdade, pois aprendi com os vários professores – com alguns mais e com outros menos – a importância do direito como fonte geradora da liberdade na comunidade dos homens. Guardo uma saudosa recordação de Goffredo da Silva Telles. Ele não foi meu professor na academia, senão no pré-jurídico, quando ensinava lógica. Era quase tão jovem quanto nós, e talvez por isso o prezássemos muito. Entretanto, já despontava como o grande jurista que é, respeitado como professor e como ser humano. Os demais professores eram apenas "catedráticos". Não estavam interessados nos alunos como pessoas. Mas alguns deles se destacavam, como Alexandre Correia, com suas lições de direito romano, fundamentais para o estudo do direito civil brasileiro.

Corrida, meu esporte

Participei de várias provas esportivas pelo Centro Acadêmico XI de Agosto. Num revezamento pelas ruas de São Paulo, percorri boa parte da avenida Rebouças. Nossa equipe estava na frente. Entretanto, nosso melhor homem, o último, errou o percurso e fomos desclassificados. Corri também um revezamento de 4 por 500 na pista coberta que se armou no Pacaembu, creio que em 1944. Na final, ganhamos do Esporte Clube Pinheiros.

Lembro-me de uma competição poliuniversitária, no Paulistano. A mim competia disputar os 800 metros. O melhor corredor era, sem dúvida, o representante do Mackenzie, o Francisco Glicério, apelidado Cavalinho. A seção de atletismo do clube, onde guardava meus pertences de corrida, estava fechada. Resultado: não tinha tênis, calções, nada. Vale recordar que a pista era de carvão. Naquele tempo nem sequer se pensava nas pistas modernas. Emprestaram-me um calção maior do que a minha numeração usual. Sem outra alternativa, tive de correr de sapatos. Apesar das dificuldades, ganhei a corrida.

De outra feita não fui tão feliz. Eu cursava o CPOR e imaginamos uma competição esportiva entre o XI de Agosto e os alunos do centro. Conseguimos até mesmo o apoio do então major Magalhães Padilha, que dirigia o Conselho Estadual de Esportes. A competição foi no Paulistano. A mim cabia os 1.000 metros, para os quais estava muito bem preparado, pois havia corrido essa prova várias vezes representando o Paulistano. Com a convicção de que venceria, convidei Déa na expectativa de poder oferecer-lhe a medalha. Corri pelo CPOR e perdi. No final, eu, que ia à frente, não consegui manter o ritmo e a posição. Quem venceu foi o

Carlos Eduardo de Camargo Aranha, colega de faculdade e amigo. Na pontuação final, o troféu ficou com o Centro Acadêmico. Menos mal. É interessante lembrar que o XI de Agosto nunca andou mal nas competições de que participava. Seus atletas supriam a falta de treinamento com determinação e vontade. Depois de uma noitada, ainda sobrava energia para vencer nos campos de futebol, de basquete ou de atletismo, sem falarmos nas provas de natação.

Meu gosto pelas atividades esportivas tem me acompanhado durante toda a vida. Em 1986, com 64 anos de idade, participei de uma competição no Paulistano. Foi um revezamento de 4 por 300. A equipe que integrei ganhou a prova. Ainda hoje gosto de correr. Levanto-me cedo, vou ao Paulistano e faço um percurso de sete quilômetros. Quando me encontro fora do Brasil também não deixo de correr. Em Washington, meu companheiro de corridas era o antigo secretário-adjunto da Comissão Interamericana de Direitos Humanos, David Padilla, destacando-se Peter Laurie, membro da Comissão Nacional de Barbados, que também nos acompanhava. Apreciei muito correr em Washington, pelos seus parques, sob a orientação de Padilla. Em geral, corro de 45 a 50 minutos, três ou quatro vezes por semana. Com meus filhos não tenho corrido muito. José Cristiano gosta de trilhas complicadas. Dado e Zé têm corrido comigo algumas vezes. Também pratico um pouco de tênis, geralmente numa quadra de cimento, no sítio. Depois de perder dos filhos, agora estou perdendo também dos netos. Mas o que vale é o prazer de estarmos juntos.

MARCAS ESPARSAS DA DITADURA

Depois da saída de Carvalho Pinto do Ministério da Fazenda em dezembro de 1963, retornei ao Ministério Público, assumindo minhas funções de procurador de Justiça. Logo em seguida, as Forças Armadas, com o apoio decidido do Departamento de Estado norte-americano, derrubaram o governo João Goulart e instauraram uma ditadura que duraria mais de 20 anos. O general Castello Branco instalou o novo governo com os aplausos de um Congresso amedrontado, que o elegeu presidente depois de considerar vaga a Presidência da República. Dominada a sociedade civil, os setores mais responsáveis do regime anterior se calaram e o poder militar se consolidou.

A partir daí, fomos ingressando num regime cada vez mais duro. A tônica dos discursos dos generais-presidentes dá bem a idéia de uma prioridade retórica pela democracia. Assim, Castello Branco, ao assumir a Presidência, afirmava: "Defenderei e cumprirei com honra a Constituição do Brasil. Cumprirei e defenderei, com determinação, pois serei escravo das leis do país e permanecerei em vigília para que todos as observem com zelo." E prosseguia: "Nossa vocação é a da liberdade democrática, governo da maioria com a colaboração e respeito das minorias." Com ele começaram as cassações: Jango, Brizola, Miguel Arraes, então governador de Pernambuco, entre outros. Seu sucessor, o general Costa e Silva, não deixou por menos e reafirmou que o exercício da democracia se constituía num dos postulados de seu governo. Foi durante sua gestão que se impôs ao Brasil, no dia 13 de dezembro de 1968, o famigerado Ato Institucional n.º 5, limitando as liberdades individuais e dando plenos poderes ao presidente, que podia a partir de então fechar o Congresso e intervir nos Estados. O AI-5 institucionalizou a ditadura e mergulhou o país no mais profundo poço da violência, tanto dos agentes da repressão política como dos grupos de resistência armada ao regime. O general Médici, o mais duro de todos, declarou em sua posse: "Homem da lei, sinto que a plenitude do regime democrático é uma aspiração nacional. E, para isso, creio necessário consolidar e dignificar o sistema representativo, baseado na pluralidade dos partidos e na garantia dos direitos fundamentais do homem." No entanto a tortura e a eliminação de pessoas deram a tônica da imposição da ideologia da segurança nacional. Também o general Geisel, depois de ponderar que a "revolução nascida de um consenso dilacerador iria, agora, enfunar as velas de esperança num futuro de consenso nacional", apelou para a imaginação criadora dos partidos e estabeleceu as linhas do que se convencionou chamar de "diálogo", tendo como meta o restabelecimento do Estado de Direito. Ele viu que estava chegando a termo o domínio militar e buscou a "distensão lenta e gradual". Quando da homologação de sua escolha pelo Congresso, o general João Baptista Figueiredo, um autêntico oficial de Cavalaria, asseverou: "A democracia que a sociedade moderna reclama e exige terá de firmar-se cada vez mais, como proposição voltada para as necessidades cotidianas do homem." A abertura política iniciada por Geisel continuou no governo Figueiredo, culminando em 1985 com a eleição indireta de um civil, Tancredo Neves, para presidente.

As palavras dos generais, mesmo que exprimissem uma certa sinceridade, não podiam corresponder aos fatos. Seria ingênuo supor isso. Os governos militares se comprometeram com uma política destinada a fortalecer um Estado autocrático, armado de instrumentos capazes de concretizar um modelo econômico e social que mais e mais se afastava de uma sociedade verdadeiramente democrática e justa. Tratava-se de pôr em prática um modelo imposto. Os "revolucionários de 1964" estavam convencidos de que as lideranças civis eram corruptas e incapazes e que, muitas vezes, estavam a serviço do comunismo internacional. Com auxílio de tecnocratas que começavam a se destacar no cenário nacional e estavam dispostos a ser cooptados pelo regime, foi elaborada uma receita de desenvolvimento que, entre tantos males, provocou enorme concentração de renda e o empobrecimento da consciência democrática da nação. A administração do Estado foi entregue a uma burocracia que seguia o pensamento da Escola Superior de Guerra – a propósito, era o Conselho de Segurança Nacional que estabelecia as bases das políticas a serem implantadas em nível nacional.

Em linhas bastante gerais, esse era o espírito governamental que se implantou após o golpe. Creio que minha maior contribuição no combate às arbitrariedades do período ditatorial se deu no enfrentamento do Esquadrão da Morte, conforme narrado no primeiro capítulo, e, posteriormente, no meu engajamento no Partido dos Trabalhadores, que narrarei mais à frente. Mas existem alguns outros acontecimentos paralelos que resumi neste capítulo.

Na iniciativa privada

Em 1964, Diogo Gaspar e os técnicos que compuseram o Grupo de Planejamento na administração Carvalho Pinto resolveram formar uma sociedade que, aproveitando toda a experiência reunida nos quatro anos daquele governo, se dedicasse ao planejamento no setor público e no setor privado. Assim surgiu a Assessoria em Planejamento (Asplan). Diogo convidou-me para participar de sua fundação, o que aceitei, pois naquela época não havia nenhuma incompatibilidade no exercício dessas atribuições com os trabalhos no Ministério Público.

A Asplan foi a mola propulsora da criação de outras empresas, como a São Paulo Minas, de crédito e financiamento, e as distribuidoras de valores Aplican e Aplicap. Diogo era ambicioso, e os negócios apresentavam bons resultados. A Asplan, por seu excelente nível técnico, atuou em projetos em várias regiões do país. Pecou, depois, em estender a atuação à área da construção civil. Acredito que mesmo a participação do grupo nesse campo poderia ter tido êxito, não fosse o curto prazo em que os investimentos foram realizados. As empresas de planejamento e as que atuavam no mercado de capitais foram descapitalizadas em benefício da firma de construção civil, a qual, não tendo o sucesso esperado, levou todo o grupo à insolvência. A partir daí vieram as principais dificuldades impostas a suas iniciativas voltadas para o setor público, como aconteceu, entre outros, com estudos sobre as condições socioeconômicas do Vale do Taquari, no Rio Grande do Sul; no modelo do Plano Diretor da cidade de São Paulo; ou, ainda, no planejamento da rodovia dos Bandeirantes, oferecendo ao governo do Estado as melhores opções para o traçado da estrada. Essas dificuldades, somadas aos problemas políticos que começavam a surgir, dadas as relações que tivéramos com muitos dos que buscavam a redemocratização do Estado, redundaram em dificuldades financeiras que determinaram a dissolução de todo o grupo no início da década de 1970.

Os técnicos que integravam a Asplan comungavam de um pensamento político que nada tinha a ver com a linha ideológica que marcou o golpe militar de 1964. O Plano de Ação por eles elaborado, que foi adotado pelo governo Carvalho Pinto, buscava a construção de uma sociedade mais justa e solidária. Os conservadores mais extremados consideravam o Plano de Ação uma obra de comunistas. Durante a existência da Asplan, muitos dos companheiros cassados após o 1º. de abril de 1964 encontraram na empresa auxílio financeiro para sair do país. Profissionais que participaram do governo João Goulart emigraram para o Chile e participaram do governo Salvador Allende ou encontraram na Argélia e na França novas oportunidades de trabalho.

Foi em decorrência de pressões que se iam acentuando, com o grupo Asplan em frangalhos, que Diogo Gaspar, sob proteção do empresário Sebastião Camargo, resolveu sair do país. Esteve algum tempo na Itália, passando depois à Suíça, onde exerceu atividades no Conselho Mundial de Igrejas, em Genebra. Faleceu poucos anos depois, sem nunca ter regressado ao Brasil.

Em uma de minhas viagens, ao visitar Diogo, tive a oportunidade de conhecer Max Rechulski. Ele fora cassado pelos militares e mantinha um próspero escritório de negócios na Suíça. Max me apresentou ao importante grupo francês Alsthom, interessado em estender suas atividades ao Brasil, sobretudo no setor eletromecânico, pois o país prosseguia na construção de grandes hidrelétricas. Fui uma espécie de consultor do grupo, tendo acompanhado a implantação das usinas de Água Vermelha e de Três Irmãos, cujas obras civis foram executadas com o *know-how* obtido com a construção de Urubupungá. O grupo Alsthom, com meus conselhos, firmou consórcio com empresas brasileiras e construiu geradores e transmissores de várias hidrelétricas.

Durante a crise política deflagrada com a renúncia de Jânio Quadros, Max, por suas relações com o mundo político e empresarial europeu, foi contatado para auxiliar no retorno de João Goulart ao Brasil, tendo em vista a movimentação que se fazia para impedir a posse do vice-presidente. Max, naturalmente com a concordância de João Goulart, manteve negociações com autoridades do governo americano para que, na sua volta ao país, passasse pelos Estados Unidos, dali à Argentina e, finalmente, ao Brasil. Essa passagem pelos Estados Unidos foi, por assim dizer, preparatória de posterior visita que Goulart fez a esse país, quando foi recebido pelo presidente John Kennedy. Pois bem, agradecido pela atuação desinteressada de Max, Goulart convidou-o para sua cerimônia de posse. O presidente empossado desceu a rampa do Palácio do Planalto apoiando-se no braço de Max e o levou no carro que o conduziria ao Alvorada. Essa manifestação de apreço, somada às anteriores demonstrações de amizade, foi, sem dúvida, a causa primeira de ter sido Max privilegiado na primeira lista de cassações do governo Castello Branco.

Quando o país ensaiava seus primeiros passos em direção à reconstrução democrática, Max esteve algumas vezes no Brasil. Não foi bem tratado. Ele e Olga, sua mulher, foram certa feita arbitrariamente detidos no hotel em que se encontravam e levados ao Dops, então sob comando do delegado Fleury. Foram liberados no mesmo dia, e até hoje não se sabe por que foram detidos e depois postos em liberdade.

Quando estavam sendo adotadas as primeiras medidas para a criação da empresa de construção civil da Asplan, coube-me explorar a possibilidade de financiamento adequado em bancos no exterior. Fui fazer uma visita à Carterpillar, que produzia máquinas de terraplanagem nos Estados Unidos. Em Chicago, ao passar pelas autoridades alfandegárias, fui abordado por dois homens que se identificaram como policiais. Pediram que eu os acompanhasse até uma sala, pois estava detido. Solicitaram meu passaporte e perguntaram qual tinha sido minha última viagem à Arábia Saudita. Tomei um susto, pois jamais tinha estado nesse país do Oriente Médio. Diante da minha resposta, afirmaram que constava em meu passaporte a prova de uma visita. Mostraram-me, então, um carimbo com a palavra "saída", que eles entendiam designar uma região saudita. Expliquei que se tratava de carimbo relativo à minha saída de Portugal. Os policiais se desmancharam em desculpas, oferecendo-se para levar-me até o hotel. Não aceitei a oferta. Esse incidente é sintomático do desrespeito às liberdades civis garantidas pela Constituição americana e, sobretudo, do preconceito, do despreparo e da arrogância das autoridades nos aeroportos, o que naquele tempo já causava muitos aborrecimentos a viajantes comuns.

Anistia de acomodação

No dia 28 de agosto de 1979, no governo Figueiredo, foi promulgada a Lei de Anistia. Falou-se da necessidade de pacificação política, que seria a finalidade última da lei. Entretanto tenho para mim que a pacificação pretendida não foi até hoje alcançada e sobraram seqüelas que somente a ação da Justiça poderia aplacar. Na Argentina, presidentes que exerceram o poder durante a ditadura militar sofreram condenações penais. No Brasil, houve uma interpretação acomodatícia, uma anistia de duas mãos, para vítimas e algozes. Por isso ainda convivemos com pessoas que seqüestraram, torturaram e mataram durante o regime militar e não sofreram o devido processo legal. A cada instante surgem casos a clamar por justiça. A propósito da Lei de Anistia, redigi um parecer em 2004, depois corroborado pelos juristas Dalmo de Abreu Dallari e Fábio Konder Comparato, do qual constam os seguintes trechos:

> Os juristas da ditadura, ou aqueles que a ela se acomodaram, encontraram argumento para beneficiar tantos quantos torturaram e mataram em nome do Estado. [...] Ao que tudo indica, encontrou-se nessa interpretação a razão de equiparar-se, para seus efeitos, torturadores e torturados. Tratou-se, entretanto, de uma solução incompatível com o próprio instituto da anistia. [...] Ao promulgar a Lei de Anistia, dever-se-ia punir os criminosos do regime. Se isso não foi feito, desconhecendo o Estado

suas obrigações internacionais, mediante descabida e esdrúxula interpretação da lei, por motivos claramente oportunistas, não se pode admitir que essa lamentável omissão sirva de pretexto para entregar-se a quem torturou e matou naquele período cargos públicos, relevantes ou não. Não se pode argumentar em seu benefício com a ausência de punição, pois essa omissão não encobre as atrocidades que cometeram.

Pelos direitos humanos

No final da ditadura, ocorreram duas iniciativas de grande importância na defesa dos direitos humanos no Brasil, que levam o nome de dois personagens importantes desse período.

O Centro Santo Dias de Defesa dos Direitos Humanos foi fundado sob a inspiração de dom Paulo Evaristo Arns, em outubro de 1980, para socorrer tantos quantos sofressem violência policial. Sua criação foi motivada pelo assassinato do sindicalista Santo Dias por um policial militar, durante greve dos funcionários da fábrica Sylvania, em São Paulo, no dia 30 de outubro de 1979. O sindicalista era ligado à Igreja Católica e foi morto com um tiro nas costas em frente aos portões da empresa. O policial responsável pelo disparo foi absolvido pela Justiça Militar.

O centro atuou em grande número de processos envolvendo as Polícias Militar e Civil de São Paulo e obteve também indenizações para as famílias de vítimas. Ele foi aos poucos perdendo sua vocação inicial, mesmo porque outras entidades começaram a operar na mesma área, mas prossegue em sua missão, buscando orientar as pessoas na defesa de seus direitos, constituindo-se em verdadeiro paradigma na preservação dos direitos humanos. Entre outras iniciativas, o centro promoveu inovadora pesquisa para verificar o índice de impunidade nos julgamentos da Justiça Militar da PM paulista. Para tanto, era indispensável a coleta de dados nos cartórios do Fórum Militar. Depois de iniciada a pesquisa, quando a Justiça Militar soube de seus objetivos, o acesso às informações foi negado. Assim, o trabalho só pôde ser concluído com a utilização dos dados fornecidos pela imprensa. Os resultados demonstraram que o percentual de impunidade, ou seja, de policiais não condenados diante dos elementos probatórios constantes dos autos, era de mais de 95%. O trabalho foi utilizado por mim para fundamentar projetos apresentados na Câmara dos Deputados, em que propus a redução da competência da Justiça Militar para julgar crimes dolosos cometidos por policiais militares contra civis no exercício de suas atividades. Os projetos resultaram na Lei n? 9.299, de 7 de agosto de 1996, que representou um significativo avanço institucional e um poderoso instrumento de combate à impunidade e à violência policial. Desde a fundação do centro, o sociólogo Benedito Domingos Mariano esteve presente em suas atividades.

A Comissão Teotônio Vilela, criada em janeiro de 1983 pela iniciativa de Severo Gomes e Paulo Sérgio Pinheiro, teve como objetivos iniciais a promoção e a proteção dos direitos humanos, especialmente no que se refere às violações cometidas nas prisões, bem como o combate às execuções sumárias praticadas por agentes do Estado. O marco da formação da comissão se deu a partir de um telefonema do jornalista Fernando Gabeira para o recém-eleito senador Severo Gomes, a respeito da invasão do Manicômio Judiciário de Franco da Rocha, na região metropolitana de São Paulo, pela Rota, que ocorrera no dia 9 de janeiro de 1983, com saldo de sete pessoas mortas.

A comissão passou a lutar contra a situação crítica dos presos comuns, submetidos à rotina da violência nas delegacias, cadeias, nos manicômios e nas penitenciárias. Por ocasião de seu décimo aniversário, instituiu o prêmio Severo Gomes de Direitos Humanos, prestando, assim, homenagem póstuma ao seu membro fundador, entusiasta e militante. Essa premiação é conferida a pessoas que tenham prestado relevantes serviços à causa dos direitos humanos. A comissão está presente até hoje na denúncia da maioria dos casos de violação de direitos humanos no país. O nome Teotônio Vilela é uma homenagem ao senador alagoano que se tornou um dos símbolos da resistência civil à ditadura militar.

Tive a honra de ocupar a presidência dessas duas entidades, que tenho certeza prestam ainda hoje serviços inestimáveis à sociedade brasileira.

Honras militares tardias

Minhas relações com meu irmão João Baptista Pereira Bicudo sempre foram muito afetuosas. Desde o início, acompanhei de perto sua carreira. Aproximei-o do professor Hilário Veiga de Carvalho, quando, depois de reformado no Exército, ingressou no Departamento de Medicina Legal da Faculdade de Medicina da Universidade de São Paulo. Ali chegou a professor-adjunto.

João requereu reforma do Exército logo após o golpe de 1964. Disciplinado como sempre foi, embora nunca entrasse em pormenores sobre sua decisão, não quis participar das inversões hierárquicas trazidas pelo golpe. Durante os anos de repressão, o que era decidido por um tenente sobrepunha muitas vezes a ordens emanadas de superiores. Embora não desse apoio explícito às investigações que eu fazia sobre o Esquadrão da Morte, nunca criticou nenhuma das atitudes que adotei. Eu compreendia sua posição, pois ele tinha verdadeira adoração pelo Exército. Assim, evitávamos tocar no assunto para não arranharmos nossa amizade, que estava muito acima de qualquer divergência ocasional.

Quando João faleceu, em 1980, soubemos que era de sua vontade ser sepultado com honras militares, às quais, aliás, fazia jus, na qualidade de general de quatro estrelas. José João, seu filho, e eu fomos ao quartel do 2º Exército para expor sua pretensão, fundamentada no Regulamento Disciplinar do Exército. Tentamos falar com o comandante da unidade, o general Milton Tavares, um linha-dura. Não nos recebeu, ordenando que um coronel nos atendesse.

Pleiteávamos apenas — muito menos do que prevê o regulamento — que o caixão fúnebre fosse coberto com a bandeira brasileira e carregado por seis praças. Não fomos atendidos. Ante a negativa, com evasivas sem maior sentido de que a solicitação não se enquadrava nos termos estritos do regulamento, argumentamos que não se tratava, no caso, de homenagear o irmão de quem investigara o Esquadrão da Morte, mas, sim, de honrar um general, herói da Segunda Guerra Mundial, diferentemente daqueles que apenas brincavam de batalhas nas cartas topográficas colocadas nas mesas das repartições militares. Em resposta, o coronel disse que enviaria um oficial para cumprimentar a família e acompanhar o velório e o féretro. Disse a ele que não o fizesse. Desde que eram negadas ao João as devidas honras, não iríamos admitir a presença de nenhum militar do 2º Exército no velório ou durante a cerimônia de sepultamento. Em seguida retiramo-nos, e José João, num ato de desabafo, cuspiu em um sentinela.

Depois do sepultamento de João, vi nas proximidades do cemitério um envergonhado capitão, que se afastou à minha aproximação. Trata-se de um episódio que mostra como são pequenas determinadas pessoas, no caso militares engajados numa ditadura que se ia tornando, a cada dia, mais e mais impopular.

Bem depois, quando era deputado federal, fui procurado pelo general Rubens Resstel, que me solicitava uma foto de João, em uniforme da FEB, pois o Ministério do Exército pretendia prestar a ele uma homenagem, inaugurando seu retrato em sua sede, em Brasília. A solenidade foi em 22 de agosto de 1994 e, com outros membros da família, estive presente. A ordem do dia narrou de forma sucinta o ato de heroísmo praticado por João. Durante a última ofensiva das forças aliadas na Itália, nas proximidades de Montese, ele progrediu, sob neve e bombardeio inimigo, até as primeiras linhas de combate, para melhor atendimento dos soldados feridos. Em solenidades desse tipo, é praxe dar a palavra a algum parente para que se expresse o agradecimento da família. Como eu estava presente, isso não ocorreu. No dia 25 de novembro desse mesmo ano, João teve seu retrato inaugurado também na Escola de Saúde do Exército, no Rio.

PT, ENCANTO E DESENCONTROS

Meu pai se aposentou nos Correios por tempo de serviço, depois de 35 anos de trabalho. Ele refletiu muito ao tomar essa decisão, mas tenho a impressão de que gostaria de ter continuado em atividade até a aposentadoria compulsória, aos 70 anos. Certa vez, ele me disse que não aconselhava quem quer que fosse a se aposentar, pois, voltando para casa, tornava-se *office-boy* de sua mulher. Em 1979, tendo contado 36 anos de serviço, aposentei-me no Ministério Público do Estado, porém decidi ingressar na vida político-partidária. No dia 3 de fevereiro de 1980, dom Paulo Evaristo Arns rezou uma missa solene na catedral da Sé, a propósito de minha aposentadoria. Depois da leitura do Evangelho (Mt 25,34-40) e das orações finais, coube a mim ler o que se segue:

> Esta é uma evocação do instante em que Deus, em Jesus, se deu ao Homem, num ato de amor que, sobretudo, quer dizer convivência, sofrimento, trabalho, luta e, afinal, libertação, mas libertação durante a vida nesta terra, para que ela se torne digna de ser vivida.
>
> Uma libertação que não cairá do céu, mas que venha do povo, que é luta contra aqueles que nos oprimem, senão também

contra nós mesmos, nós todos – o povo de Deus –, para que nos transformemos interiormente e nos libertemos da opressão e da alienação que ainda vive dentro de nós. Libertação é estar em Cristo, o Cristo dos pobres e humano, que quer estar conosco e para o qual falamos. O nosso credo, o credo do povo, não consiste tanto em afirmar a existência de Deus quanto em proclamar que Deus caminha em compasso com o povo e que com ele luta nos seus trabalhos de todos os dias. Esse é o credo dos pobres que caminham, que lutam.

Aqui encerro minhas palavras, que encontram expressão significativa em cantos como o coro da Missa Nicaragüense:

> Vós sois o Deus dos pobres,
> O Deus humano e simples,
> O Deus que sua nas ruas,
> O Deus de rosto curtido,
> Por isso é que te falo eu,
> Assim como fala meu povo,
> Porque és o Deus operário,
> O Cristo trabalhador.

Por um partido socialista

No final dos anos 1970, um grupo de intelectuais e políticos, constituído por Francisco Weffort, Francisco de Oliveira, Fernando Henrique Cardoso, José Serra, Plínio de Arruda Sampaio, Mário Covas, Almino Affonso e por mim, entre outros, teve a iniciativa de organizar um partido socialista. Isso aconteceu antes mesmo das mobilizações sindicais do ABC paulista. Quando vieram as greves, em 1979, muitos dos nossos apoiaram esses movimentos e emprestaram, como foi o caso de Fernando Henrique, seu prestígio, comungando com as posições já então assumidas por Luiz Inácio da Silva, o Lula, e seus companheiros. Lembro-me das intermináveis conversas a respeito do socialismo possível num Estado que aos poucos se livrava da ditadura. É desse tempo um texto de discussão sobre as bases do que seria o novo partido, de autoria de Chico de Oliveira, do qual destaco o trecho abaixo, por ilustrar o contexto dos debates:

> A crise do regime é fundamentalmente política e resulta do modelo econômico vigente. Em nenhum momento o regime contou com o apoio das classes trabalhadoras, na medida em que sua proposição básica repousava na superexploração dessas classes. O que desequilibrou o regime foi, portanto, o rompimento dos beneficiários diretos e indiretos de sua política econômica, o rompimento da base social de sua sustentação. Setores consideráveis da burguesia se empenham hoje na busca de alternativas que reforcem sua dominação de classe. Essas alternativas encontram sua expressão na proposta de redemocratização.
>
> Não há dúvida de que a proposta de democratização do país encontra terreno fértil nas insatisfações populares. E não há dúvida, também, que essas insatisfações têm fortalecido, através de suas manifestações de massa, a luta pela democratização.
>
> O que está em jogo atualmente não é mais a liquidação pura e simples da ditadura, mas a qualidade da democracia que definirá as alternativas reais da participação das classes trabalhadoras na luta política brasileira nos próximos anos.

Em 1978, cogitamos participar das eleições parlamentares, disputando uma cadeira no Senado mediante sublegenda, no MDB. Os nomes apontados foram os de Fernando Henrique e o meu. Depois de longa conversa com dom Paulo, convenci-me de que o melhor candidato seria Fernando Henrique Cardoso, que, aliás, não escondia o desejo de se prestar ao teste. Em conseqüência, ele ingressou no MDB para a disputa. O principal candidato do partido ao Senado era Franco Montoro. Ele me procurou, oferecendo-me a suplência em sua chapa. Disse-lhe que não poderia aceitá-la em decorrência dos compromissos já assumidos com Fernando Henrique. Montoro então me respondeu: "Você está cometendo um grande erro, porque daqui a quatro anos vou ser eleito governador de São Paulo e você terá quatro anos de mandato no Senado." E assim ocorreu, só que foi Fernando Henrique que ganhou a suplência de Montoro e, depois de quatro anos, passou a ocupar sua cadeira.

Infelizmente não conseguimos avançar na idéia de criação da nova legenda partidária. O ingresso de Fernando Henrique e de José Serra no PMDB foi o início do esvaziamento do projeto de organização do partido socialista. Às reuniões compareciam cada vez menos pessoas, até que a idéia se extinguiu – no fim, estávamos somente Chico de Oliveira e eu.

Logo em seguida, surgia o Partido dos Trabalhadores, com a liderança de Lula, Jacó Bittar, Francisco Weffort, José Dirceu e outros. O PT foi fundado no dia 10 de fevereiro de 1980, também com o apoio da Igreja Católica, que se fazia presente com as comunidades eclesiais de base. Por esse tempo, fez-se notar a figura do então bispo de Santo André, dom Cláudio Hummes, por sua atuação em favor dos trabalhadores. Dom Cláudio, que viria suceder dom Paulo na Arquidiocese de São Paulo, tornou-se um dos meus grandes amigos na Igreja.

Candidato a vice-governador

Filiei-me ao PT já em 1980, na companhia de Plínio de Arruda Sampaio, o que aconteceu numa reunião singela na Assembléia Legislativa de São Paulo. Em 1982, o partido lançou-me candidato a vice-governador, na chapa liderada por Lula. Relutei em aceitar porque estava convencido de que melhor seria uma candidatura à Câmara dos Deputados. Mas Plínio me convenceu, e lá fui acompanhar Lula nesse primeiro grande embate eleitoral.

Meu papel seria de contrabalançar a imagem de sindicalista radical de Lula.

Estreei em campanha num comício no Largo Treze, em Santo Amaro, ao qual, a meu convite, compareceu Júlio de Mesquita Neto, diretor do *Estadão*. Preparei o discurso que iria pronunciar, mas na hora as letras dançavam diante de meus olhos. Tive de discursar sem ler. Não fui de todo mal, e o episódio me ensinou ao menos que em comício não se lê discurso. Pergunto-me por que Júlio Neto, um autêntico representante da elite paulista, aceitou meu convite e subiu ao palanque petista. Acredito que, como jornalista, ele buscava conhecer melhor os dirigentes do novo partido, suas propostas, a reação das pessoas que assistiam ao comício – em suma, queria estar mais perto dos fatos. Ao ser anunciado, Júlio Neto recebeu uma salva de palmas da multidão. Não fez nenhuma crítica ao que viu, mas, posteriormente, o jornal mostrou reservas às propostas do PT. O *Estadão* sempre respeitou minhas posições políticas, mesmo não concordando com elas. Júlio era discreto, mas Ruy Mesquita, mais aberto, chamava-me de esquerdista.

Na campanha, percorri com Lula todo o Estado. Sem dinheiro, íamos de cidade em cidade em carros emprestados por amigos. Nossas refeições eram oferecidas por simpatizantes, e dormíamos em qualquer lugar, até atrás de balcão de bar. Na época, eu tinha 60 anos. Falava-se muito da juventude, representada por Lula, então com 37. Eu lembrava que grandes transformações da humanidade foram lideradas por homens com menos de 40 anos: Jesus Cristo, São Francisco de Assis, Martinho Lutero. Nossa candidatura expressava um grande desejo de mudança, de realização de uma nova sociedade, igualitária, fraterna e justa.

Comecei a admirar Lula em princípio por sua intuição e capacidade de se comunicar com o povo. Havia uma empatia clara com nosso eleitorado, e a campanha foi uma festa. Fizemos comícios inesquecíveis com muita gente, sem faltar um ou mais bêbados a nos interpelar nos palanques. A campanha foi aos poucos crescendo. O comício de encerramento, na Praça Charles Müller, em frente ao Estádio do Pacaembu, reuniu 100 mil pessoas. Porém Franco Montoro venceu folgadamente as eleições, derrotando Jânio Quadros, que ficou em segundo lugar. Pegamos o terceiro lugar, com 9% do eleitorado.

Durante a campanha, chegou-se mesmo a pensar numa possível vitória petista. Mas aprendemos que não basta a empolgação e o esforço da militância. Existem fatores, antes desconhecidos pelo partido, capazes de definir votos com simples alusões, insinuações que difundem o preconceito e semeiam o medo, recurso constantemente utilizado contra o PT. Falou-se muito que o partido, em especial Lula, não era preparado para governar. Por trás disso, é claro, estava a histórica intolerância contra as aspirações das camadas mais humildes.

Para Lula, a derrota foi uma grande frustração. Ele e sua família, a meu convite, se refugiaram em meu sítio. Permaneceram por lá cerca de 30 dias. Lula renovava forças para futuras disputas, como de fato tantas vieram a acontecer. Nesse convívio de poucos meses, o jovem dirigente petista também me surpreendeu por sua inteligência alerta, capaz de assimilar rapidamente as informações, e por sua capacidade de cativar as pessoas. Enfim, era um líder nato, como poucos. Sua mensagem – de dar uma reviravolta na questão social, de negar a subserviência aos órgãos financeiros internacionais, de atacar a chaga histórica do latifúndio, de questionar os sistemas educacional e de saúde, de ser contra os privilégios dos ricos – foi encontrando aos poucos aceitação em vários segmentos da sociedade brasileira. O PT se aproximava do que havíamos imaginado de um verdadeiro partido socialista, capaz de dar um salto de qualidade no cenário político do país. Buscávamos um desenvolvimento econômico e social voltado para o cidadão brasileiro, que haveria de se transformar finalmente em agente ativo de seu destino. Para o futuro – realmente não tínhamos medo de sonhar — almejávamos uma sociedade sem classes.

Uma candidatura sem o devido apoio

Depois da derrota da campanha pelas eleições diretas para presidente da República, que mobilizou o país, uma nova Constituição passou a ser uma imposição popular. Na campanha para o Congresso constituinte, em 1986, o PT entendeu que eu deveria concorrer ao Senado, juntamente com o sindicalista Jacó Bittar. Mais uma vez, Plínio de Arruda Sampaio, que participava comigo do Diretório Nacional do partido, convenceu-me a aceitar o convite. No último mês da campanha, ficou claro que as chances de me eleger eram reais — estavam sendo disputadas duas vagas no Senado, e os candidatos do PMDB, Covas e Fernando Henrique, eram os mais fortes. Covas, líder nas pesquisas, não via com maus olhos o crescimento de minha candidatura, que enfraquecia a liderança de Fernando Henrique no PMDB. A Igreja Católica apostava numa dobradinha Covas-Bicudo. Para que isso ocorresse, eu precisava de mais tempo na TV. Eduardo Suplicy era candidato ao governo do Estado e não tinha a menor possibilidade de bater Orestes Quércia. Jacó Bittar também caía nas pesquisas. Pleiteei então mais tempo na TV e maior apoio do PT à minha candidatura. Pedro Dallari, coordenador de campanha do partido, posicionou-se a meu favor. Mas foi tudo em vão. O PT não abria mão de suas regras autoritárias. Tive de me submeter a um regulamento incompatível com a realidade da eleição. Apesar das restrições, cheguei a 2.456.837 votos, ou 15,9% da votação válida.

A falta de maior apoio à minha candidatura ao Senado foi meu primeiro desencontro com o partido. No final dos anos 1980, aconteceria o segundo. Lula deixou a presidência do PT. Quem deveria assumir o cargo seria Olívio Dutra, primeiro vice-presidente, que não o fez porque iria concorrer à Prefeitura de Porto Alegre. A presidência do PT caberia então a mim, segundo vice-presidente. Mas Lula não permitiu que isso ocorresse, indicando Luiz Gushiken para o comando do partido. A partir de então passei a prestar atenção maior nas resistências que encontrava. Eu servia muito bem para suavizar a imagem radical da legenda, mas o grupo que realmente comandava o partido, liderado por Lula, não estava disposto a compartilhar o poder. Até que ponto esse posicionamento do partido era honesto para com o eleitor?

Governo Erundina, PT *versus* PT

Como membro da Executiva do PT, acompanhei o surgimento de suas lideranças nos anos 1980. Francisco Weffort, José Dirceu, José Genoino, Eduardo Jorge, Luiza Erundina, Maurício Soares, Djalma Bom, José Cicote, Eduardo Suplicy. Muitos abandonariam o partido, como Weffort, inconformado por não ter sido eleito para deputado federal, pois a candidatura do eminente sociólogo Florestan Fernandes teria roubado votos que normalmente iriam para ele.

Em 1988, o PT conquistou diversas prefeituras, entre elas a de São Paulo. A vitória de Luiza Erundina foi um evento de grande importância política. Pela primeira vez um partido comprometido com as causas populares havia conquistado o poder da maior cidade da América do Sul. Encontrava-me em Paris com Déa quando recebi um telefonema de Luiza, convidando-me para assumir a Secretaria de Negócios Jurídicos. Antes de aceitar, consultei Lula, que não fez nenhuma objeção. Pude então participar das primeiras discussões para a instalação do governo. Luiza, diferentemente do que aconteceu em outros casos, aceitou minha posição de independência para a indicação da cúpula da secretaria. Convidei Alfredo Freire Filho, colega de turma da São Francisco e amigo de longa data, para a chefia de gabinete; para a Procuradoria Geral do Município, aceitei a indicação da procuradora Ana Maria Cruz, feita por José Eduardo Cardozo. Nas diretorias, segui as indicações de Ana Maria. Tive uma conversa com os procuradores, dizendo-lhes que não faria nenhuma objeção a propósito das preferências políticas deles. O que importava era o engajamento de todos no projeto de um governo democrático e popular. Não me arrependi de assim ter agido. Nos momentos mais difíceis, contei com a colaboração de todos.

Meu período na Secretaria de Negócios Jurídicos não foi tranqüilo. Tivemos problemas com o partido, que buscava, talvez pela inexperiência de seus dirigentes, impor sua orientação à administração, o que, na maioria das vezes, não era possível atender. Desde logo, começou a se esboçar um movimento para me afastar da presidência do Diretório Municipal, pois ali eu poderia apoiar iniciativas da prefeitura com as quais a cúpula do partido não estivesse de acordo. Logo encontraram o caminho para minha destituição, ao ser proposta uma renovação geral da composição dos diretórios municipais. José Dirceu tentou me convencer de que eu deveria me abster da disputa, exatamente porque poderia manter a presidência do diretório. Não conseguiu. Depois disso, aliou-se a uma tendência do PT, a Convergência Socialista, para impedir minha candidatura. Se fôssemos a voto, eu seria reconduzido à presidência, mas decidiram pela extinção do mandato das diretorias, sem possibilidade de concorrer à reeleição. Essa foi a maneira com que me afastaram. Lula não moveu uma palha para recompor a situação. Estive a ponto de deixar o partido. Não o fiz, mais uma vez para atender a um apelo de Plínio de Arruda Sampaio, então pré-candidato ao governo do Estado. Ele entendia que, com minha saída, sua candidatura não teria viabilidade no partido.

Quando deixei o Diretório Municipal, o novo presidente, Rui Falcão, começou a criar todas as dificuldades possíveis para o governo de Luiza. O partido queria interferir nas licitações para obras e serviços, na nomeações de servidores e até de secretários. Não tenho claro o motivo dessa atitude. Não poderia ser apenas uma questão de prevalência no poder. O que estava por baixo, nunca soube. Talvez o caso Lubeca, que veio a público em 1989, lance algumas luzes sobre os motivos das pressões do partido.

Em um domingo, a prefeita foi à minha casa. Estava nervosa, necessitando de um conselho. Disse-me que Luiz Eduardo Greenhalgh, vice-prefeito que atuava como um secretário sem pasta, participara das negociações para a desapropriação de uma área que se destinava à implantação de um centro empresarial, nas margens do rio Pinheiros. A negociação não teria sido "ortodoxa", conforme gravações que lhe haviam sido entregues por um assessor de Greenhalgh, o advogado Eduardo Carnelós. O vice-prefeito foi afastado de suas funções de secretário. A pedido da prefeita, examinei as questões jurídicas do caso, em que a empresa Lubeca era responsável pelo empreendimento. Concluí meu parecer da seguinte maneira:

> Presentes se acham todos os elementos necessários para tornar sem efeito os atos emanados no âmbito do Poder Executivo, bem como o reequacionamento da questão, desde as suas origens, pelos órgãos técnicos envolvidos. A tomada de tais providências resulta dos princípios que devem nortear a administração pública, consagrados no artigo 37 da nossa Carta Magna, entre os quais se insere o da moralidade administrativa, indispensável até mesmo para a aferição da legalidade da atuação pública. A propósito, o Tribunal de Justiça de São Paulo já decidiu que "o controle jurisdicional se restringe ao exame da legalidade do ato administrativo"; mas por legalidade ou legitimidade se entende não só a conformação do ato com a lei, como também com a moral administrativa e com o interesse coletivo.

Até onde sei, as investigações instauradas foram arquivadas por falta de provas conclusivas. Não quero, obviamente, prejulgar ninguém, mas foram denúncias graves. A suposta propina serviria para financiar a campanha presidencial de Lula. O partido — que procurava mudar o cenário político nacional, o que incluía o respeito aos padrões éticos — ficou devendo uma resposta esclarecedora à população. Talvez tenha começado aí um perigoso procedimento de esconder, de colocar embaixo do tapete, coisas difíceis de serem explicadas, como se viu anos depois no caso mensalão, que veio à tona em 2005. A partir do caso Lubeca, Luiza encontrou muitas dificuldades na negociação com empresários, acostumados às facilidades oferecidas por governos anteriores. Havia pressão para que fossem aceitas soluções "não-ortodoxas".

O governo municipal, no meu ponto de vista, tomou algumas decisões equivocadas, como não dar continuidade às obras do túnel sob o rio Pinheiros, iniciadas por Jânio Quadros. Também causou polêmica a recuperação do autódromo de Interlagos. Recordo-me de que, certo dia, Luiza me levou para visitar o local. Ela pretendia colocá-lo em condições de receber uma das provas do campeonato mundial de Fórmula 1. Achava que, assim, estaria promovendo a imagem da cidade. Disse-lhe que melhor seria usar a área para a implantação de um projeto imobiliário, cujas vendas iriam permitir avanços significativos na construção de casas populares. Ademais, uma corrida de Fórmula 1 iria apenas sensibilizar as classe A e B, com as quais ela não podia contar em seu projeto político. Não obtive êxito, e Luiza decidiu estabelecer um contrato com a Shell. Pelo acordo, a empresa reformaria a pista em troca de terrenos para a instalação de postos de gasolina. Tudo se fez à minha revelia. Quando o processo veio às minhas mãos, mostrei a impossibilidade de entrega do empreendimento sem concorrência pública. Infelizmente, os contratos foram formalizados contra o meu parecer. Esse foi um caso que depois trouxe dissabores à prefeita, com processos movidos contra ela na Justiça de São Paulo.

É importante destacar, no entanto, a seriedade da gestão de Luiza. Ela soube resistir às pressões do partido e, na Câmara Municipal, contando com uma minoria de vereadores, manteve um diálogo honesto, mostrando que é possível governar sem maioria. Sem ser brilhante, o governo procurou executar políticas em busca de uma sociedade mais justa. Luiza governou dando prioridade aos bairros da periferia, remodelou a frota municipal de ônibus, iniciou as negociações para implantar o orçamento participativo – questões cruciais para a população mais pobre. Mas a prefeita não teve o reconhecimento do PT. Mais tarde, sofreu retaliações do partido quando se dispôs a ser ministra do governo Itamar Franco.

Na Secretaria de Negócios Jurídicos, além das atividades normais, preparei projeto de lei instituindo a advocacia gratuita para os cidadãos necessitados de assistência judiciária. O projeto não passou na Câmara Municipal. Dez anos depois, foi aprovada proposição que estabeleceu a assistência judiciária municipal, mas restringindo sua atuação a meras consultas.

Em 1990, saí do governo para disputar uma vaga na Câmara dos Deputados. Nessa ocasião, fui homenageado pela Procuradoria da Prefeitura, que ressaltou minha gestão dirigida ao bem comum.

Collor, a vitória da farsa

Integrei-me na campanha presidencial de 1989, quando Lula, pela primeira vez, disputou a Presidência da República. Andei pelo Brasil afora, mais nos chamados grotões do que nas cidades. Minha ajuda teria sido muito maior nos grandes centros urbanos, onde eu era conhecido, mas isso poderia aumentar minha popularidade e ter influência em futuros pleitos, o que não interessava à burocracia partidária. Lula poderia ter vencido. Foi espetacularmente bem no primeiro debate com Fernando Collor de Mello, mas não repetiu esse desempenho no segundo, o que até hoje, pelo menos para mim, não ficou esclarecido. Antes do último debate, surgiu a notícia de que Lula, entre sua viuvez e o segundo casamento, relacionara-se com uma mulher e com ela tivera uma filha. Fez-se grande escândalo em torno disso. Não encontro nesse episódio o motivo para a derrota, mas, sim, no comportamento da mídia, que resolveu esmagar Lula com veiculação de mentiras e difusão de preconceitos. Nesse particular, destaca-se o episódio da edição do último debate pela Rede Globo e a conivência da Justiça Eleitoral — o presidente do Superior Tribunal Eleitoral era o ministro Francisco Rezek, depois nomeado ministro das Relações Exteriores de Collor.

O seqüestro do empresário Abílio Diniz também foi amplamente manipulado, explorado contra o PT e a candidatura de Lula. No dia das eleições, logo pela manhã, a TV, o rádio e os jornais divulgaram que o PT fora conivente com o seqüestro. É voz corrente que a polícia paulista já havia localizado havia dias o local onde o empresário se encontrava aprisionado, tendo estourado o cativeiro apenas na véspera do pleito. Os policiais chegaram a vestir camisetas do PT nos responsáveis pelo seqüestro para que a imagem fosse transmitida pela TV. Todos esses fatos, somados à preconceituosa rejeição a um ex-operário, levaram à vitória de Collor.

Depois das eleições, em razão das inúmeras fraudes determinantes da derrota de Lula, propus ao Diretório Nacional do PT que pedisse a impugnação das eleições. Invocando evasivos problemas "políticos", optou-se pura e simplesmente pela omissão. Todavia, como cidadão, preparei e apresentei uma representação ao Tribunal Superior Eleitoral, para impedir a posse de Collor. Atitude quixotesca? Talvez, mas de grande importância para, uma vez mais, documentar a atuação da Justiça, notadamente da Justiça Eleitoral, na consideração de que fatos consumados não constituem crimes passíveis de punição, uma vez findo o processo eleitoral.

Como era previsível, o Superior Tribunal Eleitoral permaneceu inerte. Esperou a posse do presidente para dar-se por incompetente e remeter a representação ao Supremo Tribunal Federal, uma vez que se tratava de fato atribuído ao presidente da República já em exercício. O Supremo Tribunal Federal também "cumpriu sua tarefa", adotando uma decisão contemporizadora, para não considerar o mérito da demanda. Segundo o Supremo, os crimes praticados pelo presidente, antes de iniciar o mandato, só podem ser julgados depois de este ser cumprido. Invocaram o artigo 85, § 4º, da Constituição Federal, que estabelece: "O presidente da República, na vigência de seu mandato, não pode ser responsabilizado por atos estranhos ao exercício de suas funções." A parcialidade da decisão é evidente. Imagine-se que um presidente eleito tenha, momentos antes da sua posse, assassinado sua esposa. A posse o tornaria imune até o fim do mandato? Segundo o Supremo, sim. Aliás, se o tribunal tivesse tido a coragem de decidir segundo o que de fato determina a Carta Magna, não teríamos suportado dois anos do pleno desvario de Collor.

Pois bem, todos estamos lembrados do Plano Collor, que confiscou a poupança da população, causando danos muitas vezes irreparáveis, determinando o empobrecimento de muitos brasileiros, alguns dos quais, por não suportar o sofrimento, resolveram dar cabo a suas vidas. Em Franca, por exemplo, um pai de família cometeu suicídio ao se ver sem recursos por causa do confisco. O plano – de clara ilegalidade – chegou a ser considerado por certas lideranças do PT como início da solução dos problemas brasileiros. Lembro-me de que, convidado para ir a Brasília para participar de uma reunião da bancada petista na Câmara, ouvi de Luiz Gushiken que o confisco seria a linha de ação caso o PT tivesse assumido a Presidência. Disse a Gushiken que, se o partido fizesse isso, eu imediatamente me desfiliaria, pois tal atitude era incompatível com tudo o que o PT defendia. Um de nossos economistas, Aloizio Mercadante, chegou a defender o Plano Collor, mas depois se retratou.

Logo nos primeiros dias do novo governo, propus ao partido que, em decorrência de crimes contra a administração pública então já cometidos, deveria ser requerido o *impeachment* do presidente. Novamente, o PT resolveu se calar, o que, entretanto, não impediu que se apresentasse o pedido à Presidência da Câmara, não obstante a oposição do então deputado federal Plínio de Arruda Sampaio. Lembro-me bem de que ele se fechou com Lula no Gabinete da liderança do PT na Câmara durante uma hora, para convencê-lo a não colocar sua assinatura na representação que eu elaborara. Lula, entretanto, assinou comigo a representação. Fomos ao gabinete do então presidente da Câmara, Paes de Andrade, e a entregamos para exame. Bem sabíamos que, naquele momento, depois de uma eleição vitoriosa, o pedido seria engavetado, mas estava ali o testemunho de posições coerentes na linha da moralização da política e da administração pública. Tentamos convencer as lideranças do PDT a assinar o documento. Numa reunião com os pedetistas, da qual participaram Leonel Brizola e Miro Teixeira, decidiram não apoiar nossa iniciativa.

Em 1991, ofereci à Presidência da Câmara outra denúncia contra o presidente Collor e vários de seus ministros, por crime de responsabilidade previstos na lei n.º 1.079/50, decorrentes de toda uma série de medidas provisórias que violavam direitos e garantias resguardados pela Constituição. Em parecer oferecido à Comissão de Constituição e Justiça, busquei demonstrar a prática dos delitos e sua autoria, de tal modo que as providências regimentais fossem adotadas para o afastamento de Collor. Mas o processo de cassação do presidente só se tornou viável a partir do reconhecimento quase unânime dos grandes grupos econômicos, prejudicados pela corrupção, de que o mínimo de decência precisaria ser restaurado para que se pudesse orientar o país para a estabilização, imprescindível às opções de desenvolvimento.

No final de 1992, Collor foi finalmente submetido ao processo de *impeachment*, que resultou em seu afastamento pelo Senado. Na ocasião, as provas colhidas foram remetidas ao Ministério Público. A denúncia oferecida pela Procuradoria Geral da República não prosperou, pois o Supremo Tribunal Federal considerou insuficientes as provas apresentadas. Uma lástima.

Muitos políticos e economistas dizem que coube a Collor iniciar o processo de globalização da economia, abrindo as portas para a privatização e a desregulamentação, que se constituíram na tônica da atuação do governo de Fernando Henrique. Não encontro mérito nessa atuação. Na verdade, o Brasil, nas décadas de 1960, 1970 e 1980, buscou a implantação da infra-estrutura imprescindível ao seu desenvolvimento. O setor industrial se desenvolveu, as fronteiras agrícolas se expandiram, a pesquisa, sobretudo nas universidades públicas, apresentou avanços. Hoje, lamentavelmente, o país está despojado de tudo o que se construiu com o suor de seu povo. Foi um retrocesso.

A MINHA IGREJA, A DOS EXCLUÍDOS

Ao longo da história, a Igreja Católica agiu na América Latina como legitimadora dos blocos hegemônicos de poder. Esteve em regra alinhada com as elites conservadoras e avessas à implantação de regimes que contemplassem a participação popular. Esse modelo foi sendo minado justamente porque afastava a Igreja de seus fiéis, o pastor de seu rebanho. O Concílio Vaticano II, nos anos 1960, impulsionou uma doutrina que valorizava as igrejas locais. Procedeu-se a uma interpretação do Evangelho levando em consideração as diversas culturas e o contexto social das comunidades. Essa nova evangelização passou a se dar de forma vasta e bem articulada notadamente a partir dos anos 1970, quando as igrejas locais tomaram a sério a opção pelos pobres. A teologia da libertação, a partir dessa experiência, formou a Igreja dos Pobres, também chamada de Igreja de Base, que passou a ser uma realidade social na América Latina.

Fui e sou um militante dessa nova Igreja que soube reinterpretar seu papel histórico. Participei ao lado de dom Paulo Evaristo Arns de suas lutas pela dignidade humana não apenas durante os anos de ditadura militar, mas posteriormente, nas pastorais sociais. Muito aprendi durante esse meu engajamento. Descobri no povo potencialidades que se constituem no alicerce necessário à construção de uma nação nova, justa e solidária. Foram as comunidades de base que se constituíram no fermento da participação popular na atividade política. Os fundadores do PT souberam atrair para o partido esses movimentos. A Igreja sempre me apoiou nas vezes em que me lancei candidato e me considerou um seu representante no Congresso. Essa relação se estabeleceu com o compromisso implícito de eu lutar por uma nova sociedade.

É importante ainda destacar o papel fundamental da Igreja na redemocratização do país. Dom Paulo, à frente da Arquidiocese de São Paulo, desenvolveu, com a criação da Pontifícia Comissão de Justiça e Paz, que fundara em 1972, intensa atividade contra a atuação dos serviços de segurança política da ditadura, que naquela época seqüestravam, prendiam ilicitamente e, sobretudo, eliminavam os adversários do regime. Dessa forma, a Igreja serviu de pólo canalizador da vontade popular direcionada à oposição ao governo. Sem alarde e muitas vezes em ação com outras confissões religiosas, abriu espaços estratégicos para ampliar a oposição à ditadura.

Retaliação

Essa ação independente da Igreja logo encontrou resistência no poder político. No dia 30 de outubro de 1973, mediante decretos expedidos pelo presidente general Médici, a Rádio 9 de Julho, da Arquidiocese de São Paulo, teve suas transmissões interrompidas. Com isso se calava um veículo independente da sociedade civil, com a intenção expressa de obstruir a liberdade de expressão que incomodava o regime. E essa voz ficou calada por muito tempo.

Com o fim do regime militar, dom Paulo solicitou ao presidente Sarney que a rádio voltasse a operar. O pedido foi aceito, mas os burocratas do Ministério das Comunicações encontraram uma série de dificuldades, alegando que a freqüência já fora ocupada por outras emissoras e que seria necessário que se fizessem estudos detalhados. E assim passaram-se anos. No governo Fernando Henrique, o processo foi reativado pelo ministro Sérgio Motta, e a emissora foi devolvida à Arquidiocese de São Paulo, sendo reinaugurada em outubro de 1999.

Boff e a liberdade de expressão na Igreja

A Igreja dos Pobres encontraria adversários ainda mais poderosos no próprio Vaticano. Sobre a teologia da libertação, cabem as considerações de um de seus criadores, Gustavo Gutierrez, transcritas a seguir:

> Refletir sobre a presença e a atuação da Igreja no mundo significa também estar aberto a este último, juntar as questões que se propõem nele, estar atento aos azares de seu futuro histórico.
> Uma nova forma de presença e ação da Igreja esboçou-se na América Latina. Poderíamos chamá-la uma pastoral profética, que se constitui num aprofundamento às pastorais da nova cristandade e da maturidade na fé.
> A pastoral profética dá um passo no sentido de reagir vivamente contra uma Igreja sustentáculo da ordem injusta em que vivemos. Uma denúncia profética das injustiças sociais surge como uma das grandes tarefas da Igreja.
> Esta linha pastoral estaria representada sobretudo por militantes — e ex-militantes — de movimentos apostólicos laicos de jovens, operários, camponeses e estudantes. Grupos todavia minoritários na Igreja latino-americana que deram os primeiros passos nesse caminho.

A pastoral profética responde à pergunta: se todos os homens são salvos em princípio, pertençam ou não à Igreja, qual então será a missão da Igreja? A resposta é que sua missão não é a de salvar, no sentido de que somente dentro dela se dá a salvação. O que salva é Cristo, e a Igreja revela fundamentalmente sua experiência de comunhão com Deus e com os homens.[1]

Pois bem, em 1982, o teólogo franciscano Leonardo Boff publicou, nessa linha de pensamento, seu livro *Igreja, carisma e poder*. A Congregação para a Doutrina da Fé, em correspondência de maio de 1984, convidou-o para um colóquio em virtude de reservas a conceitos emitidos no livro, que reproduzia escritos publicados anteriormente, sobre o sistema de poder vigente na cúpula da Igreja. O problema, na verdade, estava relacionado com a teologia da libertação.

Em março de 1985, o Osservatore Romano, órgão oficial da Cúria Romana, publicava uma notificação sobre o assunto. No dia 20, frei Leonardo Boff, em comunicado distribuído à imprensa, acatou os pontos de vista constantes do documento e acolheu reservas feitas a alguns trechos do livro. Não obstante, a Congregação para a Doutrina da Fé, em 26 de abril de 1985, em carta assinada pelo cardeal Joseph Ratzinger (hoje papa Bento XVI) e pelo arcebispo Alberto Bovone, comunicava ao ministro-geral da Ordem dos Frades Menores, padre John Vaughn, que haviam sido adotadas algumas providências de caráter disciplinar, aprovadas pelo papa João Paulo II. Essas medidas determinavam a observância de um período de silêncio obsequioso para Boff, a renúncia à sua responsabilidade na redação da *Revista Eclesiástica Brasileira* e a sujeição de seus escritos teológicos à censura prévia. Essas medidas lhe foram comunicadas pelo ministro-geral da Ordem dos Frades Menores por carta de 2 de maio de 1985.

....

1. *Líneas pastorales de la Iglesia en América Latina*, Lima, CEP, 1986.

A punição teve intensa repercussão no Brasil e no exterior. Importantes setores da sociedade brasileira reprovaram a decisão, que calava uma das vozes mais autorizadas do Ministério da Igreja, da maior relevância para o povo pobre do Brasil e da América Latina, que nela encontrava e encontra conforto e esperança. Diante disso, mobilizaram-se entidades leigas, ligadas ou não à Igreja Católica, para pleitear – usando de um direito assegurado pelo Código de Direito Canônico – a revisão das punições pelo papa, última instância em tudo o que se refere a injustiças praticadas na Igreja. Muita exploração se fez em torno desse fato. A imprensa mais conservadora, fazendo tábula rasa da questão de fundo, situou-se numa crítica superficial. Até mesmo pastores categorizados, sem se aprofundar em maiores indagações, investiram contra o movimento a favor de Boff, repudiando uma suposta pretensão, que jamais existiu, de submeter uma decisão de um órgão da Igreja a tribunais leigos, quando o que se buscava fazer era tão-somente pleitear do papa, em sua autoridade maior, a revisão de um procedimento – nem sequer se poderia falar em processo – que atropelara as regras mais comezinhas de direito, que determinam ampla defesa a quantos suportam uma acusação. Essas regras foram esquecidas, quando o próprio direito canônico as assegura de forma clara e precisa. Essas e muitas outras, como a que procura, antes de punir, a correção espontânea de falhas cometidas.

As punições impostas pela Congregação para a Doutrina da Fé incidiram em erros formais e substanciais. Boff, antes mesmo de se apresentar ao colóquio a que fora chamado, foi censurado por carta. Nem sequer foi submetido a uma acusação formal, o que é inadmissível em direito, seja comum ou canônico. Isso no aspecto puramente processual da questão, se bem que, se ela for vista pelo aspecto substancial, verificar-se-á que é, por igual, de todo insustentável. Impedir uma pessoa de exercer o direito de expressão é infringir o direito universalmente aceito. Percebe-se aqui flagrante contradição, pois, se a Igreja, por seus regramentos, por suas encíclicas e pela palavra de seus papas – e João Paulo II defendeu ardorosamente os direitos do homem –, se põe na posição de defensora do direito de liberdade de expressão, não poderia determinar o silêncio a um de seus membros.

Aliás – e isso serve para quantos teimam em afirmar que o recurso interposto poderia ser causa de divisão, quando, na realidade, se tratava de um convite à união em torno do respeito à dignidade humana –, a Igreja, como Estado, subscreveu em 1975, em Helsinque, tratado formal em que se obrigou a defender, com boa-fé, a liberdade de expressão do pensamento.

Nessas condições, talvez por seu ineditismo, o recurso interposto e apresentado ao papa tenha sido objeto de incompreensão. Na realidade, ele representava um passo importante da comunidade católica, no pleno exercício de um direito, ou de um direito-dever, de se dirigir ao chefe da Igreja diante de uma injustiça cometida no seio da própria Igreja, que não se confunde apenas com sua hierarquia, mas compreende também o chamado "povo de Deus", em sua participação na construção do reino, cuja realização se fundamenta no amor, na justiça e na paz. Recebemos, eu e o professor de direito social e teologia José Queiroz, da PUC-SP, a incumbência de recorrer ao papa para que as medidas disciplinares adotadas contra Boff fossem revogadas.

Invocando claros dispositivos do Código de Direito Canônico, que assegura o direito a qualquer fiel de recorrer à Santa Sé em causas contenciosas ou penais, em qualquer grau de juízo e em qualquer estado do processo, ingressamos com recurso. Fomos a Roma, logo após a publicação da censura, em maio de 1985, e solicitamos uma audiência com o cardeal Agostinho Casaroli, chefe do Departamento do Estado do Vaticano. Explicamos nossos objetivos e as razões do recurso. Pediram que aguardássemos. Dois dias depois, em um telefonema por mim recebido no hotel onde nos hospedamos, fomos informados de que teríamos um encontro com o cardeal Roger Etchegaray, presidente da Comissão de Justiça e Paz do Vaticano. Observei que talvez não fosse essa a melhor solução. Meu interlocutor foi curto e grosso: "É o que foi decidido."

O cardeal Etchegaray nos recebeu cordialmente. Argumentei com ele que, segundo pensávamos, o destinatário do recurso deveria ser o chefe do Departamento de Estado. Reconhecendo a procedência de nosso ponto de vista, pediu um momento para fazer uma consulta. Esperamos um longo tempo, findo o qual o cardeal retornou e nos disse que poderíamos entregar o recurso em suas mãos, que ele se comprometia a levá-lo pessoalmente ao papa. Entregamos a ele o documento, redigido em três idiomas: português, francês e italiano.

A iniciativa teve grande repercussão na imprensa internacional. Na ocasião, reunimo-nos com representantes da Associação Internacional de Juristas, em Paris, e com representantes da Comissão de Direitos Humanos da ONU, em Genebra. No mesmo sentido, tivemos uma entrevista com representantes, também em Genebra, do Conselho Mundial de Igrejas. O contato com os organismos e as organizações internacionais não teve por objetivo pressionar o papa, que não pode ser pressionado por sua natureza e essência, mas favorecer a adoção de uma atitude que o povo do Terceiro Mundo aguardava com ansiedade: a devolução da palavra a um de seus mais autorizados pastores.

Não faltaram as críticas. O então cardeal primaz do Brasil, dom Eugênio Salles, pronunciou-se contrariamente ao recurso. A Cúria Romana não voltou atrás na punição. A propósito de nosso recurso, muitos anos depois, encontrava-me então como deputado, na Câmara Federal, quando recebi uma comunicação da Cúria Romana, por intermédio de seu representante em Brasília, de que o documento fora encaminhado à consideração de João Paulo II e nada mais.

Inventário da tortura

Em 1985, com prefácio de dom Paulo, foi lançado o livro *Brasil: nunca mais*, relatório de violações de direitos humanos ocorridas durante a ditadura militar, com a indicação de vítimas e autores. Vários médicos-legistas foram mencionados por terem se comprometido na elaboração de laudos para o acobertamento de mortes sob tortura. Entre eles, Elias Freitas e Rubens Pedro Macuco Janini, que atuaram no Rio. Eles ingressaram em juízo com queixas-crime por delitos contra a honra, atribuindo responsabilidade penal a dom Paulo. Mário Simas, advogado que atuara amplamente contra a Justiça da ditadura, obteve o trancamento da ação promovida por Janini, ajuizada no Rio.

Atuando conjuntamente com o advogado Mário Simas, não obtivemos o reconhecimento da decadência da ação ajuizada perante aquela mesma Justiça por Elias Freitas, em primeira instância, motivo pelo qual interpusemos recurso para a instância superior. Tratava-se, a meu ver, de procedimento político tendente a intimidar o cardeal de São Paulo, tentando acusá-lo por crime de calúnia, em decorrência de apurações factuais, num livro-libelo a mostrar as entranhas da ditadura. A obra, ademais, não era da responsabilidade pessoal de dom Paulo, mas da Arquidiocese de São Paulo, como ficara esclarecido no processo. Lembrei-me de solicitar a ajuda do então governador do Rio, Leonel Brizola. Em audiência, pedimos que Brizola nos indicasse advogado competente e de prestígio que pudesse pleitear com segurança perante a Câmara do Tribunal de Alçada Criminal. O governador indicou Wilson Mirza, que se saiu brilhantemente. A decisão de primeira instância foi repelida por unanimidade.

Menos poder a dom Paulo

Em abril de 1988, a comunidade católica de São Paulo recebeu a notícia de que a Cúria Romana cogitava reformar a estrutura da arquidiocese, transformando a maioria das nove regiões que a compunham em diversas dioceses autônomas, de modo que deixasse sob a responsabilidade de dom Paulo apenas as que se circunscrevessem às regiões centrais. Com isso se pretendia impedir ou dificultar sobremaneira o prosseguimento do trabalho na periferia da cidade, onde se vinha fomentando uma ação pastoral dirigida aos pobres.

A estratégia de dom Paulo fundamentava-se na ação coordenada de seus bispos auxiliares, que executavam o plano de trabalho resultante de consultas e de reuniões com as várias comunidades. Portanto a participação de religiosos e leigos era a tônica das atividades, de sorte que levasse a consciência e a esperança ao povo pobre e marginalizado. A Arquidiocese de São Paulo estava em paz, trabalhando proficuamente para o estabelecimento do Reino de Deus. Por que, então, pergunta-se, interferir em sua estrutura, com reflexos no bom andamento de suas tarefas? E isso sem pelo menos estabelecer um sistema de consultas a seus leigos e religiosos.

Os leigos de São Paulo, representados por várias entidades, subscreveram petição em que pediam a manutenção da unidade até então existente. Para tanto, invocavam o cânon 212, em seu § 2.º, do Código de Direito Canônico, que lhes dava o direito de se dirigirem aos pastores da Igreja para manifestar suas próprias considerações e anseios. Para fundamentar suas intenções, as entidades também se basearam nos preceitos dos cânones 208, 210 e 211, os quais mostram que os leigos – parcela mais importante do povo de Deus – podem e devem intervir para que a realidade dos fatos se ajuste à tomada de decisões que importam na satisfação dos interesses maiores da Igreja. As entidades representativas dos leigos observaram que, se a Igreja continuasse agarrada a uma compreensão hierárquica e piramidal, ocorreria um retrocesso relativamente àquilo que há na legislação canônica, indicativo do espírito moderno de um reconhecimento implícito da igualdade entre os homens, no caso entre os fiéis, sejam religiosos ou não. Na verdade, se compreendermos a Igreja como aparece nas diversas correntes e tradição do Novo Testamento – de que as comunidades eclesiais são o primeiro e essencial lugar da realização da Igreja −, tornar-se-á evidente que o esquecimento desse princípio vital não serve ao povo.

João XXIII, na encíclica *Mater et Magistra*, exorta seus filhos de todas as partes da Terra, do clero e do laicato, a tomar plena consciência da grande nobreza e dignidade de estarem unidos a Jesus Cristo, como os ramos à videira: "Eu sou a videira, vós os ramos" (Jo 15,5), e de poderem participar de sua própria vida divina. Portanto, conclui o sábio papa, "se os fiéis cristãos se unem espiritual e mentalmente ao Santíssimo Redentor, mesmo quando exercem suas atividades temporais, sem dúvida o trabalho deles se torna, de certo modo, continuação do trabalho do próprio Jesus Cristo, recebendo Dele sua força e virtude redentora: 'O que permanece em mim e Eu Nele, este produz muito fruto'".

Não obstante todos os esforços, a arquidiocese foi dividida. Dom Paulo não se abalou. Seu prestígio estava e está acima de intrigas da Cúria Romana.

Homenagens merecidas

Em 1982, enviei à Niwano Peace Foundation, que, entre outras iniciativas, confere prêmios àqueles que mais se distinguem no mundo na defesa dos direitos humanos, uma indicação para que dom Paulo fosse premiado, como já havia ocorrido com dom Hélder Câmara. A indicação ganhou corpo e, em 1994, ele recebeu o prêmio. Foram US$ 200 mil, que ele destinou à construção da Casa de Oração do Povo de Rua, inaugurada em 1997.

Em 1998, promovi uma sessão solene na Câmara dos Deputados para homenagear dom Paulo, que se aposentava como arcebispo de São Paulo. Ao final, ele falou sobre a esperança que todos devemos guardar na realização de uma democracia em que haja mais igualdade e justiça. O tema escolhido não poderia ser mais apropriado, pois resume sua grande contribuição.

NO LEGISLATIVO

Ao anunciar que me candidatava à Câmara dos Deputados nas eleições de 1990, recebi, desde logo, o apoio de um grande nome do partido, Vinícius Caldeira Brant. Ele havia conhecido os anos duros da ditadura em sua própria carne, quando foi torturado quase até a morte. Acredito que tenha sido a atuação rápida de dom Paulo no Comando do II Exército que salvou sua vida. Fundador do partido e militante valoroso, não poderia receber melhor apoio. Ele me apresentou outro petista que conheceu na prisão no regime militar, Luiz Alberto Ravaglio, para nos ajudar a organizar a campanha. Contei ainda com o apoio de meus filhos, que se engajaram na candidatura e me deram grande ajuda.

Nessas eleições, Plínio de Arruda Sampaio foi candidato ao governo do Estado. Ele não se elegeu em 1982, quando se candidatou a deputado federal, e somente conseguiu a aprovação das urnas em 1986, com um bom empurrão da Igreja e de seus amigos. Disputando uma cadeira para a Câmara, pude colaborar com sua campanha, mas sabíamos das dificuldades. O eleitorado paulista é por demais conservador, e o PT não representava ainda uma alternativa real de poder. Ademais, o partido, em sua costumeira autofagia, não apoiou como devia a candidatura de Plínio, que ao final teve uma votação inexpressiva. Lembro-me de uma programação em Campinas, na qual o Lula deveria comparecer para reforçar a campanha para governador e, inexplicavelmente, não foi. Encontrei-me com Plínio no gabinete de Jacó Bittar, então prefeito da cidade, que em decorrência do desencontro mostrava-se bastante desgastado. Lembre-se que as disputas internas afastaram lideranças importantes, entre as quais a do legendário Apolônio de Carvalho, um dos maiores expoentes da esquerda, brasileira e mundial.

Percorri todo o Estado e cheguei a obter quase 100 mil votos. A militância do PT atuava segundo o ideal socialista. Fazia a propaganda de seus candidatos em nome do partido, sempre atuando de forma voluntária. Minha candidatura teve uma abrangência maior do que os limites do PT, em razão do meu engajamento na defesa dos direitos humanos, nas investigações sobre o Esquadrão da Morte, na defesa da anistia dos presos e exilados políticos e no movimento das Diretas-Já. Tanto isso é verdade que, consultando o mapa eleitoral daquele pleito, verifica-se que obtive votos em praticamente todo o Estado. Isso decorreu também, em grande parte, do auxílio da Igreja – do trabalho de seus bispos e padres, que adotaram minha candidatura.

Emendas na Constituição

Ao apresentar-me como candidato, pretendia me empenhar, de acordo com o ideário maior da defesa dos direitos humanos, na apresentação de três emendas constitucionais que viessem 1) a reformar o sistema de segurança pública, mediante a criação de uma polícia civil altamente profissionalizada, 2) reformar o Poder Judiciário, ampliando o acesso à Justiça, e 3) transformar a organização prisional, promovendo a ressocialização dos presos. Consegui, desde logo, o apoio necessário para a tramitação dessas emendas. As duas primeiras foram aprovadas pela Comissão de Constituição e Justiça (CCJ) e apreciadas em Comissões Especiais. A terceira foi examinada pela CCJ, mas não prosseguiu em sua tramitação, pois não foi instituída a devida Comissão Especial, necessária, conforme o Regimento Interno da Câmara, ao exame do mérito. As três propostas decorriam das idéias que havia desenvolvido desde os meus tempos de promotor público. Entendia que a descentralização do sistema policial, judiciário e penitenciário, aliada a uma atuação integrada desses órgãos, seria fundamental para a criação de um verdadeiro sistema de atendimento popular de segurança pública.

Por uma nova polícia

A primeira dessas emendas objetivava a desmilitarização das polícias militares, com sua desvinculação do Exército, unificando-as, no âmbito estadual, com as polícias civis. A nova polícia passaria a contar com um segmento uniformizado, para atuar no policiamento ostensivo, e com um segmento em trajes civis, para as questões da polícia judiciária e investigativa. Com essa providência, a Justiça Militar estadual seria extinta. A emenda foi recebida com entusiasmo pela grande maioria dos policiais militares pertencentes aos postos iniciais da hierarquia: soldados, cabos e sargentos. Mas a oficialidade se opôs a ela com o apoio velado do Exército – as polícias militares ainda são qualificadas pela Constituição como forças auxiliares do Exército, estando subordinadas a ele.

Houve muitos obstáculos à tramitação dessa proposta. O relator da Comissão Especial, deputado Hélio Rosas (PMDB-SP), mantinha íntimas relações com a PM do Estado, assim como a maioria dos deputados que compunham a comissão. Além disso, os partidos de esquerda não conferiram ao tema a atenção que ele merecia. O parecer do relator, como era de esperar, opinou pelo arquivamento da emenda, tendo sido aprovado num desses golpes imorais que a maioria impõe às minorias: apreciado numa votação relâmpago, não se permitiu sequer o pronunciamento do autor da emenda.

Reforma do Judiciário

A proposta de emenda constitucional de reforma do Poder Judiciário também teve uma tramitação conturbada como conseqüência de grandes interesses em jogo. O projeto foi completamente desfigurado por vários substitutivos. A reforma, promulgada muito tempo depois, em dezembro de 2004, é, infelizmente, de pouco alcance[1].

Tendo em vista os problemas verificados na discussão e andamento da reforma do Judiciário, penso que se deveria refletir sobre a pertinência, ou mesmo a legalidade, da apresentação de substitutivo à proposta de emenda à Constituição que, em termos práticos, constitui-se em nova proposta de emenda. Exige-se para a apresentação de um projeto de alteração da Constituição, mesmo que seja para mudar outra emenda constitucional, o apoio de um terço dos membros da Câmara ou do Senado. Assim, é esdrúxulo que o relator de Comissão Especial possa apresentar um substitutivo subscrito somente por ele.

....

1. A transferência de competência para a Justiça Federal de crimes graves relacionados às violações dos direitos humanos poderia ser apontada como avanço da reforma. O procedimento aprovado é, no entanto, equivocado, ao afunilar no procurador-geral da República a decisão sobre a aceitação do pedido de deslocamento de competência, a ser em seguida julgado pelo Superior Tribunal de Justiça. Trata-se de um procedimento autoritário e demorado, ao se concentrar tamanho poder no procurador, tornando inócua a medida.

Em vez de procurar, mediante a reforma, alcançar as metas pretendidas pela emenda originária, sobretudo facilitar o acesso do cidadão à Justiça e torná-la mais dinâmica, preferiu-se cair na vala comum de quantos querem privilegiar os interesses do Estado. A súmula com efeito vinculante é um exemplo. Trata-se de um retorno, com novas vestes, ao arbítrio dos governos militares. A medida institui o mecanismo pelo qual os juízes das instâncias inferiores ficam obrigados a seguir as orientações consolidadas pelo Supremo Tribunal Federal. O objetivo é reduzir recursos, mas o instrumento guarda forte semelhança com a avocatória, procedimento criado no regime militar para engessar a magistratura, permitindo que os tribunais travassem processos em tramitação na primeira instância quando estes estivessem em discordância com decisões das cortes superiores. Ninguém duvida que o direito se faz, muitas vezes, segundo os ensinamentos da jurisprudência, mas uma coisa é a jurisprudência criativa e criadora do direito, entregue ao livre debate de seus operadores, e outra é o engessamento imposto pela súmula. Se for para simplesmente seguir o decidido, então para que investir tanto na formação de juízes? Bastaria nas salas de audiência um computador para decidir o direito das partes, segundo o entendimento das cúpulas judiciárias.

Deixou-se, ademais, inteiramente de lado a idéia de transformar o Supremo Tribunal Federal em Corte Constitucional, ou de entregar a um Tribunal Superior de Justiça ampliado, funcionando em turmas, a jurisdição comum de última instância. Não se disse uma única palavra sobre a democratização na escolha dos juízes, sejam estaduais, sejam federais. Ignorou-se o regime de mandato para os tribunais superiores. Preferiu-se manter, em tudo, o sistema anterior, que se constitui em inegável freio à autonomia do Judiciário.

A proposta de criação de um órgão de controle externo, consubstanciada no Conselho Nacional de Justiça, é ruim. Não é com a criação de órgãos burocráticos que o problema do controle externo da magistratura será resolvido. O controle ocorrerá quando os órgãos judiciais se aproximarem da população, e esta, com instrumentos adequados, passar a ser o próprio agente do controle, mediante a atuação dos representantes do Ministério Público e das entidades da sociedade civil. O resto é pura enganação. Um questionamento pertinente: e se o órgão de controle não funcionar? Cria-se outro acima dele?

À margem da bancada, com Florestan

Foi no meu primeiro mandato que ocorreram as maiores batalhas na Comissão de Constituição e Justiça, com as discussões sobre revisão constitucional, sobre a escolha entre parlamentarismo e presidencialismo e sobre os procedimentos para a cassação de Collor e de deputados que atentaram contra o decoro parlamentar na Comissão de Orçamento.

Não participei diretamente do processo de *impeachment* do presidente da República porque a liderança do PT preferiu indicar os deputados José Dirceu e Aloizio Mercadante como representantes do partido. Quando se instalava a CPI para apurar as denúncias de corrupção na Comissão de Orçamento, o presidente da comissão, senador Jarbas Passarinho, consultou-me para saber se eu aceitaria ser o relator. Aceitei, mas o partido barrou. A participação na comissão dependia, conforme determina o Regimento Interno da Câmara, de indicação do então líder da bancada, Eduardo Jorge. Ele me disse que já havia feito as designações dos membros do PT e, dessa maneira, não poderia alterá-las, esgotado que estava o número de deputados que cabiam ao partido.

Meu grande companheiro entre os deputados petistas foi Florestan Fernandes. Ele havia sido eleito deputado constituinte em 1986. Reeleito em 1990, participou da comissão que formulou a Lei de Diretrizes e Bases da Educação. Nós nos encontrávamos nas reuniões de bancada, quando eram propostas e discutidas as orientações que deveríamos seguir na apreciação e votação dos projetos apresentados ao Plenário. Votávamos de acordo com que era concertado, mas nos era facultado sustentar nossos pontos de vista pessoais no Plenário – o que representava na verdade nossa discordância relativamente ao que a bancada decidia. Isso era muito importante para a aferição dos resultados das votações, pelo peso de quem sustentava as posições.

Logo de início, notamos, Florestan e eu, uma identidade de princípios, o que nos aproximou e resultou em uma atuação afinada que, muitas vezes, conduziu a mudanças de curso nas votações de projetos no Plenário. Florestan, assim como eu, não era do "não" sistemático, o que nos diferenciava entre os petistas. Éramos também os mais velhos da bancada. Nossa experiência de vida não tolerava o engessamento da liberdade de expressão, que considerávamos muito acima da obediência que o partido pudesse nos impor.

No final de 1994, Florestan estava fisicamente bastante desgastado, mas para mim era muito gratificante fruir de sua companhia. Esse apoio recíproco, passados mais de dez anos, ainda me comove. Sua morte, em 1995, abriu um vácuo que não foi preenchido, seja no PT, seja no cenário político brasileiro, seja na inteligência nacional.

Ameaças

A emenda constitucional que desmilitariza as polícias teve enorme repercussão e me custou ameaças. Isso porque apresentei projetos que retiravam da Justiça Militar a competência para o julgamento dos delitos cometidos por PMs contra civis quando em atividades de policiamento. De fato, num país democrático, não cabe uma Justiça especial, corporativa, implacável no que respeita às infrações militares concernentes à disciplina, mas complacente com crimes cometidos contra a população.

Em agosto de 1993, recebi uma denúncia feita por um oficial da Polícia Militar paulista, acompanhada de fotocópia de uma suposta decisão do comando da corporação, em que se planejava minha eliminação. O crime seria cometido por menores de idade, para simular um assalto. O nome da operação era Alfa 3. Levei o fato ao conhecimento do Ministério Público, mas até hoje não tive resposta, embora na fotocópia do documento a mim enviada constasse a assinatura do responsável pela operação, um certo coronel Profício.

Antes, em junho desse mesmo ano, fui designado pela Câmara para participar da Conferência Mundial sobre Direitos Humanos que se realizou em Viena. Em minha ausência, Vert, nosso cão, desapareceu. Soubemos que um veículo não-identificado rondava nossa casa. Não tenho dúvidas, Vert foi retirado de minha residência por policiais militares e certamente sacrificado. Por quê? A PM, com essa atitude, mostrava seu poder, assinalando que minha casa, os meus e eu éramos vulneráveis. Assim, era melhor que eu não mexesse com a corporação. A PM tudo podia e ainda pode. Mas não parei. Denunciei publicamente esses fatos e prossegui na luta contra a impunidade dos PMs.

O inquérito policial instaurado para apurar a denúncia sobre minha eliminação estendeu-se por mais de sete anos, mas nunca foram realizadas diligências para a apuração dos fatos. Criaram-se todos os tipos de dificuldades para esclarecer a acusação, e o Ministério Público se curvou a elas. Diante de tantos empecilhos, como não acreditar que a operação para meu assassinato não existiu? Tendo esgotado todos os recursos para conseguir que os fatos fossem investigados, apresentei uma denúncia à Comissão Interamericana de Direitos Humanos, mostrando que o Ministério Público violava as regras do devido processo legal, previstas na Convenção Americana sobre Direitos Humanos.

A justiça da impunidade

A árdua luta para que se estabeleçam limites à atuação da Justiça Militar estadual continua. Essa instituição corporativa é responsável pelo alto índice de impunidade na corporação. Na tentativa de limitar sua competência no julgamento dos crimes cometidos por PMs contra civis, apresentei dois projetos de lei. A CPI que investigou a eliminação de crianças e adolescentes apresentou um projeto a esse respeito. A esse texto, apresentei um substitutivo, que foi derrotado no Plenário. Então propus um segundo que, aprovado, se converteu na Lei n.º 9.299, de 7 de agosto de 1996, que determina que os delitos dolosos contra a vida praticados por PMs contra civis sejam julgados pela Justiça Comum. Foi um avanço, ainda que insuficiente.

Em seguida, apresentei um terceiro projeto, aprovado pela Câmara com alterações para pior. Foi então encaminhado ao Senado, onde permanece desde 1998. Ali recebeu um substitutivo que restabelece o texto original apresentado à Câmara. Nessa luta tive um grande aliado, e não foi o PT, que apenas observava o embate, sem me apoiar com decisão. E quem era esse aliado? O deputado Luís Eduardo Magalhães, do PFL da Bahia. Como presidente da Câmara, conseguiu que aprovássemos o melhor projeto até hoje apresentado a esse respeito, por sua maior abrangência, transferindo para a Justiça comum todos os delitos cometidos fora dos quartéis. Luís Eduardo, que viria a morrer precocemente em 1998, pediu-me que o acompanhasse na entrega do projeto ao então presidente do Senado, José Sarney. O presidente da Câmara acentuou a necessidade de que se aprovasse rapidamente o projeto no Senado. Porém isso não ocorreu. E não foi por falta de vontade do governo. Não obstante tivesse o Executivo pedido urgência na tramitação do projeto, ele o fez no momento menos propício, quando suas molas propulsoras, Luís Eduardo e o ministro da Justiça, Nelson Jobim, decisivo na votação na Câmara, encontravam-se fora do Brasil.

Não sei por que cargas-d'água o projeto foi redistribuído ao senador Edison Lobão (PFL-MA), que sentou, como se diz, em cima dele, com o argumento a mim transmitido de que se tratava de um projeto que lhe estava custando muitas pressões... Até hoje o texto continua engavetado, talvez arquivado, sob os olhos complacentes do Executivo, que não move uma palha para desencravá-lo das mãos do terceiro ou quarto relator designado. Fala-se que o problema poderia ser solucionado com a extinção completa da Justiça Militar no país, mas sou absolutamente cético quanto a isso.

Uma receita de pizza

A CPI do Orçamento, como ficou conhecida, apontou vários deputados e senadores como autores diretos ou indiretos de atos de corrupção ou de práticas incompatíveis com a moralidade administrativa, que causaram o enriquecimento ilícito de todos eles. Não tendo sido indicado pelo partido, permaneci como espectador do processo, atuando, entretanto, quando as acusações foram entregues à CCJ. Em março de 1994, fui designado relator no processo em que foi incriminado o deputado Ricardo Fiúza, de Pernambuco, político de prestígio, ligado às mais significativas lideranças do PFL.

Nos trabalhos de apuração, foi de muita valia a dedicação de Paulo Oliveira, meu assessor jurídico. Durante o prazo que foi definido para levar à CCJ o resultado de meu relatório, recebi algumas vezes Fiúza em meu gabinete. Sem usar uma linguagem direta, era evidente que ele pretendia um pronunciamento que lhe fosse favorável. Quando percebeu que não conseguiria alcançar seu intuito, voltou-se com violência contra mim, concedendo entrevistas em que se dizia vítima de um "raivoso" PT. Não me impressionei e levei meu trabalho a termo, pleiteando sua cassação.

Meu relatório estava pronto para ser analisado quando fui surpreendido por uma entrevista, publicada na *Folha de S.Paulo* em 16 de abril de 1994, do procurador-geral da República, Aristides Junqueira, que até certo ponto favorecia Fiúza. Procurei-o, dizendo-lhe que meu empenho em obter um resultado justo no caso poderia ser prejudicado por sua entrevista. Ele disse que suas palavras foram mal interpretadas pelo jornalista. Para mostrar que isso era verdade, tinha em suas mãos uma minuta de denúncia-crime contra o deputado, por delitos de corrupção, só faltando encaminhá-la ao Supremo Tribunal Federal. Ele até me entregou uma cópia da denúncia. Respondi que pouco valia uma minuta e que ele deveria oferecê-la ao Judiciário.

No julgamento na CCJ, ficou evidente o empenho do PFL e do PMDB em conseguir uma decisão favorável a Fiúza. As grandes figuras desses dois partidos compareceram ao julgamento na comissão para mostrar a seus membros qual deveria ser o caminho a seguir. Na ocasião, os deputados Nelson Jobim e José Luiz Clerot se desdobraram em pontuar circunstâncias que, no entender deles, desfigurariam a acusação contra Fiúza. Lograram êxito, pois o relatório foi recusado por 30 votos contrários contra 22 favoráveis.

No Plenário, Fiúza apoiou sua defesa em larga medida na entrevista do procurador-geral da República. O presidente da Câmara, deputado Inocêncio de Oliveira, tendo em vista a relevância do caso, quebrou o regimento, dando a palavra a mim, que havia sido vencido na CCJ e não tinha direito de me pronunciar. O resultado foi 232 votos a favor da cassação e 208 contra. Não obstante os votos por sua condenação terem sido superiores aos que o absolviam, o deputado não foi cassado, pois não se obteve o quórum regimental necessário de 256 votos. Além dessa decisão lamentável, registre-se que o procurador-geral da República ficou imóvel e, não obstante a documentação que indicava o cometimento de delitos, nenhuma ação foi proposta contra o deputado.

Comissão de Direitos Humanos

Entre 1996-97, fui designado pelo PT para a presidência da Comissão de Direitos Humanos da Câmara. Com o decidido apoio de Luís Eduardo, ampliamos as instalações da comissão e pudemos dar a ela a infra-estrutura necessária para seu funcionamento. Durante minha gestão, realizamos dois eventos importantes. A Conferência Nacional de Direitos Humanos deu contribuições importantes ao Programa Nacional de Direitos Humanos, confiado ao discernimento e à competência do professor Paulo Sérgio Pinheiro. Ele e José Gregori organizaram vários eventos em diferentes regiões do país para, somente então, formular a proposta final do programa.

O segundo evento foi o Tribunal Internacional para julgar as chacinas de trabalhadores rurais ocorridas em Corumbiara (RO) e Eldorado dos Carajás (PA). Na primeira, em 1995, morreram nove sem-terra e dois policiais; na segunda, no ano seguinte, a baixa foi de 19 sem-terra. A esse julgamento compareceram, fazendo parte do corpo de jurados, personalidades como o escritor José Saramago e o magistrado francês Phillipe Texier.

As provas da acusação foram apresentadas na forma de vídeos, testemunhos e esclarecimentos do perito criminal Nelson Massini. Demonstrou-se, com absoluta transparência, a responsabilidade do governo do Estado do Pará. A Polícia Militar, a pretexto de desobstruir uma pista da rodovia PA-150, no município de Eldorado dos Carajás, investiu contra os trabalhadores com disparos à queima-roupa, visando, principalmente, órgãos vitais. A defesa se fez ouvir pelo advogado Antônio Carlos Castro, que, com muita habilidade, reconheceu os fatos, sem contudo qualificá-los. Os jurados se manifestaram oralmente e condenaram a ação do Estado. Reproduzo abaixo trechos do voto da senadora Marina Silva:

> Sinto que, no momento em que falamos de justiça, de liberdade, de fraternidade, de expiação e de reparação dos males cau-

sados pela ganância, talvez alguns estejam rindo de nós. Com certeza a violência policial está rindo; com certeza os governos, indiferentes, estão rindo, e com certeza o conservadorismo, tão ávido por destruir qualquer sinal de renovação, está rindo. Mas não fiquemos tristes. Há um poeta, cujo nome não me lembro, que nos diz que, por mais contraditório que pareça, isso é um bom sinal. Diz o poeta: "Quando o sábio superior ouve falar do caminho, ele o segue imediatamente. Quando o sábio mediano ouve falar do caminho, às vezes o segue, às vezes não. Mas, quando o sábio inferior ouve falar do caminho, ele dá sonoras gargalhadas, e, se ele não der sonoras gargalhadas, então não é o caminho. Portanto, se buscas o caminho, segue o som das gargalhadas." Vamos continuar seguindo o som das gargalhadas dos que riem do que estamos fazendo aqui, porque estamos no caminho certo. [...]

Elenco os que, gostaria, fossem julgados na condição de coautores da chacina praticada. Em primeiro lugar, a República Federativa do Brasil, por governar sem se importar, por reprimir sem exemplar, por muito ser e nunca estar. Segundo, os excessos do Poder Judiciário, por condenar sem mediar, por repartir sem pesar e por apontar os caminhos sem sequer se dar ao trabalho de olhar. Lamentavelmente, pelos processos judiciais não seria possível julgar todos esses elementos para depois condená-los. É por isso que, em nome dos sem-terra de Corumbiara, de Eldorado dos Carajás e das pessoas que ainda têm a capacidade de se revoltar e se indignar contra esse tipo de barbaridade, condeno aqui os Estados de Rondônia e do Pará, por se omitirem de evitar, por se empenharem em insuflar, por se omitirem de reparar. [...] Condenemos aqui, todos nós, ética, moral, social, espiritual e culturalmente, todos os corações e mentes indiferentes que nada vêem, ouvem ou sentem nas dores dessa tragédia que nos torna menos gente.

Esse evento teve grande repercussão. Tragicamente, após dez anos, permanece a impunidade dos responsáveis pelos massacres.

O dinheiro das campanhas

O grande problema da política brasileira é o financiamento das campanhas, o que é bem visível no Congresso. O dinheiro oriundo das empresas privadas — grandes empreiteiras, bancos, grupos industriais e comerciais — está rebaixando a cada legislatura o nível ético e intelectual do Parlamento. Esse processo eu senti bem de perto.

Na campanha de 1990, a militância do PT trabalhava por seus candidatos, num engajamento político que transcendia qualquer vantagem material. Era puro idealismo. Em meu primeiro mandato, participei de uma Câmara de razoável nível ético. Foi essa Câmara que decretou o *impeachment* de Collor e cassou muitos deputados envolvidos em casos de corrupção. Mas já se identificavam problemas. Havia uma certa amarração entre parlamentares e prefeituras. O deputado se transformava numa espécie de corretor dos municípios junto ao governo, percorrendo os ministérios em busca de verbas para viabilizar os interesses locais. Nós, do PT, deixávamos esse trabalho para o líder da bancada. As emendas apresentadas ao Orçamento não contemplavam os interesses deste ou daquele deputado, mas do partido. Visitas a ministérios para isso ou aquilo, nunca fiz, pois entendo que não têm a ver com as atribuições de um parlamentar.

Já em 1994, na disputa pelo segundo mandato, verifiquei uma grande diferença no comportamento da militância petista. Alegava-se que a situação econômica piorara muito e que nossos militantes só poderiam fazer nossa campanha desde que remunerados. De outra parte, alguns companheiros tinham campanhas muito ricas. Os papéis de folhetos eram de alta qualidade, inúmeros eram os *outdoors* estampando nossos candidatos; casas em bairros privilegiados serviam de comitês; muitos tinham comitês nas principais cidades do Estado. Ora, na minha campanha — em que gastei muito mais que na primeira, chegando a cerca de R$ 400 mil —, não pude ter nada disso. Meu único comitê ficava em duas salas cedidas pela Igreja num edifício em frente à Biblioteca Mário de Andrade, no centro. Lá, com quatro ou cinco companheiros dedicados, tratávamos de viabilizar a candidatura. Para ter uma idéia do poder econômico, quase não cheguei à metade da votação que tinha obtido em 1990. Registre-se que fui reeleito sem nenhuma ajuda do PT.

Pois bem, percebia-se um rebaixamento do Congresso em sua nova configuração. É que pessoas bem formadas – verdadeiros cidadãos – ou não conseguiram ser eleitas ou nem sequer disputaram em razão dos custos elevadíssimos da campanha. Com isso, o Congresso passou a ser povoado por nomes pouco representativos, eleitos pela força do dinheiro. Esse fenômeno constatei também no PT. Nesse novo contexto, onde se encaixaria um Florestan Fernandes? Caiu o nível do Plenário, caiu o da CCJ.

Essa decadência está ligada ao financiamento privado e ao caixa 2, em que os doadores não são mencionados e a Justiça Eleitoral não tem a mínima interferência. O caixa 2 também é fonte do enriquecimento ilícito de muitos representantes do povo, beneficiados pelos "restos de campanha". O financiamento público dos candidatos é uma boa idéia, mas não vai impedir o caixa 2 – será um mecanismo útil desde que as finanças dos candidatos sejam rigorosamente fiscalizadas, estabelecendo limites claros e eficazes.

A verdade é que também a Justiça Eleitoral tem sido conivente com o caixa 2. Sabe-se de sua existência, e não há procedimentos que demonstrem sua materialidade. É um faz-de-conta, a ponto de o presidente Lula ter declarado que o caixa 2 é um costume que tem a tolerância de todos.

Esse rebaixamento de nível dos políticos eleitos é que abre caminho para a corrupção mais deslavada, como aconteceu no episódio da reforma constitucional que instituiu a reeleição, no governo Fernando Henrique, e como acontece na atual legislatura, com a compra de parlamentares para obter a maioria no Congresso. O Executivo manobra o Legislativo e pretende fazer o mesmo com o Judiciário, numa atitude que não tem nada a ver com a divisão de poderes do sistema democrático.

A participação popular que a Constituição contempla passou a inexistir na medida em que os movimentos populares foram sendo sufocados pelo peso econômico dos partidos políticos. Dessa maneira, pratica-se no Brasil – governado por medidas provisórias e pela arrogância da alta administração da República – uma democracia formal, comandada por políticos que se deixaram embalar no sonho de um poder unilateral, muito próximo de uma ditadura.

Fim do ciclo na Câmara

Não disputei um terceiro mandato. Sempre entendi que a perpetuação de uma pessoa em cargo eletivo não permite a livre expressão do sistema democrático. O deputado que se eterniza no cumprimento de vários mandatos perde sua qualificação de representante popular para transformar-se em mandatário de sua própria vontade de permanecer no cargo. Acredito, porém, que é salutar uma reeleição, pois se amadurece nos primeiros quatro anos para atuar com mais desenvoltura nos quatro anos seguintes.

Em junho de 1998, antes de o Congresso Nacional entrar em recesso, anunciei aos colegas do Legislativo que não disputaria a eleição. "Existem momentos", dizia eu nessa ocasião, "em que somos chamados a definir sobre os nossos passos em direção ao futuro. Se as opções são mais fáceis na juventude, elas vão se tornando, a cada passo, mais difíceis."

Abrir um espectro maior à escolha popular é permitir um processo mais aberto da renovação parlamentar. Sempre entendi que a experiência dos mais velhos deve ceder o passo aos conhecimentos novos que surgem com os mais jovens. É o que acontece nos mais variados setores da atividade humana, e o Legislativo não é estranho ao natural evoluir das coisas.

Em janeiro de 1999, despedi-me da Câmara. Li, então, aos colegas uma passagem de Norberto Bobbio, de *O tempo da memória*, que traduz muito de todos os que, como eu, vamos trilhando os últimos passos:

> Se o mundo do futuro se abre para a imaginação, mas não nos pertence mais, o mundo do passado é aquele no qual, recorrendo às nossas lembranças, podemos buscar refúgio dentro de nós mesmos, debruçar-nos sobre nós mesmos, e nele reconstruir nossa identidade; um mundo que se formou e se revelou na série ininterrupta de nossos atos durante a vida, encadeados uns aos outros, um mundo que nos julgou, nos absolveu e nos condenou para depois, uma vez cumprido o percurso de nossa vida, tentarmos fazer um balanço final. [...] O tempo da memória segue um caminho inverso ao do tempo real: quanto mais vivas as lembranças que vêm à tona de nossas recordações, mais remoto é o tempo em que os fatos ocorreram. Cumpre-nos saber, porém, que o resíduo, ou o que logramos desencavar desse poço sem fundo, é apenas uma ínfima parcela da história de nossa vida. Nada de parar. Devemos continuar a escavar! Cada vulto, cada gesto, palavra ou canção que parecia perdido para sempre, uma vez reencontrado, nos ajuda a sobreviver.

Considerei, então, que o exercício do mandato parlamentar não é mensurável pelo número de propostas apresentadas ou de projetos que tenham merecido a aprovação. Ao lançar projetos de emendas constitucionais e de leis ordinárias, tive a oportunidade de trazer à tona, para discussão pela sociedade, problemas relevantes para a reestruturação dos órgãos do Estado responsáveis pela segurança, pela distribuição da justiça e pelo sistema penitenciário, tendo, sobretudo, em consideração a implantação dos direitos humanos à luz da atividade legislativa. Pudemos antever que mudanças nesses setores permitiriam a adoção de uma política de segurança pública que realmente viesse a atender aos anseios populares no que respeita à sua proteção pela polícia, ao seu acesso à Justiça e a um sistema penitenciário voltado para a recuperação do detento. O debate em torno da modernização desses órgãos do Estado prossegue, sem dúvida, com o engajamento dos mais diversos setores da sociedade civil. Certamente produzirá resultados para que a população brasileira possa encontrar as bases que possibilitem a construção de uma grande nação.

NAS COMISSÕES DE DIREITOS HUMANOS

Em 1994, fui convidado pela Comissão Interamericana de Direitos Humanos (CIDH) para prestar depoimento em sua sede, em Washington, sobre o problema da criança e do adolescente no Brasil. Alertava-se, no convite, que eu deveria arcar com os custos da viagem, em razão das dificuldades orçamentárias daquele órgão. Diante da relevância da matéria, resolvi assumir as despesas e, em fevereiro de 1995, apresentei-me à comissão, nela sendo introduzido pelo seu advogado, Manoel Velasco Clarcke. Perante o então presidente da CIDH, Álvaro Tirado Mejía, fiz um resumo da questão no tempo que me foi concedido, de apenas 15 minutos, apresentando por escrito as considerações que pareciam cabíveis. Na ocasião, Manoel Velasco ponderou sobre a possibilidade de o governo brasileiro indicar meu nome para concorrer a uma das duas vagas que estariam disponíveis na comissão em 1997.

O preenchimento das vagas na CIDH se dá por eleição em voto secreto, em Assembléia Geral da Organização dos Estados Americanos (OEA). Os candidatos são apontados pelos países-membros. Eleito, o candidato deverá cumprir um mandato de quatro anos, podendo ser reeleito por mais quatro. Pensei sobre o assunto, dando dele conhecimento a dom Paulo, que desde logo se prontificou a obter do presidente Fernando Henrique a indicação de meu nome. Quero reiterar que já conhecia o presidente de longa data. Não obstante suas referências pouco elogiosas ao relatório por mim apresentado na Câmara sobre o deputado Ricardo Fiúza, mantivemos relações pautadas pelo respeito, que deve presidir a convivência entre homens públicos.

O presidente determinou a indicação de meu nome, o qual mereceu a consideração da Assembléia Geral da OEA em maio de 1997. Fui eleito para o quatriênio 1998-2001. Nos movimentos finais do pleito, quero ressaltar o apoio do representante do Brasil na OEA, o ex-presidente Itamar Franco. Nessa ocasião, conheci Robert Goldman, professor da American University que depois seria presidente da comissão. Ele também trabalhou por minha candidatura.

Em novembro de 1997, fui convidado a acompanhar como observador a visita que a CIDH faria à Colômbia. Isso me permitiu conhecer melhor outros membros da comissão — o próprio Álvaro Tirado Mejía, da Colômbia, Carlos Ayala Corao, da Venezuela, Cláudio Grossman, do Chile, e seu então presidente John Donaldson. A comissão funciona com um pequeno corpo de funcionários de apoio e dispunha a esse tempo de apenas 14 advogados. Realiza duas sessões anuais ordinárias, com duração, cada uma, de três semanas, geralmente em Washington, e faz visitas aos países participantes. Os trabalhos são divididos consensualmente entre os membros da comissão. A mim, foram atribuídas as relatorias da Venezuela, do Peru, da Nicarágua, de Honduras e de Cuba. O relator é responsável pela apresentação dos casos relativos às denúncias de violação dos direitos humanos nos países de sua competência, sugerindo as medidas a serem adotadas, que são submetidas às plenárias da comissão. Os membros não podem participar das decisões relativas a seus países.

Pela imparcialidade

Nos primeiros dias de minha atuação na CIDH, fui informado de um caso decorrente da invasão de Granada pelos Estados Unidos, ocorrida em 1983, sob o pretexto de restaurar a democracia nesse pequeno país do Caribe. Os americanos detiveram em um de seus navios os integrantes do governo derrubado. Em seguida, foram entregues às novas autoridades governamentais e submetidos a julgamento, tendo sido condenados à pena de morte, depois comutada para prisão perpétua. Eles ingressaram com uma denúncia contra os Estados Unidos na CIDH, alegando que as autoridades americanas os haviam aprisionado e mantido em detenção em um de seus navios de guerra sem nenhum tipo de formalidade que permitisse um recurso a um tribunal imparcial. Apontavam violações aos direitos civis e clamavam por um processo regular que permitisse a realização da justiça.

Na ocasião, preparei um voto para fixar a responsabilidade internacional dos Estados Unidos, observando a necessidade de serem submetidos ao devido processo os responsáveis pelas violações havidas. Fui, então, abordado por Robert Goldman, que afirmava ser inaceitável a decisão da comissão, adotada com fundamento no meu voto, porque as supostas vítimas daquela violação não passavam de bandidos e que nós, com a decisão tomada, os estávamos apoiando. Fiz-lhe ver a inoportunidade de sua intervenção, uma vez que ele estava, nos termos do regulamento, impedido de opinar a esse respeito e eu não aceitava nenhuma pressão que induzisse a comissão. Logo depois, Goldman me procurou para se desculpar do excesso.

Novos episódios ensejaram uma reflexão maior sobre o problema da imparcialidade dos membros da comissão no exame dos casos. Na minha visão, a proibição de um participante atuar deveria se estender também aos casos em que a vítima é de seu país de origem, como se verificou quando uma americana foi condenada no Peru. Em uma situação dessas, não só o Peru, mas também os Estados Unidos são parte interessada. Durante meu mandato na presidência da comissão, em 2000, empenhei-me na reforma de seu regulamento, que permitiu maior presença das vítimas nos atos de apuração das denúncias de violações de direitos.

Sobre a pena de morte, problema sempre presente nos debates da CIDH, tive a oportunidade de fazer um aprofundado estudo da matéria, procurando demonstrar que a melhor interpretação dos termos da Declaração sobre o Direito do Homem e da Convenção Americana sobre Direitos Humanos levava à conclusão de que a pena de morte é insustentável nos países que firmaram e ratificaram os aludidos tratados. Resumi esse estudo em um voto apresentado na CIDH, o qual teve boa repercussão, sendo reproduzido pelo Instituto Latino-Americano de Direitos Humanos em uma de suas publicações.

Resistência às ditaduras

A CIDH teve um papel relevante durante o período em que as ditaduras ocuparam a América Latina. Mas a luta prossegue ainda hoje. Não posso deixar de salientar, a esse respeito, o trabalho realizado no Peru, para que ali se restabelecesse o Estado de Direito, destruído durante a gestão do presidente Alberto Fujimori. Depois do chamado autogolpe de 1992, os limites da frágil democracia peruana foram se estreitando cada vez mais. Subordinado o Legislativo, destruiu-se o Poder Judiciário. Investia-se contra os meios de comunicação, submetendo-os ao poder central.

Em 1998, a CIDH visitou o Peru. Dessa visita, produziu-se um informe que desnudou a situação dos direitos humanos. Sentimos, de perto, os níveis de violência no país. Julgamentos por juízes encapuzados, completo desprezo pelos processos, com negativa de acesso dos advogados aos procedimentos acusatórios e pressões de todo tipo. A esse tempo, não se vislumbrava a possibilidade de nenhuma mudança no regime. Fujimori era aclamado nas ruas pelo povo mais simples. Sua queda se deu somente em 2000. Tenho a impressão de que, se não fosse a atuação determinada da comissão, os graves acontecimentos no Peru passariam em branco.

Em junho de 2000, realizamos uma sessão da CIDH no Brasil, a convite do presidente Fernando Henrique, que me honrou com a concessão, em seu mais alto grau, da condecoração da Ordem do Rio Branco, em cerimônia presidida no Itamaraty pelo chanceler Luiz Felipe Lampreia. O presidente se mostrou muito receptivo às informações que lhe transmitimos sobre a situação do Peru. Dias depois, interpelou Fujimori sobre as questões levantadas pela comissão.

Ao aceitar minha candidatura a vice-prefeito de São Paulo, em 2000, tinha plena consciência de que não poderia pleitear a reeleição para um segundo mandato na comissão. Mas ainda realizamos uma visita ao Haiti. Nesse país se desenhava, depois de eleições parlamentares de duvidosa legitimidade, a vitória do ex-presidente Jean-Bertrand Aristide, vista, em razão das fraudes, como mais um obstáculo no restabelecimento do Estado democrático. Aristide, que contara com o apoio da CIDH, pois contribuímos na elaboração de vários documentos que condenavam a injustiça do exílio que lhe fora imposto pelo governo haitiano, recusou-se a nos receber. Não o fez ostensivamente, mas com evasivas. Da visita, resultou um informe para a Assembléia Geral da OEA sobre a situação dos direitos humanos, com ênfase nas ameaças à democracia.

Um tema impopular

Após décadas na defesa dos direitos humanos, é desolador constatar que se trata de um assunto que não encontra o cuidado devido em nossa sociedade. O tema só passa a ter relevância quando setores de classe média são atingidos ou então quando a barbaridade é tão grande que não é possível ignorar. Mesmo nos casos mais sangrentos, como o massacre de 111 presos na Casa de Detenção de São Paulo em 1992, os responsáveis permanecem impunes.

A questão não é devidamente tratada no debate político. A ausência do tema direitos humanos nos meses que precederam as eleições presidenciais de 2002 se deu em grande medida porque a mídia não cuidou de ouvir, a esse respeito, os candidatos. Não quero posar de *ombudsman* ou de crítico tardio da imprensa, mas uma cobertura descuidada das violações aos direitos fundamentais contribui indiretamente para agravar ainda mais o problema da violência. Foi necessário o sistema prisional de São Paulo explodir numa grande rebelião em 2001 para que o assunto começasse a ser abordado de forma mais alentada. Nesse ponto, a barbárie já havia engendrado dentro das prisões uma organização criminosa, o Primeiro Comando da Capital (PCC), capaz de atacar o poder constituído, matando covardemente policiais, como se verificou nos atentados de 2006. Quando sobrevêm as crises, é como se elas tivessem surgido do nada no noticiário – são vendidas como se fossem algo que ninguém pudesse suspeitar. Mas elas estavam lá, latentes e ignoradas convenientemente pelas autoridades. A sociedade tem o direito de ser informada disso.

A politização dos direitos humanos é uma etapa necessária para que sejam encontradas soluções para o caos da segurança pública, para que a sociedade possa cobrar medidas realmente eficazes de nossos governos. Acredito mesmo que, se tivesse havido um olhar mais crítico sobre a questão dos direitos humanos por parte dos formadores de opinião, o governo Lula não teria descuidado tanto da questão, deixando de conferir a ela a prioridade que se esperava da primeira administração de esquerda no país. Com relação ao governo anterior, retrocedemos. As chagas têm se aberto cada vez mais e exigem uma ação decidida no plano federal, que pressione os governos estaduais a fazer o mesmo. Estaremos por acaso fadados a conviver com prisões cada vez mais superlotadas? Com escolas do crime representadas pelas unidades da Febem? Com uma polícia que mata ao arrepio da lei e só faz aumentar a escalada da violência?

Comissão Municipal

Nesse contexto de desinteresse é sintomático que o ato da Prefeitura de São Paulo, instalando em setembro 2002 a Comissão Municipal de Direitos Humanos (CMDH), não tivesse a menor repercussão na imprensa. Fui designado para presidir essa comissão. Abaixo reproduzo trechos de meu discurso na cerimônia, que sintetiza seu objetivo e contexto.

No dia 11 de setembro de 2001, o World Trade Center, em Nova York, veio abaixo em um atentado terrorista que ceifou milhares de vidas. A partir de então, os direitos humanos, que vinham ganhando espaços expressivos na comunidade dos homens, passaram a sofrer limitações impostas pelo Império. [...] Verificou-se o desrespeito, pelos detentores do poder político, de direitos fundamentais garantidos pela Constituição americana. No nível internacional, pudemos observar a submissão dos países a um modelo econômico incompatível com a construção de uma sociedade democrática.

Em artigo publicado, em fevereiro último, no *New York Times*, Michael Ignatieff, diretor do Centro Carr de Políticas de Direitos Humanos da Universidade Harvard, chegou a dizer que, depois de 11 de setembro, a grande questão é "saber se a era dos direitos humanos chegou ao fim".

Tomando conhecimento desse texto, Mary Robinson, alta comissária para os Direitos Humanos das Nações Unidas, em artigo publicado no mês passado no *El País*, respondeu enfaticamente: "Não."

A prefeita Marta Suplicy confirma o "não" de Mary Robinson. Sua iniciativa, quando institui por lei a Comissão Municipal de Direitos Humanos, tem um profundo significado ético. [...] Qualquer cidadão, tendo sido vítima no território municipal da violação de quaisquer desses direitos, irá encontrar amparo na comissão, seja essa violação praticada por autoridades municipais, seja perpetrada por agentes estaduais ou federais. [...] A comissão estará vigilante para que os direitos humanos não sejam apenas uma expectativa, mas uma ferramenta importante no desenvolvimento da cidadania. [...] Ao término de minhas palavras, quero recordar com João XXIII, em sua encíclica *Pacem in terris*, que o bem comum de cada comunidade política não pode ser determinado senão tendo em conta a pessoa humana. Por isso, adverte o pastor, devem os poderes públicos considerar objetivos fundamentais o reconhecimento, o respeito, a tutela e a promoção dos direitos da pessoa humana.

Caso Castelinho

O chamado caso Castelinho, ocorrido em 5 de março de 2002, é um episódio de violação de direitos que compromete não só a polícia paulista como um todo, mas também o secretário da Segurança, Saulo de Castro, e o próprio governador, Geraldo Alckmin, que defendeu a atuação de seus subordinados.

Tratou-se de uma operação em que 12 presumíveis delinqüentes ligados ao PCC foram surpreendidos pela polícia na rota que empreendiam para assaltar um avião que aterrizaria no aeroporto de Sorocaba com grande soma em dinheiro – aeronave que o Departamento de Aviação Civil (DAC) afirmou não existir. A polícia montou um bloqueio em pedágio da rodovia Senador José Ermírio de Moraes, a "Castelinho", que liga a rodovia Castelo Branco a Sorocaba, e eliminou os supostos assaltantes. A operação fora idealizada e executada pelo Grupo de Repressão e Análise dos Delitos de Intolerância (Gradi), da Polícia Militar, que atuava no gabinete do secretário da Segurança Pública.

Quando li nos jornais o noticiário favorável à polícia, vieram-me à lembrança fatos ocorridos no tempo do Esquadrão da Morte, nos anos 1960 e 1970, quando a Polícia Civil começou a matar supostos delinqüentes, anunciando essas eliminações de maneira espetacular, com o objetivo de desfazer seu desprestígio diante do aumento da violência. A imagem da polícia paulista na época do caso Castelinho estava em baixa, com fugas espetaculares de presos – dois deles foram retirados de um presídio por um helicóptero – e rebeliões, tudo tendo como pano de fundo o aumento da criminalidade e da violência policial. Estávamos vivendo, com cores mais vivas, a mesma crise por que passara a polícia nos anos do Esquadrão da Morte. Era preciso fazer renascer o prestígio policial, ainda mais que ocorreriam nesse ano as eleições para o governo do Estado.

Diante desse quadro, consegui na Ouvidoria de Polícia cópias dos autos de exame de corpo de delito das 12 vítimas. Elas tinham sido eliminadas por disparos, alguns à queima-roupa, que as atingiram preferencialmente na cabeça e no tórax. Foram anotados ferimentos nas mãos e nos antebraços, caracterizadores de gestos de defesa, a proteger o rosto e o peito. Enviei esses exames para comentários ao professor Nelson Massini, legista da Universidade Federal do Rio de Janeiro (UFRJ). Suas considerações convenceram-me de que se tratava realmente de uma chacina.

Nesse meio-tempo, recebi uma carta de um detento, Ronny Clay Chaves, dando conta da maneira pela qual a polícia vinha conduzindo sua luta contra a violência e narrando os antecedentes que culminariam na operação Castelinho. Tendo sido criado o Gradi, os policiais que dele participavam conseguiram autorização de dois juízes corregedores da polícia e dos presídios para recrutar detentos condenados, a fim de que cooperassem, mediante sua infiltração em grupos de delinqüentes. Ressalte-se que presos não podem ser liberados para esse fim, de acordo com a Lei de Execuções Penais.

Usando esse expediente ilegal, a polícia bloqueara em 24 de janeiro de 2002 a rodovia dos Bandeirantes para interceptar, segundo informações dos presos a seu serviço, supostos membros de uma quadrilha de traficantes. Dessa operação resultaram cinco mortes. Ocorreram outras operações do gênero, sempre com a eliminação de supostos delinquentes. Essas primeiras ações serviram de base para uma operação de maior vulto, a da Castelinho.

Quatro detentos – entre eles Ronny Clay – foram incumbidos de montar o esquema do Castelinho. Com o apoio do Gradi, aliciaram 11 pessoas para o assalto ao mencionado "avião pagador", entregando a elas um ônibus para que fossem transportadas. O motorista, aliás, ignorava a finalidade da viagem. Foram fornecidos também dois carros e armas, mas com munições sem efeito letal. A caravana foi detida no referido pedágio da Castelinho, como previa o plano do Gradi. A polícia não deixou vivo nenhum ocupante do ônibus.

Obtive o apoio de várias entidades (Centro Santo Dias de Defesa dos Direitos Humanos, Comissão Teotônio Vilela, Associação dos Juízes para a Democracia e Ordem dos Advogados do Brasil) e de juristas (Dalmo Dallari, Fábio Konder Comparato e José Carlos Dias) para uma representação, cujo texto formulei à Justiça, pedindo a apuração dos fatos que envolviam agentes do Executivo, do Judiciário e do Ministério Público estaduais. Ao mesmo tempo, levou-se representação ao procurador-geral da Justiça do Estado para providências necessárias à apuração dos fatos, sugerindo a instituição de um grupo de trabalho sob a coordenação de um membro do Ministério Público, com a participação da OAB e de um representante da sociedade civil.

Paralelamente, diante da grave situação dos detentos, ameaçados de morte, pedi à CIDH medidas cautelares, a serem solicitadas ao governo brasileiro, para que se preservasse a vida dos detentos usados pela polícia. Solicitei também que as investigações passassem para a esfera federal.

A Secretaria Nacional de Direitos Humanos, respondendo à CIDH, não foi bastante clara em suas considerações, não permitindo, assim, uma decisão formal. Entretanto, a intervenção, ao solicitar medidas cautelares e informações ao Estado brasileiro, serviu de alerta às autoridades estaduais, que adotaram medidas para a preservação da vida dos detentos.

O Ministério Público fez investigações que nortearam a denúncia contra oficiais e praças da PM que tomaram parte na operação. Os juízes e o secretário foram sujeitos a investigações pelo Tribunal de Justiça, que determinou o arquivamento do processo. No entanto, o tribunal não ouviu o Ministério Público, que entrou com recurso. Em decorrência da demora da Justiça, solicitamos à CIDH que recebesse a denúncia formal contra o Estado brasileiro.

No final de 2003, foram denunciados, pela Promotoria Pública de Itu, 53 policiais militares envolvidos na operação. O comandante da PM não foi incluído na denúncia, mesmo ele tendo assumido a responsabilidade pela operação. Surpreendeu-nos também a posição assumida pelo secretário de Segurança e pelo próprio governador, manifestando-se contrários à denúncia e se dispondo, este último, a promover, pelo Estado, a defesa dos réus incriminados. Ambos sustentaram a legalidade da atuação policial, pois seria, segundo eles, de uma ação preventiva, e que os presos que nela atuaram o fizeram com a devida autorização de juízes corregedores. Alckmin manifestou publicamente seu desagrado com a denúncia.

A Lei nº 1.079/50, que dispõe sobre crimes de responsabilidade, foi claramente infringida pelo secretário e pelo governador. Vejam-se, a propósito, seus artigos 7º, itens 5 ("servir-se das autoridades sob sua subordinação imediata para praticar abuso do poder, ou tolerar que essas autoridades o pratiquem sem repressão sua") e 9 ("violar patentemente qualquer direito ou garantia individual constante do artigo 5º – antigo 141 – e bem assim os direitos sociais assegurados no artigo 6º – antigo 157 – da Constituição"); e 9º, item 7 ("proceder de modo incompatível com a dignidade, a honra e o decoro do cargo").

A operação foi organizada por um grupo que exerce suas atribuições no próprio gabinete do secretário de Segurança Pública. Não pode o secretário se escudar na ignorância, porque essa atitude equivaleria a uma confissão de inépcia. A atuação do governador e do secretário sempre foi no sentido de afirmar a legalidade do ato. Quer dizer, se não tiveram dele conhecimento, apoiaram o resultado, o que equivale à tolerância. Como se vê, o episódio não se esgota com o processo contra os policiais militares. Resta ainda o pronunciamento da Justiça e, eventualmente, da Assembléia Legislativa do Estado e, por último, o julgamento público de uma chacina montada pelo próprio governo, numa das maiores farsas da história policial.

Balanço dos trabalhos

No fim da gestão de Marta na prefeitura, entreguei um relatório das atividades da CMDH, do qual destaco os seguintes trechos:

> Graças a um trabalho de equipe [...], a comissão pôde atender reclamos de homens, mulheres, jovens e crianças que tiveram seus direitos humanos violados. Foi na área policial que desenvolveu a maior parte de suas atividades. Promoveu visitas às delegacias de polícia e seus xadrezes, constatando a situação precária em que se encontram os detentos. Com os dados colhidos nessas visitas, preparam-se recomendações às autoridades policiais competentes. Dado que os limites de sua competência não vão além

dos limites do município, a comissão realizou vários convênios com organizações não-governamentais para que pudesse estender sua área de ação, tornando-a mais abrangente.

Nesse sentido, assumiu a denúncia relativamente à chacina da Castelinho, solicitou medidas cautelares à Comissão Interamericana de Direitos Humanos para a proteção de presos envolvidos no episódio e pediu, uma vez que essas medidas não surtiram resultados, a transformação delas em denúncia formal à aludida comissão, para seu conhecimento integral e decisão, o que possibilita a apreciação final do caso pela Corte Interamericana. [...] Este relatório mostra, sobretudo, a oportunidade da instituição da CMDH, atestada pelos casos atendidos e pela desenvoltura da sua atuação. Sob esse aspecto, convém assinalar representação oferecida ao Ministério Público a propósito de mandados de busca e apreensão coletivos que vêm sendo expedidos pela Justiça de primeira instância em prejuízo dos moradores da periferia, ignorando os termos estritos que devem revestir esses mandados. [...] Estamos, portanto, convencidos da validade da atuação que este relatório revela e que, levado ao conhecimento das autoridades do município e, bem assim, do Estado e da União, poderá constituir-se em fundamento para a implantação de uma verdadeira política nacional de direitos humanos.

Homenagem

No dia 21 de dezembro de 2004, recebi uma homenagem pela minha atuação na área dos direitos humanos promovida pela Faculdade de Direito da PUC-SP, pela Comissão de Justiça e Paz de São Paulo (CJP), pela Sociedade Internacional de Direito Internacional e Público e pelo escritório Tojal, Serrano e Renault Advogados Associados. Foram lidas então mensagens do presidente Lula e do ex-presidente Fernando Henrique, além de outros votos de amigos impossibilitados de comparecer. O repentista Raimundo Alves Caetano declamou então poesia de sua autoria, da qual destaco trecho:

> *Doutor Hélio é defensor*
> *Dos direitos do cidadão*
> *É contra a pena de morte*
> *Protetor da Constituição*
> *O que faz é por amor*
> *Este homem é professor*
> *Pra lhe seguir toda a Nação*

Com Déa ao meu lado, agradeci as palavras dos oradores e falei da disposição em não encerrar, com o término do mandato de vice-prefeito e de presidente da CMDH, minhas atividades em defesa dos direitos da pessoa humana. Mais uma vez, reafirmo o compromisso e continuo na luta.

PT, DESENCANTO

Fui membro da Direção Nacional do Partido dos Trabalhadores durante os 18 primeiros anos de sua existência. Meu afastamento de seus órgãos diretivos se deu paulatinamente, em conseqüência de algumas atitudes de seus responsáveis maiores. Na gestão de Luiza Erundina na Prefeitura de São Paulo, fui destituído da presidência do Diretório Municipal diante de uma alegada incompatibilidade com minha participação no governo. Antes houve a negativa para que eu ocupasse a primeira vice-presidência do partido. Entre 1991 e 1998, fiz parte do Diretório Nacional em razão apenas do regulamento, por ser deputado federal. Em minhas campanhas para o Congresso, tive pouca ajuda partidária, e meus projetos no Legislativo não encontravam o apoio da bancada do PT. Ao sair da Câmara, acabei por me afastar da militância. Retornei à política em um momento de crise, na ocasião da candidatura de Marta Suplicy à prefeitura. No início da gestão de Lula na Presidência da República, começou a se desenhar meu desligamento definitivo do partido, como adiante será descrito.

Capturado para vice

Nas eleições para o governo do Estado realizadas em 1998, apoiei Mário Covas, do PSDB, no segundo turno. Marta Suplicy foi derrotada no primeiro turno e depois também apoiou Covas, contra Paulo Maluf. No início de 2000, ela entrou em contato comigo e me perguntou como eu veria sua candidatura para a prefeitura. Marta estava preocupada em certa medida com as divergências que tivéramos durante nossos mandatos na Câmara dos Deputados. Havíamos discordado em alguns pontos. Ela defendeu o aborto, do qual sou contra. O projeto de união estável para homossexuais, outra bandeira sua, sempre me pareceu desnecessário, pois acho que um contrato firmado entre as partes resolve o problema. Representávamos dois pólos nessas questões, mas estávamos de acordo com relação ao ideário geral do partido. Disse a Marta que via com bons olhos sua candidatura e que ela podia contar com meu apoio.

Passaram-se os meses, e o deputado estadual Paulo Teixeira me telefonou para pedir apoio na disputa pela indicação de vice-prefeito na chapa de Marta. Respondi que ele, se quisesse, poderia anunciar meu apoio. O outro candidato, o deputado federal Arlindo Chinaglia, contava com a simpatia de Lula. Não interferi nessas negociações. Estava tão longe do partido que ignorava até mesmo que iria haver convenção para a escolha de seus candidatos à prefeitura.

Um ou dois dias depois, encontrava-me em meu sítio, com companheiros da Comissão Interamericana de Direitos Humanos, quando recebi um telefonema de Marta, solicitando um encontro. Nesse mesmo dia, no fim da tarde, chegaram em minha casa Marta, Eduardo Suplicy e Rui Falcão. Segundo disseram, a disputa pelo cargo de vice-prefeito entrara num impasse que poderia levar a uma divisão perigosa para o êxito da campanha. Foi aí que surgiu meu nome, que seria aceito consensualmente. Pedi algum tempo para refletir e consultar Déa, filhos e amigos. Apontei as dificuldades em razão de meus compromissos com a Comissão Interamericana. Marta disse que isso não seria problema porque o partido e ela mesma consideravam importante que eu prosseguisse no exercício do mandato na comissão. O tempo que me foi dado foi muito curto. Eu teria de me decidir até o meio-dia do dia seguinte, um domingo, pois a escolha dos candidatos ocorreria na tarde daquele dia.

Malgrado tudo, os meus e eu entendemos que meu nome pacificaria a luta que se esboçava na chapa de Marta e poderia ser de alguma valia na disputa contra Paulo Maluf. Além disso, não me seria lícito recusar a indicação para mais um serviço à população paulistana. Consultei os membros da Comissão Interamericana, que não viram problema, desde que fossem mantidos os compromissos com eles. Falei também com a Igreja. Dom Paulo se mostrou reticente, preocupado com uma possível derrota, mas afirmou que, se eu fosse candidato, votaria em mim. Dom Cláudio Hummes entregou a decisão a mim mesmo. Dom Angélico Sândalo entusiasmou-se. Assim, depois de falar com Paulo Teixeira, para bem esclarecer minha posição, aceitei o desafio e compareci ao final da convenção, ainda que estivesse sofrendo com uma diverticulite intestinal. O partido e a direção da campanha cumpriram com a palavra. Participei da campanha quando meus compromissos com a defesa dos direitos humanos permitiram. No final, tive a alegria de ver Marta eleita.

Considero que houve avanços importantes em sua gestão. A política de inclusão social, da qual os Centros Educacionais Unificados (CEUs) são um exemplo, teve um grande salto qualitativo. Acho até que, depois dos prefeitos Fábio Prado e de Prestes Maia, a administração de Marta foi, de longe, a melhor que a cidade já teve. Digo isso com certo distanciamento porque, excetuando-se minha atuação na Comissão Municipal de Direitos Humanos, não fui chamado a ter uma participação executiva no governo.

Logo depois da eleição, Marta até me convidou para assumir a Secretaria de Negócios Jurídicos. Disse a ela que não estava disposto a aceitar porque não via com bons olhos o vice ficar em uma posição subalterna à prefeita, mas não respondi nem que sim nem que não. Posteriormente, ela consultou Lula sobre minha presença no secretariado. Ele vetou veementemente que eu assumisse a secretaria. Tomei conhecimento disso depois, por uma outra pessoa. Sorte de Marta que não aceitei o convite, do contrário ela ficaria em uma posição delicada. A partir de então, passei a ocupar o limbo da prefeitura.

Lula lá

A campanha presidencial de 2002 não comporta grandes considerações. O governo tucano de Fernando Henrique se esgotava depois de oito anos. A sociedade ansiava então por mudanças. Foi uma campanha morna, praticamente sem confrontações, mas que teve seu ponto mais alto no trabalho dos marqueteiros políticos, a vender virtudes e a esconder defeitos dos candidatos. Para afastar receios do mundo das finanças – que temia, diante do crescimento da dívida pública, a possibilidade de decretação de uma moratória unilateral –, o PT elaborou uma carta de intenções, prometendo bom comportamento, que incluía honrar os compromissos até então assumidos com as entidades financeiras mundiais. Também para suavizar a imagem do partido, foi escolhido para vice-presidente o senador mineiro e empresário José Alencar, filiado então ao PL. Não acredito – posso até estar enganado – que essa aliança tenha sido fundamental para a eleição de Lula.

A esse tempo, aconselhado pelo embaixador do Brasil nos Estados Unidos, Rubens Barbosa, reuni-me com os responsáveis pelos negócios da América Latina no Departamento do Estado americano, na tentativa de desmistificar o catastrofismo que dominava o cenário financeiro americano diante da eventual vitória do PT. Sempre entendi que o cumprimento dos compromissos financeiros não é incompatível com uma renegociação benéfica ao desenvolvimento do país. Coube a mim nesse momento esclarecer dúvidas importantes das autoridades americanas com relação ao PT.

A candidatura Lula foi se impondo, com adesões de setores do centro e até da direita, deixando José Serra, candidato do PSDB, sem maiores perspectivas de alcançar êxito no pleito. No segundo turno, o tucano não resistiu ao ímpeto da candidatura Lula. Cabe aqui uma referência ao trabalho realizado por Marta Suplicy em São Paulo, onde Lula sempre encontrou resistência.

Lembro-me de que estávamos, Déa e eu, assistindo em nossa casa ao noticiário do resultado das apurações, quando se anunciava um ato no Hotel Intercontinental São Paulo, onde seria feita a primeira manifestação pela vitória. Hesitei em levar meus cumprimentos a Lula em razão do esfriamento de nossas relações. Isso tinha ficado evidente no comício de encerramento da campanha, quando minha presença foi praticamente ignorada. Déa convenceu-me de que deveria ir. Chamei José, meu filho, e lá fomos, na companhia de Marcelo Nobre, amigo e também chefe de meu gabinete na Prefeitura.

Havia muitas barreiras impostas pela segurança até chegar a Lula. Foi José que me empurrou para além dos cordões de isolamento e, assim, num instante, encontrei-me numa sala onde me avistei com Lula, Marisa, o vice José Alencar, sua esposa e José Dirceu. Abracei Lula, e ele foi muito gentil, retribuindo, emocionado, meu abraço e recordando o início de sua caminhada rumo ao poder, no longínquo ano de 1982, quando disputamos na mesma chapa o governo do Estado. Marisa chegou a lembrar a pobreza daquela campanha, quando tivemos muitas vezes de dormir em lugares improvisados. Tive a impressão de que se rompera o gelo que nos separava.

Nos dias seguintes, tive alguns encontros com José Dirceu, ao qual indiquei alguns nomes que poderiam ser de ajuda para o governo que se instalaria a 1º de janeiro de 2003. Mas o partido vitorioso já tinha lá seus compromissos... Por esse tempo, Márcio Thomaz Bastos afirmava que não aceitaria o convite para ocupar o Ministério da Justiça e advertia Lula quanto à premiação com cargos no governo a seus amigos vencidos nos pleitos estaduais. Segundo Márcio, os auxiliares imediatos do presidente deveriam ter outro perfil, de vencedores, e não de vencidos. Depois, Márcio cedeu e acabou ministro. Contra seus conselhos, o governo colocou em postos-chave muitos vencidos. Uma das facetas positivas de Lula é estar sempre pronto a atender seus amigos, ainda mais nos momentos adversos. Mas não sei se isso é válido quando se trata da coisa pública.

Depois da vitória, encontrei-me algumas vezes com Lula, em eventos do governo federal ou da prefeitura. Dirigia-se a mim sempre muito afável, "doutor Hélio Pereira Bicudo". Marisa, numa dessas vezes, até me falou: "Veja como ele (*o presidente*) se lembra de você!"

Liberdade de expressão partidária

Após a eleição de Lula, o PT foi se transformando em correia de transmissão da vontade do Executivo, o que denota seu esvaziamento como partido de natureza popular e socialista. A propósito, merecem profunda reflexão os episódios de suspensão e mesmo expulsão de parlamentares que se abstiveram de votar com o governo. O direito à liberdade de expressão se constitui num dos fundamentos do Estado Democrático de Direito. Para o desenvolvimento progressivo de uma democracia estável, não basta que se façam eleições livres. Resoluções de partidos políticos ou de suas bancadas não podem afrontar o direito de liberdade de expressão, ou seja, a obediência partidária não deve ser entendida como submissão, que esmaga o pensamento em sistemas totalitários.

Se a divergência não viola os princípios do partido, não há como sufocá-la. O que ocorreu no PT — com a expulsão, entre outros quadros, da senadora Heloísa Helena — é um mau exemplo. No país ocorrem constantes violações aos direitos civis e políticos. Que as punições no PT sirvam — à luz de princípios internacionais aceitos pelo Brasil — para uma reflexão sobre a importância da liberdade de pensamento e expressão no trato da coisa pública.

A sucessão de Marta

Em dezembro de 2003, começaram a chegar a meu conhecimento informações sobre a disposição de Marta Suplicy em disputar a reeleição no ano seguinte. Ao mesmo tempo, surgia o nome de Rui Falcão, secretário de Governo, para candidato a vice. Para mim, isso não era uma surpresa, mesmo porque em conversas com o Rui sempre declarei minha intenção de não participar da disputa eleitoral. Entendia, entretanto, que eu não poderia ficar estranho ao processo de composição da chapa. Afinal eu estive na disputa de 2000 para conciliar duas correntes que se opunham e emprestei meu nome, o que, segundo penso, foi importante na vitória de Marta naquela conjuntura.

Contudo não participei das discussões que culminaram na indicação de Rui Falcão. Em uma reunião de líderes do PT com Marta, para a qual nem sequer fui chamado, acertou-se a chapa. Somente no final de janeiro é que Marta me chamou para comunicar sua decisão de concorrer à reeleição com Rui como vice. Para ela, uma chapa "puro-sangue" seria o ideal, na hipótese de uma possível candidatura sua ao governo do Estado, em 2006. Disse-lhe que a decisão contava com meu apoio, porém eu não poderia, por uma questão de respeito próprio, aceitar passivamente o que fora concertado. É que, politicamente, eu não via — e penso que o público também não — motivo para minha exclusão pura e simples da chapa, que seria tomada, por assim dizer, como uma saída pela porta dos fundos. Marta concordou comigo, e ficamos de pensar em uma solução. Acertamos depois de alguns dias que, ao se tornar pública a nova chapa, o governo federal, como reconhecimento por meus anos de serviços ao partido, faria um convite para eu exercer um cargo no exterior.

Promessa não-cumprida

Marta falou com Lula e dele obteve o compromisso de encontrar um posto para mim fora do Brasil, condizente com a minha trajetória política, sobretudo na área de direitos humanos. Em seu discurso, no encontro que precedeu a convenção para a escolha dos candidatos, Marta anunciou o que havia sido acertado com Lula. Na ocasião, o embaixador na Bulgária, José Augusto Lindgren Alves, em correspondência a mim enviada, sugeriu que se operasse uma reforma na missão brasileira junto à ONU, em Genebra, separando a área de direitos humanos da que exerce suas atribuições junto à Organização Mundial do Comércio. Tratava-se de uma estrutura que já fora adotada, mas, com a fusão de duas áreas sob comando único, o campo dos direitos humanos estava entregue a servidores pouco representativos e, portanto, não era tratado de acordo com sua importância. Ao mesmo tempo, esgotava-se o prazo de permanência do embaixador Valter Percly junto à missão brasileira na OEA. Com essas duas possibilidades, obtive uma entrevista com Lula, que me recebeu no Planalto.

Conversamos longamente, talvez esquecidos de mágoas que já se distanciavam no tempo. Falamos sobre a chapa Marta–Rui, que ele não entendia fosse a melhor solução, pois inviabilizava as negociações com outros partidos. Observei que talvez não se descartasse, em futuro próximo, uma composição com o PMDB, pois o Rui é soldado do partido e seguiria o que fosse determinado. Lula me disse que isso dificilmente ocorreria, pois as decisões dos encontros sempre prevalecem, sendo apenas homologadas nas convenções oficiais.

Agradeci sua disposição em me confiar um posto no exterior e aproveitei para sugerir as duas possibilidades que me pareciam mais adequadas. Sobre a Missão na OEA, falou-me de dificuldades sobrevindas com informações de que Itamar Franco, que ocupava a embaixada brasileira em Roma, estava interessado em retornar ao antigo posto, que ocupara no mandato de Fernando Henrique. Quanto a Genebra, iria verificar as possibilidades.

Sempre deixei claro que nunca estive em busca de um emprego, mas que gostaria de prestar um novo serviço ao país na área dos direitos humanos. Logo depois daquela entrevista, ficou vaga a embaixada do Brasil no Vaticano. A CNBB e o cardeal-arcebispo de São Paulo, dom Cláudio Hummes, manifestaram ao governo seu interesse na indicação de meu nome. As demandas nesse sentido não progrediram. Em seguida, anunciava-se a designação da embaixadora Vera Lúcia Barrouin Crivano Machado para esse posto.

Em encontros que tive com José Dirceu, foi-me dito que "tudo já estava resolvido". Só que eu não ficava sabendo o que se resolvera. Falei com o ministro das Relações Exteriores, Celso Amorim, sobre as possibilidades aventadas por Lula. O ministro mostrou-se reticente, sobretudo corporativista. E, logo depois, como se mandasse um recado, não só a mim mas ao próprio presidente da República, saiu publicada no *Estadão* uma entrevista em que ele se disse contrário a nomeações para representações do governo brasileiro no exterior de pessoas fora da carreira diplomática, passando, assim, por cima de uma prerrogativa legal do próprio presidente. José Genoino, presidente do PT, encampou então o pedido de Marta e, segundo me foi dado a saber, passou a cobrar o cumprimento da promessa; assim também Gilberto Carvalho, secretário pessoal de Lula. Afinal, consumou-se a vaga na missão brasileira junto à OEA, coincidindo com o desinteresse de Itamar em voltar para Washington. Mas a indicação para esse posto também não ocorreu. Marta perdeu a eleição e, no dia 14 de dezembro, telefonou-me o chefe de gabinete de Amorim, Antônio de Aguiar Patriota, indagando se eu aceitaria participar do Conselho Executivo da Unesco. Enfatizou que, pelo menos duas vezes por ano, haveria uma reunião de cerca de três semanas em Paris. Solicitei que me enviasse, por fax, maiores informações. Depois de recebê-las, pareceu-me que o ministro me oferecia uma oportunidade de lazer em vez de cumprir o que o presidente determinara. Se eu aceitasse, ele diria a Lula que o problema — se é que se pode qualificar de problema uma determinação legal do presidente da República — estaria resolvido.

Tendo feito essa reflexão, enviei ao ministro, com cópia ao presidente, ao ministro-chefe da Casa Civil e ao presidente do PT, carta na qual manifestava meu desagrado pela oferta, pois não estava à procura de emprego e, muito menos, de passeios gratuitos a Paris. E o caso morreu aí, sem nomeação alguma.

Final de mandato melancólico

Não sei realmente o que aconteceu na campanha de Marta. Do que ela realizou, pouco foi mostrado à população. Aliás, não fui convidado para um único evento da campanha. Nenhuma das inaugurações que fiz nos 15 dias que antecederam às eleições de 31 de outubro apareceu no programa eleitoral gratuito. E foram muitas. Marta deveria ter mostrado a situação caótica em que encontrou o município e o trabalho que desenvolveu para restituir a auto-estima dos paulistanos e criar espaço de inclusão para aqueles que a sociedade marginalizou. A prefeita se disse discriminada por ser mulher e bonita. Acredito que sim, mas houve outras questões, como seu divórcio do senador Eduardo Suplicy e seu casamento com Luiz Favre. Na verdade, a classe média paulistana adotou um julgamento severo e hipócrita na apreciação da vida privada de Marta que, diga-se, agiu segundo os princípios morais e legais vigentes.

A prefeita me havia dito, ainda no primeiro turno das eleições, que viajaria à França na segunda quinzena de novembro para atender a necessidades familiares. Faltando praticamente um mês para o fim de mandato, questionou-se a oportunidade de sua viagem. Ela, todavia, entendeu que não havia nenhum impedimento e viajou para Paris no dia 27 de novembro, licenciando-se da Prefeitura até dia 8 de dezembro. Ao assumir o cargo, logo deparei com problemas surgidos em conseqüência de compromissos financeiros que não estavam sendo cumpridos. Ocorria uma diminuição da receita, ocasionada pela queda na arrecadação de impostos. Além disso, não se encontravam interessados para os terrenos que se pretendia alienar. A Secretaria de Finanças procedia a um remanejamento de verbas que demandava certo tempo para ser efetivado. Com isso, vários serviços essenciais começavam a ser negligenciados, retardando as providências que normalmente deveriam ser tomadas. Refiro-me especialmente à coleta de lixo, à limpeza de bueiros, à manutenção das plantas que ornamentam as avenidas e ruas, ao amontoamento de entulho decorrente de reformas de vias públicas e, sobretudo, aos pagamentos à educação e à saúde.

Encontrei por parte dos membros do governo, com raras exceções, muito pouca disposição para que se mantivesse a cidade em bom estado. Chego a pensar que a intenção de muitos era entregar o município com todas as deficiências possíveis, criando desde logo dificuldades para o prefeito eleito, José Serra. Disse-lhes mesmo que não aceitava a desculpa da falta de recursos para as omissões encontradas. A administração deve ser uma equipe que se auto-ajuda, de modo que, com criatividade, as dificuldades possam ser superadas. O que não poderia acontecer seria desmanchar em um mês o trabalho de quatro anos, dando margens a críticas justificadas. Apesar das dificuldades, consegui que a máquina que estava quase parando tomasse um novo impulso.

Entreguei a Marta um relatório salientando que os acontecimentos ocorridos me levaram a tomar medidas que julguei integralmente pertinentes à função de um prefeito em exercício, mas que, para minha surpresa, não encontraram a devida atenção na equipe de governo.

Mea-culpa, ainda que tardio

Em 1997, José Dirceu, na qualidade de presidente do PT, convidou-me, juntamente com o então vereador José Eduardo Cardozo e o economista Paul Singer, para, sob minha coordenação, fazermos uma sindicância sobre denúncias feitas pelo economista Paulo de Tarso Venceslau a respeito da atuação de uma empresa denominada Consultoria para Empresas e Municípios (CPEM), ligada ao empresário Roberto Teixeira, compadre de Lula. Paulo de Tarso – exilado político no governo militar e petista histórico – dizia que membros do PT propiciavam a abertura de prefeituras do partido para a atuação da CPEM. A consultoria se propunha ajudar as administrações a receber um montante maior do Imposto sobre Circulação de Mercadorias e Serviços (ICMS) com uma revisão do cálculo do valor adicionado pelas empresas sediadas no município. Não havia nenhum problema com o trabalho em si, mas com fato de a CPEM ser contratada sem licitação e receber um percentual de remuneração considerado alto – os valores a serem pagos chegavam a milhões de dólares. Um negócio da China, sem dúvida.

Na sindicância, ficou claro que Teixeira usava o nome de Lula para obter contratos com as prefeituras, mas persistia a dúvida do alegado envolvimento do presidente de honra do PT. José Eduardo chegou a propor que aprofundássemos as investigações para chegarmos a uma conclusão definitiva. Argumentei que não poderíamos voltar ao meio do processo e que, realmente, havia o risco de ser detectado o envolvimento de Lula. Nesse caso, a investigação seria um duro golpe para a esquerda, que depararia com uma grave denúncia contra seu líder maior. Haveria danos à imagem de Lula, pois, se ele não tivesse participado do esquema, havia sido usado por pessoas próximas. Decidimos não aprofundar a investigação em razão desse contexto político.

Quando a comissão estava no final dos trabalhos, Lula esteve em um sábado no meu sítio, acompanhado por Paulo Okamoto, outro acusado de participar do esquema CPEM. Eles apenas sondaram como estava a situação, e não chegamos a abordar o possível envolvimento de Lula. Fui, no entanto, bastante claro com relação às conclusões sobre Teixeira.

A comissão, entre outras medidas, recomendou a criação de uma Ouvidoria destinada a receber e processar denúncias de qualquer natureza em relação a militantes e dirigentes do PT. Esse órgão contaria com uma estrutura de apoio profissionalizada e com um conselho formado por pessoas de notória respeitabilidade no campo da ética e moralidade públicas – sugestão que não foi colocada em prática. Mas a decisão principal foi mesmo submeter Roberto Teixeira e Paulo de Tarso ao Tribunal de Ética do partido para, após o contraditório e o amplo direito de defesa, serem julgados. Pois bem, a Executiva acatou as conclusões da sindicância, mas o Diretório Nacional atropelou o processo por orientação de Lula. No final, Paulo de Tarso, curiosamente conhecido entre os amigos como "PT", foi o único punido, sendo expulso do partido. Roberto Teixeira ficou impune.

Em 2005, quando Luiza Erundina me convidou a entrar no PSB, perguntei a ela se Lula havia interferido para que a Prefeitura de São Paulo contratasse a CPEM. Ela então me respondeu que Lula, em vários telefonemas, agiu com uma insistência considerada por ela suspeita. Mas Luiza se manteve firme e não contratou os serviços de Teixeira. Em 1997, ela não foi ouvida pela comissão. Lamento o desfecho do caso. Hoje é absolutamente claro para mim que foi um erro não ter aprofundado as investigações.

O sonho fora do PT

Passados os anos e vendo o desastre da administração federal petista, muito mais voltada para as práticas da direita — no campo econômico e, sobretudo, no ético —, pergunto-me se não teria sido melhor que a crise tivesse explodido na época das investigações sobre a CPEM. Teríamos de suportar o peso de uma denúncia de corrupção contra o principal articulador da esquerda, mas talvez não tivéssemos deparado em 2005 com as denúncias de pagamentos irregulares a parlamentares da base governista. O escândalo do mensalão representou a completa negação dos princípios que nortearam a construção do PT. Tudo o que defendíamos parece ter sido esquecido para pôr em prática uma estratégia para conquistar e permanecer no poder.

O partido se envolveu em negociatas para arcar com os gastos de campanhas eleitorais e para financiar procedimentos escusos na formação de uma base de sustentação no Congresso. Nada mais em desacordo com sua história. Uma vez eleito presidente, Lula deveria ter governado com os partidos que o elegeram. Tratava-se de uma minoria, sem dúvida, mas experiente e combativa. O PT, em regra, governou Estados e cidades com minoria legislativa. Nem por isso deixou de fazer boas administrações. Nas propostas de interesse popular, contou com uma mobilização capaz de vencer o conservadorismo. A maioria se conquista à medida que são apresentadas propostas confiáveis aos olhos da população. O loteamento do poder é um erro histórico, e o PT caiu na vala comum.

Temo não exagerar quando afirmo que a administração Lula é um fracasso. O país continua com um crescimento pífio, abaixo do de outras economias em desenvolvimento. Foram implementadas políticas assistencialistas em que o objetivo eleitoral é evidente. Quando vejo a política social em prática, lembro-me dos coronéis do século passado, que distribuíam botinas para os eleitores. Mas eles faziam isso com o próprio dinheiro. Hoje o afago ao eleitor pobre e ignorante é feito com dinheiro público. Aposta-se mais uma vez no obscurantismo. As verdadeiras prioridades para o desenvolvimento são fáceis de apontar: educação, saúde e emprego. Mas nessas frentes o governo patina.

O comportamento dos dirigentes petistas, inclusive o presidente da República, durante os trabalhos das Comissões Parlamentares de Inquérito que investigaram as denúncias contra o partido e seus aliados foi uma mera tentativa de esconder a sujeira e minorar danos, sem compromisso da defesa dos padrões éticos. A renovação cosmética dos órgãos executivos do PT – depois da saída de José Genoino, Delúbio Soares e Sílvio Pereira, envolvidos em ilegalidades – me deixou profundamente frustrado. Assistimos à velha prática de procurar bodes expiatórios, bois de piranha para salvar o gado corrupto.

Descobri que sonhar ficou impossível dentro do PT. Em setembro de 2005, deixei o partido, o único ao qual me filiei. Foram 25 anos de militância. Não tenho planos de entrar em nenhuma sigla partidária, embora me reserve o direito de continuar a luta para a construção de uma sociedade mais justa. Este homem de 84 anos continuará sonhando sem medo, enquanto Deus permitir.

UMA VIDA EM FAMÍLIA

Em outubro deste ano de 2006, eu e Déa completamos 60 anos de casados. Foi uma vida compartilhada, e, se pudesse revivê-la, faria tudo do mesmo jeito. O tempo que passava lentamente quando eu era garoto — época em que conheci a menina que viria a ser a mulher — passou a ganhar uma velocidade muitas vezes indesejada no decorrer dos anos. A propósito, lembro-me de quando completamos 50 anos de casados. Comemoramos em missa rezada por dom Paulo e dom Angélico Sândalo na pequena capela da residência episcopal. Dom Paulo presenteou-nos com um lindo exemplar da Bíblia, que conservamos sobre a mesa principal de nossa sala de estar. Foi em 1996, mas não teria sido ontem?

Sobrevêm às vezes recordações mais longínquas. Volto a meados dos anos 1950, quando consegui transferência para atuar como promotor em São Paulo. Tivemos de enfrentar alguns problemas de casal de classe média, como o da moradia e o da escola para as crianças. Quando moramos na rua Diacuí, no Brooklin Paulista, em casa que adquirimos com o auxílio de um empréstimo que me fez tio Álvaro — aquele da loja de armarinhos em Caçapava —, comprei um pequeno carro, já fabricado no Brasil, uma perua Auto Union, que Déa dirigia para levar as crianças à escola. Nesse carro, fomos várias vezes a Ubatuba, gozar nossas férias no litoral. Geralmente, conseguíamos que nos emprestassem casas próximas à praia. Algumas vezes, alugamos, pois nem sempre as casas dos amigos estavam disponíveis. Naquele tempo as coisas eram mais fáceis, e também não estava eu com comprometimentos que, como aconteceu depois, dificultaram esse desfrute agradável com Déa e as crianças.

Foram anos de muito esforço e orçamento apertado. O que nos incentivava era podermos dar a nossas crianças educação e formação religiosa que lhes possibilitassem, mais à frente, uma vida com autonomia. Eles freqüentaram colégios católicos. Primeiro o Santa Maria, onde todos cursaram o primário e as meninas também o ensino médio. Depois do primário, os meninos foram para o Santa Cruz. Eram colégios caros, mas achávamos que uma boa educação deveria ser o fundamento para suas vidas. E assim realmente foi. Temos uma urbanista (Maria do Carmo), um economista (José), uma bibliotecária (Maria Clara), uma fonoaudióloga (Maria Lúcia), um biólogo (José Eduardo), um esportista (José Cristiano, o Tite) e um engenheiro (José Roberto). Todos trabalham em suas profissões e são independentes. Sempre procuramos respeitar a inclinação de nossos filhos em suas escolhas de qual rumo seguir. Não tiveram maiores dificuldades em se encaminhar para os diferentes setores em que buscaram sua realização profissional. Eles transmitem aos nossos 14 netos[1] as mesmas metas que estabelecemos para eles.

Ainda em meados do século passado, começaram os processos contra Adhemar de Barros, e meu tempo em casa passou a ser mais escasso. Ainda mais quando comecei a trabalhar no *Estadão*, por necessitar de uma receita extra para atender às neces-

....

1. Eles são Daniel, Patrícia, Marcelo, Juliana, Fabiana, Guilherme, Pedro, Rafael, Fernanda, Adriana, Flávia, Sérgio, João Eduardo e Sofie.

sidades de uma família que crescia. Durante a gestão Carvalho Pinto, não tinha tempo para mais nada, como narrei. Durante os quatro anos de governo, viajei algumas vezes com Déa, mas eram viagens de trabalho. Assim mesmo conhecemos alguns países europeus e também o Japão e a Índia. Encerrado o governo, consegui um mês de férias, que desfrutamos, Déa, Carmo e eu, com uma viagem à Europa. Fomos pela empresa aérea Panair do Brasil, por meio de um convite que nos fizeram. Conhecemos Portugal, França e Itália. Voltamos por mar, no transatlântico *Giuglio Cesare*.

Foi por esse tempo que Diogo Gaspar, meu colega no governo do Estado, e eu resolvemos comprar uns poucos alqueires de terra para construirmos uma casa para os fins de semana, que denominamos Sítio Matinho. Encontramos nas proximidades de Vinhedo, nos fundos da Fazenda Marajoara, uma área de 14 alqueires que estava à venda em pagamentos mensais convidativos. O Sítio Matinho proporciona momentos de lazer e de meditação inesquecíveis.

Ainda hoje me vem à mente uma experiência que me fez sentir de perto a fragilidade da condição humana. Em meados dos anos 1970, fui a São Francisco, onde então morava Maria do Carmo. Em Los Angeles, senti-me mal, mas cheguei sem problemas. Durante a noite, tive uma crise de angina e fui parar no hospital, onde permaneci cinco dias. Fiquei internado num quarto para dois pacientes, onde estava uma senhora idosa, também com problemas cardíacos. Eu via os esforços dos médicos para manter viva a paciente. Um enfermeiro fez-me sinal de que as coisas iam mal, e depois de algum tempo o silêncio indicou o fim. Naquele dia eu também pensei no fim, em ficar distante de todos os que amo. Com fé, superei aquelas dificuldades e pude seguir em frente, valorizando ainda mais a graça de estar vivo.

Nossa memória afetiva parece reservar algum espaço para os animais. Tivemos muitos cães. Certa vez, Paulo Duarte me aconselhou a comprar um boxer, por ser uma raça afável com as crianças. Foi aí que adquirimos o primeiro, que chamamos de Mug e tinha especial ligação com José. Mug está enterrado em nosso jardim, num canteiro que fica abaixo da janela do meu quarto. Não poderia deixar de lembrar de Vert, um pastor alemão; gostava de permanecer aos meus pés enquanto eu trabalhava no escritório de casa. Ele desapareceu de casa numa tentativa de me intimidar, como já relatei. No sítio temos alguns cavalos, e foi por isso que Tite desenvolveu seu amor pela equitação.

Fizemos algumas tentativas na área agrícola no Matinho. Plantamos café, pêssego e laranja, mas não obtivemos retorno satisfatório. Com o cultivo da uva, a compensação foi um pouco melhor. As pequenas lavouras não têm viabilidade econômica, pois o crédito inexiste e os resultados não cobrem os gastos. Por último, ensaiamos um frigorífico que, apesar de seus produtos de excelente qualidade, também não conseguiu se manter.

Faz 60 anos que começamos a construir nossa família, e é um prazer sempre renovado quando nos reunimos à mesa para festejar este ou aquele acontecimento. Procuramos cultivar o que os primeiros cristãos chamavam de comensalidade. Juntos à mesa, compartilhamos o mesmo alimento e nosso afeto, ação concreta que se consubstancia no plano espiritual. É a celebração por estarmos juntos e de bem com a vida, que é o que importa.

Por aqui termino

Gostaria de encerrar estas curtas memórias despido de qualquer vaidade que um episódio ou outro possa ter sugerido. Este livro quis expressar a mensagem de um homem que procurou nunca perder sua essência de trabalhador e de pai de família. Narrei muitas lutas que na maior parte das vezes não tiveram o resultado ideal. Passados os anos, descobri que isso não importa tanto. Pequenos avanços, conseguidos com muitos esforços em cada batalha, são decisivos para a construção de uma sociedade mais justa e fraterna. Uma coisa deve ficar absolutamente clara: valeu a pena defender o que era necessário ser defendido e, sobretudo, aqueles que se encontravam sem defesa.

Com fé me despeço. Que Deus nos ilumine.

POSFÁCIO

É com alegria que testemunho a publicação deste livro de memórias, livro e memórias ímpares e exemplares. O dr. Hélio Pereira Bicudo usa a pena como quem está brandindo uma espada, batalhador incansável pela justiça e por um mundo melhor.

Livro conciso, simples, curto mesmo, se levarmos em conta que narra uma trajetória de 84 anos. É uma obra polifônica porque muitas foram as ações, os feitos e os cargos que o dr. Hélio ocupou e ocupa em diversos espaços sociais, seja no âmbito da Justiça, da política, da Igreja e outros.

De fato há muita coisa que ele não conta ou às quais faz apenas breve alusão. Quando o questionei, disse que pretendeu não cansar o leitor e tampouco repetir o que já foi publicado.

Por outro lado, insiste em trazer à luz o que permanecia oculto, como, por exemplo, as honras militares tardias de que foi alvo seu amado irmão João Baptista Pereira Bicudo, general de quatro estrelas, herói da Segunda Guerra Mundial, falecido em 1980. Não foi homenageado imediatamente, quando de sua morte, pelo exército, apenas por ser irmão de Hélio Bicudo.

Retoma seu parecer de 2004, sobre a Lei de Anistia no Brasil, considerando-a incompatível com o próprio instituto de anistia e em desacordo com as obrigações internacionais que o Brasil assumiu, referendado por nossos amigos comuns Dalmo de Abreu Dallari e Fábio Konder Comparato.

Historia a fundação do Centro Santo Dias de Defesa dos Direitos Humanos, o qual, entre múltiplos trabalhos, promoveu pesquisa da qual resultou a Lei n.º 9.299, de 1996, significativo "instrumento de combate à impunidade e à violência policial". Lembra sua participação na Comissão Teotônio Vilela, criada em 1983. Presidiu ambas as entidades. Quanto à publicação do livro *Meu depoimento sobre o Esquadrão da Morte*, cujos direitos autorais cedeu, por longo tempo, à Comissão Justiça e Paz de São Paulo, da qual também é membro desde seus inícios, é breve e conciso[1].

Conheço o dr. Hélio desde que cheguei a São Paulo, quando ele começava a atuar na questão do Esquadrão da Morte. Fomos aprofundando o conhecimento e estabelecemos uma relação fraterna durante a convivência e o trabalho, particularmente quando ele assumiu a Presidência do Centro Santo Dias de Defesa dos Direitos Humanos.

Neste livro, Hélio cita trecho de Érico Veríssimo a respeito de seu amigo Paulo Duarte: "Um polemista encarniçado, irônico, por vezes sarcástico, desses que jamais usam meias palavras. Sempre que surgia em São Paulo uma disputa jornalística, em prol dos direitos civis ou de defesa de alguma vítima de qualquer abuso político ou econômico, eu pensava cá comigo: 'Aposto como Paulo Duarte está metido nessa.' E raramente me enganava."

....

1. Ver a respeito em *Da esperança à utopia – Testemunho de uma vida*, meu livro de memórias (Sextante, 2001); em *Dom Paulo Evaristo Arns: um homem amado e perseguido*, minha biografia escrita pelas jornalistas Evanize Sydow e Marilda Ferri (Vozes, 1999) e nas memórias da Comissão Justiça e Paz, em que o professor Antonio Carlos Fester conta com maiores detalhes a publicação e a fortuna crítica do livro sobre o Esquadrão da Morte: *Justiça e Paz – Memórias da Comissão de São Paulo* (Loyola, 2005).

Essas palavras servem, sem dúvida, ao nosso autor. Interessante que esses dois homens tão combativos e, ao que sei, no mais muito diferentes entre si, tenham se tornado de tal forma amigos, o que comprova a facilidade de Bicudo relacionar-se com o outro, desde que a luta seja a mesma. Quando sei da defesa dos excluídos, dos que não têm voz, freqüentemente penso que o dr. Hélio é um dos paladinos da causa e raramente me engano.

Mas há muito mais neste livro. Há o varão justo, no sentido bíblico da palavra, o pai de sete filhos e avô de 14 netos, que completa 60 anos de casado com dona Déa em outubro de 2006. Mas não conta como o homenageamos, em nome da Igreja de São Paulo, a ele, a Francisco Whitaker Ferreira e a Plínio de Arruda Sampaio, em sessão no salão nobre da Faculdade de Direito da USP, no Largo de São Francisco.

Neste livro impressiona particularmente a sua declaração: "A minha Igreja, a dos excluídos." Relendo sua trajetória, constato o quanto caminhamos juntos nesses anos todos, à luz da teologia da libertação, na opção preferencial pelos pobres. Hélio Bicudo foi perseguido, sofreu atentados, teve a família ameaçada e muitos o odeiam. Para mim sempre chamou a atenção o seu total devotamento, sem se importar com os riscos, à causa de Deus entre os homens.

Defendeu — com sucesso — o arcebispo de São Paulo, com o advogado Mário Simas, quando alguns médicos-legistas do Rio ingressaram em juízo contra mim, com queixas-crime por delito contra a honra, por estarem mencionados no livro *Brasil: nunca mais*.

Uniu-se aos leigos de São Paulo, representados por várias entidades, que subscreveram petição a Roma para que a Arquidiocese de São Paulo tivesse a sua divisão anulada.

Escreve que, aos 84 anos, "continuará sonhando sem medo, enquanto Deus permitir". Minha convivência com Hélio Bicudo felizmente perdura até hoje. É a base para que eu admire os muitos predicados daquele que, ainda jovem, foi progressivamente avançando em sua visão de mundo, sempre fiel ao ideal de liberdade que abraçou desde o início, nos anos 1940, passando pelos governos de Carvalho Pinto (no Estado de São Paulo) e de Jânio Quadros e João Goulart (na Presidência do Brasil), muito antes que nos conhecêssemos. Mas estas e outras o leitor ficará sabendo na leitura deste livro.

De suas qualidades, ainda quero destacar a Fidelidade. O dr. Hélio Pereira Bicudo sempre se mostrou de uma fidelidade marcante a Deus, à Igreja e à pessoa humana. Mais do que uma virtude, que o é, esta fidelidade é também uma graça de Deus. Louvemos e agradeçamos ao Senhor por uma vida tão profícua!

Enfim, nosso autor merece os parabéns por ter preparado um livro em que a riqueza de sua experiência se perpetua para inspirar as gerações que vêm e virão depois de nós. Muito obrigado, dr. Hélio!

Paulo Evaristo, Cardeal Arns,
arcebispo emérito de São Paulo

São Paulo, julho de 2006

Cromosete
Gráfica e editora Ltda.

Impressão e acabamento
Rua Uhland, 307 - Vila Ema
03283-000 - São Paulo - SP
Tel/Fax: (011) 6104-1176
Email: adm@cromosete.com.br